恋は双子で割り切れない

KOI WA FUTAGO DE WARIKIRENAI

5

高村資本
SHIHON TAKAMURA

[イラスト]
あるみっく

第一章

TITLE

神宮寺琉実

自分に彼氏《かれし》が出来たって、今でも信じられない。

公園から帰る間、ずっとふわふわした気分で何を話したのか覚えてないし、話をしたかどうかすらよくわかんない。誰《だれ》かと付き合うなんて自分には縁《えん》がない話だったし、彼氏《かれし》が出来たって話が周りで出る度《たび》、いいなぁ……けど、わたしには関係ないしってなってたから、純《じゅん》が告白をOKしてくれた実感が今でも全然湧《わ》かない。

玄関《げんかん》で純《じゅん》と別れたとき、超名残惜《ちょうなごりお》しかったんだけど、寂《さび》しくはなかった。

家のドアを開けたとき、いつもより軽くて、勢いが凄《すご》くてびっくりした。

脱《ぬ》いだ靴《くつ》を揃《そろ》えるとき、那織《なおり》の靴《くつ》が目に入った——瞬間《しゅんかん》、その場に座り込みそうになるくらい大きな現実感が、安心感を吹《ふ》き飛《と》ばすようにやってきて、突然《とつぜん》頭がぐらっとした。

純《じゅん》がわたしの彼氏《かれし》になった。

わたしが純《じゅん》の彼女になっちゃった。

わたしじゃなかった場所に、わたしが居ていいと言ってくれた。嬉《うれ》しさと罪悪感がぐっちゃぐちゃに混ざり合う中で、わたしはまだ喜びだけを抱《だ》き締《し》めていたかった。

「琉実《るみ》ー？　帰ったの？」リビングからお母さんの声がした。

「うん……ただいま」

ちょっと、声が裏返った。ダメだ、まだわたし、全然冷静じゃない。

嬉《うれ》しくて、もう叫《さけ》び出《だ》したいくらい嬉《うれ》しくて、辛《つら》い……ううん、こうしてる間にもどんどん嬉《うれ》しさが勝ってくる。辛《つら》くなんてない。純《じゅん》と恋人《こいびと》になった事実の方が強いんだ。

だって、わたしはちゃんと気持ちを伝えたんだよ？　それが叶《かな》ったんだから嬉《うれ》しくて当然だよね？　嬉《うれ》しがったって良《い》いよね？　那織《なおり》は言わなかったんだもん。

夕飯を食べるとき、意識しないよう頑張《がんば》った。何度か那織《なおり》と目が合ったから余計に。

ちょっとでも気を抜《ぬ》くと、純《じゅん》と恋人《こいびと》になったのを思い出してにやけそうになるから。

ちょっとでも気を抜《ぬ》くと、純《じゅん》と恋人《こいびと》になってごめんって言っちゃいそうになるから。

部屋の隅《すみ》に置いてある水槽《すいそう》の中のガリバー《那織が名付けた金魚》と目が合った。

もう全部が全部、何が何だかわかんないくらいぐちゃぐちゃで、混乱して、テンションが上がってて、それなのにねちねち言うもう一人の自分が居たりして、どうにかなりそうだった。

このままじゃやばいって思って、ご飯食べてすぐだし身体《からだ》によくないかなって思ったけれど、ダッシュでお風呂《ふろ》に逃《に》げ込《こ》んだ。誰《だれ》かが見てるわけでもないのに、なんか恥《は》ずかしくてシャワーを頭から浴びたまま、思いっ切りにやけて、何度も顔を手で覆《おお》って、いやーとかきゃーみたいな言葉にならない声を出しながら、しばらく悶《もだ》えてた。

だって。だってだよ、わたしに彼氏《かれし》が出来たんだよ？

しかも、相手は純《じゅん》だよ？　小学生のときから良《い》いなって思ってた相手だよ？

お昼のあと、眠気《ねむけ》に襲《おそ》われたわたしがあくびをかみ殺しているときでも、真剣《しんけん》な顔で授業を受ける純《じゅん》が好きだったし、「マジメなだけの男子って、つまんなくない？」って言う子に本気でムッとしたし、一緒《いっしょ》にキャンプ行ったとき、夜、トイレ行くのが怖《こわ》かったけど怖《こわ》いって言い出せなくて、お母さんとか那織《なおり》が行かないかなって耐《た》えてたらさりげなく「一緒《いっしょ》に行こう」って言ってくれたし、夏休みに読書感想文でどんな本読めばいいかわかんなくて、いつまで経《た》っても決まらなくて困ってたわたしに「これなんかどう？　絵本だけど、絵本で感想文を書いちゃいけないって決まりはないだろ？」って言ってくれて、「命の大切さとかをメインに書いたらほめられるかも」って純《じゅん》の言葉通りに書いたら表彰《ひょうしょう》されたこともあって、ますます純《じゅん》は凄《すご》いなって思って、でも、学校で好きな人の話になったとき純《じゅん》が好きだって言い出せなくて、純《じゅん》と仲が良《い》いから「どうなの？」って訊《き》かれるけどいつも「そんなんじゃないよー」なんてはぐらかしてて、周りの子が誰々《だれだれ》がかっこいいとか同じ班になりたいとか盛り上がってても話をふんふん聞くしか出来なくて――周りに悟《さと》られないよう、みんなの妄想話《もうそうばなし》を聞きながら、もし純《じゅん》と結婚《けっこん》したらわたしの名字は白崎《しろさき》になるんだとか、そうなったらどんな家に住むんだろう、できれば大きな犬を飼いたいなとか、密《ひそ》かに想像してた人と付き合うんだよ？

それくらい長い間、ずっとずっと好きだった純《じゅん》が相手なんだよ？

こうならない方が無理だって。

どれだけそうしていたかわからないくらい、わたしはにやけっぱなしだった。かなりな時間だったと思う、お湯出しっぱなしだったし、直接言ってはないけど、完全にお母さんごめんなさいって感じだった。いつもより水道代とかガス代が高かったらわたしが原因です。

ふやけきった身体《からだ》で外に出ると、のぼせたみたいに軽くくらっとした。

どんどん上がっていくテンションをシャワーは流してくれなかったけれど、気付いたら喉《のど》の奥に引《ひ》っ掛《か》かっていた罪悪感はどこかに流れていった。

部屋に戻《もど》ろうと階段を上っていると、二階の手摺《てす》りに腕《うで》をついた那織《なお》が「今日はえらくご機《き》嫌《げん》だけど、何かあった？」と話《はな》し掛《か》けてきた。油断してたっていうか、そんなとこに那織《なお》が居るなんて思ってなかったし、スマホ見ながらで――それも純《じゅん》とのＬＩＮＥを見ながらだったから顔も超《ちょう》にやけてただろうし、一瞬《いっしゅん》やばって思ったけど、もうその時のわたしは開き直ってたっていうか、怖《こわ》いものなんてなかったっていうか、うーんと……最強だった。

ううん違《ちが》う、最強だと勘違いしてた。

だから――「ちょっと来て」那織《なお》の腕《うで》を摑《つか》んで、自分の部屋に引き入れた。

そのままの勢いで「わたし、純《じゅん》に告白した」と言った。ほんの少し、わかるかわかんないかくらいだったけど、那織《なお》の眉《まゆ》が動いた――けれど、無視して「そしたら、いいよって言ってくれた」と一息で言い切った――那織《なお》の表情をかき消すように。

いつもみたいに小バカにした言い方で茶化されたくなかった。

いつもみたいに気取った顔で偉《えら》そうなこと言われたくなかった。

いつもみたいにわけわかんない言葉ではぐらかされたくなかった。

あの瞬間《しゅんかん》、わたしは、わたしの初恋《はつこい》が実ったことを認めて欲しかった。

那織《なおり》に――那織《なおり》だからこそ、わたしの初恋《はつこい》の結末を認めさせたかった。

純《じゅん》が那織《なおり》ばかり見てたから。

那織《なおり》が純《じゅん》ばかり見てたから。

わたしだって一緒《いっしょ》に居るんだよ。こっち見て――何度も言いたかった。


ずっと我慢《がまん》してきた。

純《じゅん》のことだけじゃない。色んなことを、わたしはずっとずっと我慢《がまん》してきた。

小さい頃《ころ》から我慢《がまん》ばかりだった――最初の記憶《きおく》は幼稚園《ようちえん》の頃《ころ》だから、三歳とか四歳くらいだったと思う。はっきりとは覚えてない。覚えてるのは、嫌《いや》だったけどああもうしょうがないって感じで那織《なおり》にクッキーをあげたこと。

那織《なおり》が食べたそうにしてるから。泣いてねだってくるから――わたしはクッキーをあげた。わたしだって食べたくて、最後の楽しみにってとっておいたクッキーをあげた。すごく嫌《いや》だったけど、お母さんが「妹の為《ため》に我慢出来《がまんでき》てえらいね」って褒《ほ》めてくれた。嬉《うれ》しかった。

そしてお母さんが別のクッキーをわたしにくれた。

それからわたしは、「お姉ちゃんだから」を繰《く》り返《かえ》し自分に言い聞かせるようになった。

言いたいこと、やりたいことを我慢《がまん》するようになった——別のクッキーが貰《もら》えなくても。

お姉ちゃんだから我慢《がまん》した。

那織《なおり》が気付いてないだけで、いっぱい我慢《がまん》してきたんだから——もういいよね？

「これで彼氏《かれし》持ちじゃん！　おめでとう。いやぁ、感慨深《かんがいぶか》いねぇ。初恋《はつこい》実ったねぇ」

欲しかった筈《はず》の言葉なのに、全然嬉《うれ》しくなかった。那織《なおり》の口から聞きたくて言ったのに、那《な》織《おり》に認めて欲しくて言ったのに、那織《なおり》の発したそれはわたしが望んだ物とは別物だった。

無理した言葉だってすぐわかった。那織《なおり》の目は一切《いっさい》祝福していなかったから。

シャワーに流された罪悪感が、もう一度降ってきた。

こんな当てつけみたいなことしたって仕方ないのに。

「うん、ありがとう……」そう言うのが精一杯《せいいっぱい》だった。

那織《なおり》がわたしの肩《かた》をぽんぽんと叩《たた》いて無言で出て行った。

＊

春休みに付き合い始めたわたしたちだけど、ちょこちょこ部活の練習があったり、わたしが暇《ひま》な日に限って純《じゅん》の予定があったりして、あっという間に学校が始まった。夜遅《よるおそ》くまで通話したりはしたし、公園で会ったりはしたけど、それ以上は何もないまま学校が始まった。

わたしは三年生になった。

純《じゅん》と別のクラスになった。

今年も同じクラスになれるかもって期待してたのに、めっちゃ祈《いの》ってたのに、ダメだった。

始業式の日、三人で一緒《いっしょ》に登校したけど、三人がバラバラになった。その事実にがっかりした反面、純《じゅん》と那織《なおり》が同じクラスじゃなくて良かったなんて思う最低なわたしも居た。

部活に新一年生が入ったりして、わたしは部長だったし純《じゅん》は純《じゅん》で弓道部《きゅうどうぶ》の部長から信頼《しんらい》されてたっぽくてあれこれ相談されてたみたいだったし、学期の初めは何だかんだバタバタしてて、いわゆるデートはなかなか出来なかった——もちろん、お互《たが》いに朝練がある時は一緒《いっしょ》に学校に行ったし、帰りの時間もなるべく合わせてたから、別のクラスとは言え二人で居る時間はそれなりにあったんだけど、付き合ってるって周りに黙《だま》ってたし、今までと何かががらっと変わったって感じは全然弱くて——たまには那織《なおり》と帰りが一緒《いっしょ》になることもあったりして。

そうなるともう、完全にいつもの日常って感じで、わたしが居るっていうのに純《じゅん》と那織《なおり》がよくわかんない話で盛り上がったりして——純《じゅん》の彼女はわたしなのにって思ったりして、話に入れない寂《さび》しさを紛《まぎ》らわせたりするんだけど、きっと、こんな調子でわたしの知らないところで話してるんだろうなって考えたりもしちゃって、言うまでもなくすっきりはしなくて。

だから、周りの目を気にせず、那織《なおり》のことを気にせず、二人だけで出掛《でか》けたかった。

恋人《こいびと》らしいデートってのをしてみたかった。

一緒《いっしょ》にスイーツ食べたり、公園で喋《しゃべ》ったり……付き合いが長いから近しいことをした経験は何度もあるし、付き合ってからだってちょっとはある。二人だけのとき、学校帰りに公園寄って喋《しゃべ》ったりもしたし、途中《とちゅう》でコンビニに寄って買い食いしたりもしたけど、そういうんじゃなくて、わたしはもっとちゃんとした、いわゆるデートがしたかった。いや、学校帰りに公園で喋《しゃべ》ってて辺りが暗くなって来て、二人で慌《あわ》てて帰んなきゃってなるの、青春ぽいなーって思ったし、好きだけど……そうじゃなくて。それだけじゃ足りなくて。

わたしはちゃんとデートがしたかった。

だって恋人《こいびと》だよ？　彼氏《かれし》と彼女だよ？　そんなんデートしたいに決まってるじゃん。

だから、スマホで色んなデートコースを調べた。中学生だし、お小遣《こづか》いもそんなに無いし、行けるとことか出来ることは限られるけど、純《じゅん》と一緒《いっしょ》に……って考えれば、想像するだけで楽しかった。わくわくした——うん、行くしかないでしょ！

てか、その辺、純《じゅん》はどう思ってるわけ？

わたしとデート行きたいとか……思ってくれてるのかな？

訊《き》きたいけど……訊《き》けない。超気《ちょうき》になるけど、流石《さすが》に……でも……うん、訊《き》けない。

さりげなく、それとなく、ちょろっとだけなら……ダメかな？

でもさぁ、訊《き》いたとしてだよ？　行きたくないなんて絶対に言わないじゃん。幾《いく》ら純《じゅん》だってそんなことは言わない……けど、やっぱり不安にはなる。断られないとは思う。うん、断られたりはしないってわかってるよ、わかってるんだけど、もしデートしたいって思ってるのがわたしだけだったらって考えると、やりきれない。わたしだけ舞《ま》い上《あ》がってるみたいで。

そんな不安みたいなもやもやした感情が付きまとって中々言い出せないまま、ずるずると時間だけが経《た》って今に至ってしまった……このままじゃ前と変わんない！

純《じゅん》がどうとか知らない。

わたしはデートがしたい。


よし、言う。純《じゅん》にデートしようって言う。もう決めた！

けど、そう決めた日に限って、朝は別だったし、お昼も別だったし、帰りは那織《なおり》が一緒《いっしょ》になっちゃうしで——タイミングを逃《のが》してばかり。でも、負けない。絶対に今日言う。

まだ夜がある。

外を走るときに呼び出せば……那織《なおり》は確実に来ないし、絶好のチャンス。

わたし達の家は隣同士《となりどうし》なんだから、それを利用しない手はない。

〈今から走るんだけど、ちょっと出られる？〉

続けて〈会いたい〉って打って……指が止まった。さすがに〈会いたい〉は露骨《ろこつ》すぎ。せめて〈話したい〉だよね。話したいのは本当だし……とかやってたら、既読がついた。

《いいよ》

たった三文字なのに、まだデートしよって言えたわけじゃないのに、それだけで嬉《うれ》しい。さっきと違《ちが》って、なんて送ろうか考える必要はなくて、言うなればゴール前でパスが回ってきたみたい。〈準備できたら教えて〉シュートを放って、ダッシュで準備する。

返事はすぐ来た――《いつでも出られるよ》

〈じゃあ家出るね〉

一階《した》に下りて、お母さんに「走ってくる」って外に出た……嘘《うそ》をついた。

純《じゅん》に会うため、小さな嘘《うそ》をついた。

付き合い始めてから、嘘《うそ》が増えた。

こうして外に出るのは初めてじゃない。純《じゅん》はどうしてるんだろう。おばさんになんて言ってるんだろう……純《じゅん》のことだから上手《うま》いこと言ってるんだろうけど、ちょっとした罪悪感とほんのちょっぴりわくわくする感じがある。大人に隠《かく》れていたずらしてるみたいな気分。

実際、隠《かく》れてるんだけど。


「少し歩かない？　ウォーキングってことで」

家から出てきたばかりの純《じゅん》に言った——ここに居たら見られるかも知れないし。

「コンビニ行くって出てきたから、そっちのがありがたい」

そっか、それが純《じゅん》の嘘《うそ》なんだね。うん、わたしと一緒《いっしょ》だ。

「じゃあ、遠い方に行こ」

二人で悪いことしてるみたいで、それが楽しくて、遠回りしたい気分だった。

走り慣れている道を、ゆっくりと二人で歩く。いつもより歩幅《ほはば》が小さくて、いつもの風景がより鮮明《せんめい》で——歩道のとこにある反射板が割れてるとか、ガードレールに変なシールが貼《は》ってあるとか、曲がり角の家の玄関《げんかん》に置いてある鉢《はち》植《う》えにスズランが咲《さ》いてるとか……走ってると見えない物がよく見えて。そして、いつもと違《ちが》って隣《となり》に純《じゅん》が居る。

「こっち行くと小学校の時の通学路だよな。久々だ」

純《じゅん》が右を向いて、横断歩道の先を見た。

「じゃあ、そっち行ってみる？」

「そうだな……けど、いつものコースじゃないだろ？」

「わたしのコース、ちゃんと知ってるんだ」

「昔、僕を一緒《いっしょ》に走らせようとして、歩いたことあるだろ。忘れたのか？」

覚えてるけど……純《じゅん》こそ覚えてたんだって、嬉《うれ》しいよりもなんか意外っていうか、ううん、ちょっとは嬉しいもあるかな。よくわかんないけど。

「そうだっけ。忘れちゃった」

横断歩道を渡《わた》ると、純《じゅん》が「あの時は確か那織《なおり》も居て、文句を言いつつも何だかんだで付いて来て、結局いつも通り三人で喋《しゃべ》りながらだらだらと歩いたんだよ」と言った。

いつも通り、ね——前だったらそうだったけど、今は違《ちが》う。

もう三人はいつも通りじゃない。いつも通りにはしたくない。

昔の通学路を歩いているのは、今のわたしと純《じゅん》だけ。「あったね、思い出した」

折角二人っきりなんだから、話そう話そうって思うんだけど、話したいことは沢山《たくさん》あるはずなのに、デートのことがあるからか何となく会話が続かなくて、誘《さそ》う切《き》っ掛《か》けも摑《つか》めない。ちょっと歩こうかって誘《さそ》うのはそこまでだったのに、デートに行こうって言うのはどうしてこんなにタイミングとか空気みたいなのが気になっちゃうんだろう。

気が付けば、小学校の近くにある大きめの公園まで来てしまった。小学校に着いちゃったら、あとは来た道を戻《もど》って、コンビニに寄って帰るだけ——やだ。まだ誘《さそ》えてない。

「こんな方、久《ひさ》し振《ぶ》りに歩いた。昔は遠かった気がしたけど、改めて歩くと意外と近いな」

「そうだね。それだけ成長したってことなのかな？　歩幅《ほはば》とかさ。ねぇ――」

そう言《い》い掛《か》けたとき、待てって感じで純《じゅん》が手の平をわたしに向けてから、街灯に照らされた公園の入り口をゆっくりと指した。指の先を追うと、猫《ねこ》が座っていた。黒と白のハチワレ。

「見ない顔だよな」

「見ない顔って……何その言い方」刑事《けいじ》ドラマみたいな口振《くちぶ》りが、まさに純《じゅん》って感じでちょっと面白《おもしろ》い。「てか、近所の猫《ねこ》の顔なんて覚えてないでしょ？」

「覚えてるよ。小学生の時、よく二人が猫《ねこ》を追い回すのに付き合ったしな」

「付き合った？　ノリノリだったじゃん。冒険《ぼうけん》っぽくて、楽しかったんでしょ？」

「ノリノリ……だったかもな。ま、楽しかった思い出だよ」

わたしは腰《こし》をかがめて、むすっとした猫《ねこ》と同じ目の高さになる。首輪は無い。見つめすぎると警戒《けいかい》して逃《に》げちゃうからなるべく目を合わせないようにして、じりじりと距離《きょり》を詰《つ》めて、止まる。ちらっと見て、視線を逸《そ》らしてまた少し距離《きょり》を詰《つ》める。猫《ねこ》が緊張《きんちょう》しないように。

この猫《ねこ》に触《さわ》れたら、なんとなくだけど全部上手《うま》くいきそうな気がした。

手を伸《の》ばせば届く距離《きょり》までできた。わたしはそっと手を伸《の》ばして、そのまま固まる。向こうが来てくれれば……猫《ねこ》がお尻《しり》を上げ、わたしの指先に鼻を近付けて、匂《にお》いを嗅《か》ぎだした。

その状態のまましばらく待っていると、寝転《ねころ》んでお腹《なか》を出した。

よしっ！

猫《ねこ》のお腹《なか》をわしゃわしゃと撫《な》でながら、そっと抱《だ》いて持ちあげる。

「人に慣れてるな」

律儀《りちぎ》に距離《きょり》を取って見ていた純《じゅん》が、わたしの隣《となり》にしゃがみ込んだ。

「ね。超《ちょう》慣れてる——あのさ」

「ん？」

「どこか出掛《でか》けない？　デートしよ」

「いいよ。僕もそうしたいと思ってた」

「だったら言ってよ」

「言おうとは思ってたんだけど、なんかタイミング無くって」

「あー、うん。わかる……ってか、わたしも同じ。クラス別になっちゃったしね」

「家、隣《となり》なのにな」

「ほんとだよ。でも、良かった」ちゃんと誘《さそ》えた。この猫《ねこ》ちゃんのお陰《かげ》だ。

「いつにする？　っていうか、琉実《るみ》はいつだったら部活無いんだ？」

「えーと、今度の日曜は空いてる」

「じゃあ、そこにしよう」

「そうと決まれば、ドコ行こっか」

＊

純《じゅん》とデート。初めてのデート。二人で出掛《でか》けるってだけなのに、それなら今までだって何度もしてきたのに、デートってだけでどうしてこんなに心が躍《おど》るんだろう……その所為《せい》で、全っ然寝《ね》られない。寝《ね》ようと思ってから、もう三時間も経《た》ってしまった。

着る服は決めてたし、着けてくアクセも机の上に出してあるし、ティッシュとかハンカチとかも用意してあって、準備はこれ以上ないくらい完璧《かんぺき》なんだけど、ベッドから出て、部屋の電気を点《つ》けてもう一度確認《かくにん》したりして——余りにも眠《ねむ》れないから、一旦《いったん》気持ちをリセットしようと一階《した》に下りてリビングのドアを開けた時だった。

「違《ちが》う、ちょっと喉《のど》が——」灯《あか》りの漏《も》れるキッチンから那織《なおり》の声がした。

「なんだ、お姉ちゃんか」

カウンターの向こうから、脅《おど》かさないでみたいな声とともに那織《なおり》が顔を出した。

「こんな時間に何してんの？」とは言ったものの、あの反応からすると、恐《おそ》らくお菓子《かし》とかを漁《あさ》っていたに違《ちが》いない。わたしをお母さんと勘違《かんちが》いして焦《あせ》ったってところかな。

キッチンに入ると、那織《なおり》が食器戸棚《とだな》の下の扉《とびら》を閉める所だった。手にはお母さんが職場の人から箱で貰《もら》ったって言ってたもみじ饅頭《まんじゅう》が幾《いく》つか。

やっぱり。「太るよ？」

「太る？　え？　何を言ってるのか分かんない。逆に言《い》わせて貰《もら》うけれど、お姉ちゃんは私の婀娜《あだ》めくこの肢体《したい》を見て羨《うらや》ましいとは思わないの？　この色気が分からないの？　もしそうだとしたら、我が姉ながら惻隠《そくいん》の情《じょう》を催《もよお》さずには居られないんだけど」

那織《なおり》が腰《こし》をくねらせ、自分の胸を持ちあげた。ダボっとして伸《の》びきったTシャツの襟《えり》から谷間が覗《のぞ》いた――蛍光灯《けいこうとう》に照らされた那織《なおり》の肌《はだ》に、薄《う》っすらと血管が透《す》けている。

うっざ。

「はいはい。その何とかな身体《からだ》の維持《いじ》、頑張《がんば》って下《くだ》さい」

「言われなくても十二分に努力してまーす。てか、そっちこそ何？　人にあれこれ言っておいて、自分こそ厚顔《こうがん》にも食料を漁《あさ》りに来た訳？」

「わたしはただ、喉渇《のどかわ》いたなって……」

「そ。てか、こんな時間まで起きてて良《い》いの？　明日……もう今日だけど、友達と出掛《でか》けるんでしょ？　起きられなくても知らないよ？　私は絶対に起こさないからね」

友達……って言葉が引《ひ》っ掛《か》かった。明日のこと、那織《なおり》にも言ってない。夕食の席で出掛《でか》けるって話はしたけど――家族の前で純《じゅん》とデートするなんて言えなかった。

「那織《なおり》に起《お》こして貰《もら》おうなんて微塵《みじん》も思ってないし」

「そりゃ結構。ま、言《い》われる迄《まで》も無《な》いだろうけど、早く寝《ね》た方が身の為《ため》なんじゃない？」

そう言い残して、那織《なおり》がキッチンを出て行く。

思わず背中に呼《よ》び掛《か》けた——「ねぇ」

「ん？」

「……おやすみ」

結局、わたしは言えなかった。

「おやすみ」


昨夜のうちに準備していたわたし超《ちょう》えらいって自分に感謝しつつ、寝不足《ねぶそく》の頭で準備をしながら、那織《なおり》に言うべきだったのかが頭の片隅《かたすみ》に引《ひ》っ掛《か》かって気持ちが悪い。でも、あの子の気持ちを考えると……付き合ったことを報告しておいて、今更《いまさら》何を言ってるんだって自分でも思うけど、うまく言えないっていうか、なんか気持ちが割り切れないまま。

どうすれば良いかなんて、きっと誰《だれ》にもわかんない——そう言い聞かせるのが精一杯《せいいっぱい》。

あー、もうやめやめ。今はそんなこと考えてる場合じゃない。

なんとか身支度《みじたく》を終え、今日のメインを冷蔵庫から取り出して仕舞《しま》う。

「もう出掛《でか》けるの？」

「うん。行ってくる」

「気を付けてね」そう言ったお母さんが、何故《なぜ》か玄関《げんかん》まで着いて来て、「しっかし、お弁当を持ち寄って交換《こうかん》だなんて、あんた達も可愛《かわい》らしいことするよね。私が琉実《るみ》くらいの時なんて、ファミレスでどれだけ粘《ねば》れるかとかだったのに。今になって思い返すと、お金を大して落とさず長居してごめんなさいって感じだけど」と、靴《くつ》を履《は》くわたしに向かって続けた。

「ファミレスも行くけど、たまにはこういうのも良《い》いかなって——もういい？　行かなきゃ」

「あー、引き止めてごめん。遅《おそ》くならないようにね」

「うん。わかった」

ドアを開けると、思いの外日差しが強くて、眩《まぶ》しさに目がびっくりした。

昨日見た天気予報だと曇《くも》りって言ってたけど、叫《さけ》びたくなるくらい気持ちのいい青空だ。このパターンで予報が外れるのは大歓迎《だいかんげい》。ちょっと生ぬるい風があるけど、それも心地《ここち》いい。

純《じゅん》とは駅で待ち合せている——駅で待ち合わせようって言ったわたし、天才。家の前で待ち合わせてたら、絶対お母さんに見られてた。てか、わざわざ玄関《げんかん》まで来なくて良いのに。

ま、いいや。

そんなことより、早く行かなきゃ。

色々悩《なや》んだ挙げ句、今日のデートは動物園にした。イイ案が思い付かなくて、たまたま観《み》ていた映画に動物園でデートするシーンがあって、デートっぽいからっていう安直な理由だったけど、実際、行くのはドコでも良かった。これぞ、ザ・デートみたいなことができれば、それで良かった——だから、お母さんに手伝ってもらってお弁当《サンドイッチ》も作った。

いつもの通学路が、これから純《じゅん》とデートってだけで違《ちが》って見える。

毎朝、決まって窓越《まどご》しにこっちを見てくるシェルティ君、今日は顔を見せない——散歩にでも行ってるのかな？　その数軒隣《となり》には、きちんと手入れされてて、季節の花が絶えない花壇《かだん》のある家——優《やさ》しそうなおばあちゃんが雑草を取っている。道を挟《はさ》んで向こう側の家では、おじさんが車を洗っている——ちょうど宅配便の車が停まって、それに気付いたおじさんがシャツで手を拭《ふ》きながら対応する。小学生っぽい男の子たちが、「どっちが先に着くか今から勝負しようぜ」なんて言いながら自転車でわたしの脇《わき》を駆《か》け抜《ぬ》けていく。

いつもと違《ちが》う時間に歩くこの道は、いつもとちょっとだけ顔が違《ちが》う。

いつもと違《ちが》う気分で歩くこの道は、いつもとちょっとだけ顔が違《ちが》う。

駅が見えてきて、気持ちが走る。でも、わたしは走らない。髪《かみ》がばさばさになっちゃったらカッコつかないし、汗《あせ》だくなんてもっての外——だから落ち着け、わたし。

駅が近付いてきて、スマホをいじってるTシャツ姿の純《じゅん》が遠くに見えた。

まだわたしに気付いてない——〈もう少しで着きそう。どの辺にいる？〉って、どこに居るのかわかっているのに、もう見付けてるのに、やり取りを楽しみたくて敢《あ》えてラインする。

《バス乗り場の横の広場に居る。見える所に立ってるよ》純《じゅん》から返信。

街路樹の囲いに腰かけていた純《じゅん》が、スマホを仕舞《しま》いながら立ち上がる。辺りを見回した純《じゅん》が、わたしを見付ける――交差点の方に歩いてくる。

走らないって決めてたのに、思わずわたしもちょっと小走りになる……走ったのに、信号が赤になって交差点で止められる。待ち時間がもどかしい。通り過ぎる車の向こうに純《じゅん》の姿が見えるから落ち着いた風を装《よそお》って澄《す》ましてみせるけど、足踏《あしぶ》みしたいくらいじれったい。早く替わって。

気を紛《まぎ》らわそうとスマホに手を伸《の》ばして――さっき走ったのを思い出す。暗いままの画面で前髪《まえがみ》を確認《かくにん》。汗《あせ》を拭《ふ》いて、ちょっと直して、うん、大丈夫《だいじょうぶ》。

ようやく信号が替わって、交差点を渡《わた》る。

「お待たせ」

「僕もさっき着いたばっかだ」

純《じゅん》は気にしてないんだろうけど、このベタベタなやり取りすら心地《ここち》いい。

「それにしても良《い》い天気だ。立ってるだけで汗《あせ》が滲《にじ》んで来《く》るよ。予報だと曇《くも》るって言ってたから心配してたけど、完全に杞憂《きゆう》だったな」遠くの入道雲を見ながら純《じゅん》が言った。

純《じゅん》も、天気を気にしてたんだ――それが嬉《うれ》しい。

「ね。まさにデート日和《びより》って感じでいいじゃん。テンション上がる」

「出掛《でか》けるにはこれ以上無いってくらいだな」

でも、デートって言ってくれないのは減点かな。

「さ、行こっか」

私服で、二人で電車に乗る。空いてる席を純《じゅん》が譲《ゆず》ってくれて、わたしの前に純《じゅん》が立つ。

わたし達以外にも乗客はそこそこ居て、みんな楽し気な服装をしている。休日の電車はみんな余裕《よゆう》があるっていうか、わくわくしてる空気が溢《あふ》れていて嫌《きら》いじゃない……嫌《きら》いじゃないんだけど、部活の時は制服着てたりするから、周りとの温度差が気になることもあったりして、ちょっと寂《さび》しくなったりする——でも、今日はそうじゃない。

わたしは彼氏《かれし》とデートに出掛《でか》けるところで、曖昧《あいまい》でふんわりとした会話でもどこかわくわくしていて、純《じゅん》もどことなく浮《う》かれてる感じがして——浮《う》かれてるのはわたしかも。

ゆるく効いた冷房《れいぼう》と、窓から入ってくる日差しが絶妙《ぜつみょう》なバランスで混ざり合う。

「昨日はよく眠《ねむ》れた？」

「あー……正直言うと、ちょっと寝不足《ねぶそく》なんだ」

「そうなの？　もしかして、今日が楽しみで？」

「まぁ、平たく言えば」

平たく言えばって……何その言い方。ふーん、そっか。寝不足《ねぶそく》なんだ。「子どもじゃん」

「だから言いたくなかったんだよ」純《じゅん》が口を尖《とが》らせて横を向いた。

「実を言うと、わたしも寝不足《ねぶそく》」

「何だよ。琉実《るみ》だって子どもじゃん」

「二人とも寝不足《ねぶそく》って……うちら、完全に終わってる」

お揃《そろ》いじゃんって言《い》い掛《か》けてやめた。浮《う》かれすぎてるかなって。

「初めてだしな……その、付き合ってから二人で遠くに出掛《でか》けるのは」

その、付き合ってから、二、人で、遠、く、に出掛けるっていうまどろっこしい言い方っ！

いいけど。いいですけど。

「って、言うほど遠くじゃないか」

そのフォロー、ズレてると思いまーす。もう、そこじゃ無いんだって。

でも、楽しい。

まだ着いてもないのに、電車乗っただけなのに、凄《すご》く楽しい。むっちゃ楽しい。

鞄《かばん》を抱《だ》き締《し》めつつ、身体《からだ》を伸《の》ばす――はぁ、幸せってこんな感じなのかな。

純《じゅん》のパンツに付いてる糸くずを取る。

「ん？」

「糸くず付いてた」

「ありがと」

それから、たまに会話して、無言になって――目的の駅まであっという間だった。純《じゅん》ぽく言うと、ワープしたみたいにあっという間だった。動物園はここからバスですぐ。

バスは家族連れでいっぱい――小さい子どもの声が満載《まんさい》だったけど、わたし達みたいな若いカップルもいて、その女の子と一瞬《いっしゅん》だけ目が合った——ふいっと視線を外される。

ぱっちりした目で、守ってあげたくなるようなちょっと幼い甘えた表情で、羨《うらや》ましくなるくらい小顔で、きっちりメイクしてた。髪《かみ》もふわふわだった。財布《さいふ》とスマホとリップくらいしか入らなそうな小さくてリボンの付いたハンドバッグ。服も全体的にひらひらしてて、足の先から頭の先まで隙《すき》がないくらいカワイイで埋《う》め尽《つ》くされていた。

スニーカーにパンツ姿のわたしは少し気後《きおく》れする——動物園だし、沢山《たくさん》歩くから。履《は》き慣《な》れない靴《くつ》で靴《くつ》ズレしたら嫌《いや》だし、スカートだとめくれちゃうかもだし、動きやすさ重視で服を選んだわたし、間違《まちが》ってないよね……慌《あわ》てて女の子から目を逸《そ》らした。

カラフルな気分に黒っぽい灰色が混ざりそうになる。

やめやめ。考えるのはよそう。

デートはまだ始まったばかりなんだから。

動物園に着いて、チケットカウンターで純《じゅん》が二人分買ってくれた。「出すよ」って言ったけど、「これくらい良《い》いって」と言って、わたしにチケットを渡《わた》した。県の動物園だから入園料は高くない。高くないって言うか、超安《ちょうやす》い。けど、金額じゃない。純《じゅん》がさらっと出してくれたことが嬉《うれ》しい。今、すっごくデートしてるって気分。マイナスの気分がゼロになる。

「小学校の遠足以来だ」

「ね。超久々《ちょうひさびさ》に来た」

「結構広かった記憶《きおく》があるけど、今来るとそうでもなかったりするのかもな」

そう言って笑った純《じゅん》だったけど、コアラとかカンガルーの居るエリアに着く頃《ころ》には「ここってまだ最初の方だよな？　既《すで》にそこそこ歩いた気がするぞ。もしかしてこの動物園、めちゃくちゃ広いんじゃないか？」なんて口にして、額の汗《あせ》を拭《ぬぐ》っていた。

「さっきと言ってること全然違うじゃん。てか、言うほど歩いてないし、地図を見るまでもなくまだ序盤《じょばん》だよ？　キリンとかポニーしか見てないし」

立ち止まろうとした純《じゅん》の背中を押して、アスレチックで遊ぶ子どもの脇《わき》を抜《ぬ》けていくと、コアラのいる建物が見えてきた――建物に入ってすぐ、樹《き》の上で丸まっている灰色のもこもこが目に入った。「ね、見て。コアラ」

「寝《ね》てるな」

コアラはみんな樹《き》の上でうずくまるようにして寝《ね》ていて、こっちを向いてくれない。

「コアラって昼は寝《ね》てるの？　なんだっけ、夜行性？」

「かも知れないな。あとは体力を温存してるとか？　ほら、コアラが食べるユーカリって毒があるって言うだろ。だから消化にエネルギーを使うのかも」

純《じゅん》がスマホを取り出して、画面を見ながら続ける。「コアラは夕方とか夜に動いて、日中は殆《ほとん》ど寝《ね》てるみたいだ。消化に体力を使うのもあって、二〇時間くらい寝《ね》るらしい」

「まるで那織《なおり》じゃん。ご飯のあと、すぐ横になるし」

「消化の為《ため》の体力温存ってことか……那織《なおり》は確実に夜行性だし、生態は近いかもな」

「でしょ？　てかさ、聞いてよ。この前なんだけど、那織《なおり》がさー、わたしが練習から帰って来て、夕ご飯を食べようかって時間に起きてきたんだよ？　さすがに寝過《ねす》ぎじゃない？」

「夜に起きるのはやばい。もしかしたら、那織《なおり》の前世はコアラなんじゃないか」

同意しかけたけど、那織《なおり》の前世がコアラってのはちょっと悔《くや》しい。愛されキャラ感が。どうせだったらナマケモノとか……それはちょっと言い過ぎだよね。ごめん。

てか、純《じゅん》の口から前世なんて言葉が出てくるとは——絶対信じてないでしょ。

「わたしからすると、純《じゅん》だって十分夜行性だけどね」

「夜行性は否定しないが、昼には起きるぞ。幾《いく》ら僕でも夜に起きるのは無い」

「わたしからすれば、お昼まで寝《ね》てるのも十分寝過《ねす》ぎだけど」

忙《せわ》しなく動き回るコアリクイに日陰《ひかげ》でつまんなそうに寝《ね》てるカンガルー、放し飼いみたいになっててすぐそばまで来てくれたワラビーとか——いっぱい写真を撮《と》って、恐竜《きょうりゅう》のオブジェを見ながら「こんな大きい動物がいたんだねぇ」なんて言ったりして、木陰《こかげ》のベンチに座って休憩《きゅうけい》する頃《ころ》にはお腹《なか》が超空《ちょうす》いてて、時間もちょうど良かったからお昼にしようってなった。

「近くに売店無いし、もうちょっと歩かないと——」

そう言う純《じゅん》に、もうまさに待ってましたって感じで、「お弁当、作ってきた」ってリュックからお弁当箱を出す。この一瞬《いっしゅん》の為《ため》にめっちゃ頑張《がんば》ったんだからっ！

「マジで？　作ってきてくれたの？　ありがとう」

この純《じゅん》の言葉と驚《おどろ》いた表情が見たかったんだ。

純《じゅん》から言われた「ありがとう」が嬉《うれ》しくて、くすぐったくて、簡単に飲み込みたくなくて、しばらく堪能《たんのう》したくて、不自然でもイイから時間を掛《か》けて味わって――「サンドイッチだからそんなに大層な物じゃないけど」なんて謙遜《けんそん》してみたりして。

「そんなことないよ。本当にありがとう。嬉《うれ》しいよ」

お弁当箱から取り出したサンドイッチを純《じゅん》に手渡《てわた》すと、「この包装凄《すご》いな、売ってるヤツみたいだ」ってまた驚《おどろ》いてくれて、個別の包装を用意した甲斐《かい》があった――これはお母さんのアイディア……ていうか、いつも包んでくれるから真似《まね》しただけなんだけど、そんなことどうでも良くて。純《じゅん》がこんなに驚《おどろ》いてくれて、嬉《うれ》しがってくれたってことが重要。

頑張《がんば》って良かった。

わたしが作ったお昼を二人で食べて、それからまた色んな動物を見て、いっぱい歩いて、たくさん喋《しゃべ》った。これ以上ないってくらい濃密《のうみつ》な時間を過ごした。

正門に戻《もど》って、純《じゅん》が「脚《あし》がパンパンになった」なんて笑って。

お揃《そろ》いのお土産《みやげ》を買おうよって言って、売店でペンを買った。

もうまさに恋人《こいびと》って感じの、映画で見たようなデートをした。

初めてのちゃんとしたデートは、大満足で最高に楽しかった。

だから帰りのバスの中はとても寂《さび》しくて。

もう終わっちゃうのが、信じられなくて。

駅に着いて、家が隣《となり》だからこれでお別れじゃないし、駅からの帰り道だって一緒《いっしょ》なんだけど、半端《はんぱ》なく寂《さび》しくて——純《じゅん》もそう感じてくれていたら良《い》いなって思う欲張りな自分も居て、できればこのまま帰るんじゃなくて、もうちょっと喋《しゃべ》りたい、もっと一緒《いっしょ》に居たいって思っていたから、純《じゅん》が駅を出てすぐのところで「今日は朝からずっと楽しくて、何かこのまますっと帰るのが惜《お》しいくらいだ」って言ったのが、もうこれ以上ないくらい嬉《うれ》しくて、純《じゅん》も同じ気持ちだってわかったのがたまらなく愛おしくて、素直《すなお》に「わたしも同じ」って言えた。

それからいつもの公園に寄って、散々話したのに「楽しかったよね」みたいに中身のない動物園の感想をまた言って、学校の授業がどうとか部活の話とかいつも通りで他愛もない雑談をして、まるで帰る時間を引き延ばすみたいに——ううん、「そろそろ帰ろっか」って言いたくなくて時間稼《じかんかせ》ぎしてた。わたしから言いたくなくて、純《じゅん》の口からも聞きたくなくて。

無言になるのが、時間を確認《かくにん》するのが、終わりを感じるのがたまらなく怖《こわ》かった。

でも、無理だって知ってる。叶《かな》わないって知ってる。だからこそ抵抗《ていこう》したかった。

なんとか話題を出すんだけど、そろそろみたいな空気が漂《ただよ》う瞬間《しゅんかん》が何度かあった。

何度目かの沈黙《ちんもく》で、純《じゅん》が「そろそろ帰らないと不味《まず》いよな」って言った。

「うん、そうだね」もう抗《あらが》わなかった。

家までの道のりは、何故《なぜ》だか二人とも無言になった。

家が見えてきて、ああ、楽しかった時間もこれで終わりなんだ……って思ったとき、純《じゅん》がわたしの顔を見て、「今日はありがとう。サンドウィッチ美味《おい》しかった」って言ってから、ひと呼吸おいて「また出掛《でか》けような」と口にした。

その言葉が嬉《うれ》しすぎて、純《じゅん》も楽しんでくれたんだって思えて、聞こえないように口の中で何度も呟《つぶや》いた――「（また出掛《でか》けような）」って。まただって。

「琉実《るみ》はどこ行きたいとかある？」

「うーん、動物見たから今度は水族館とか……どうかな？」

「水族館か。久しく行ってないし、涼《すず》し気《げ》で悪くない」

「よしっ次は水族館に決まりっ！」

次の約束が寂しさを紛らわせてくれる――だから言える。「じゃあ、また明日」

＊

「やっぱさ、デートのときってスカートのがイイのかな？」

「どした、急に」麗良《れいら》がパンを口に入れようとした恰好《かっこう》で止まった。

「この前、純《じゅん》とデートしたって言ったじゃん？」

「ん」空で止まっていた麗良《れいら》の手が動いて、パンをかじる。

「そんときね、動物園だったし、歩くからって思って、わたしは普通《ふつう》にスニーカーとかパンツだったの。けど、行く途中《とちゅう》で同い年くらいのカップルが居て、その女の子がひらひらしたスカートにすっごい可愛《かわい》い靴履《くつは》いてて。薄《うす》いピンクの、こう小《ち》っちゃいリボンが付いてたりして、なんかもうわたしなんてその子に比べたらめっちゃ普段着《ふだんぎ》だなって」

「あー、そういうこと」麗良《れいら》が小さく手を払《はら》ってから、ペットボトルを取った。「えっと、気持ちはわかるけど、それについて琉実《るみ》の判断は間違《まちが》って無いでしょ。事前に歩くって分かってるんだから、スニーカーでいいじゃん。スカートはまたの機会に穿《は》けば良くない？　デートはその一回切りなの？」と一息に言って、ペットボトルの蓋《ふた》を開けた。

「そっか、次があるもんね……うん、そうだね」

水を飲み終えた麗良《れいら》が「でしょ？」とだけ言って、次のパンに手を付けた。

「一度で完璧《かんぺき》にこなそうみたいに考えなくても良くない？　あんた達の場合はさ、そのデートが初めて会いました、とかじゃないじゃん。転んだだけで泣きわめくような小さい頃《ころ》から一緒《いっしょ》なんでしょ？　だからこそカワイイ恰好《かっこう》でってのもわかるよ、けど、緊張《きんちょう》してガチガチとか気を張《は》り詰《つ》めないで居られるってのもまた、付き合いが長いメリットじゃないの？」

「わたし、転んだだけで泣きわめいたりしなかったけど」どちらかと言えばそれは――「それはイイとして、帰《かえ》り際《ぎわ》にまた出掛《でか》けようって言ってくれたし、次のデートはカワイイで攻《せ》めてみようかな……でもさ、わたしがやったら変じゃないかな？」

「変の意味がわかんない。心配しすぎだって。全然大丈夫《だいじょうぶ》だから。自信持ちな。琉実《るみ》の可愛《かわい》さは私が保証する。それより、琉実《るみ》ってそういう服持ってんの？　まずはそっちっしょ」

「えっと……」

待って。無いかも。え？　もしかして、わたし、そういう服、一着も持ってなかったりする？　いや、でもあの服だったら……そう言えば、最近全く着てないかも。もしかして、買ったの大分前じゃない？　うん、大分前だ──新しい服、買いたいなぁ。

「ね、今度、服買いに行かない？」

言ってから自分でびっくりする。服が欲しいなんて、それもこんな風に誰《だれ》かを誘《さそ》ってまで欲しいなんてあんまりなかった──昔はあったかもだけど、最近はなかった気がする。

「無かったんだね。いいよ、行こうよ。渋谷《しぶや》でも行く？　どんな服が欲しいの？」

「んー、ぱっと思い付かないけど……かわいいヤツ」

「超《ちょう》ざっくりじゃん。琉実《るみ》に言っといてアレだけど、私もカワイイ系着ないからなぁ……ふと思ったんだけどさ、琉実《るみ》の妹はそういうの詳《くわ》しそうじゃない？」

「それはそうなんだけど……デートの服を那織《なおり》に訊《き》くのはどうかなって……」

「だったね。ごめん。よく考えないで喋《しゃべ》った。よし、私に任せなさいっ！」

「ありがと。困ったときに助けてくれる麗良《れいら》のそういうとこ、大好き」

「琉実《るみ》の為《ため》だし、私が一肌脱《ひとはだぬ》ぐしかないでしょ。可南子《かなこ》には任せらんないじゃん？　可南子《かなこ》ママがお母さん趣味《しゅみ》全開の変なだっさい服選んできたら困るっしょ？」

「ちょっと麗良《れいら》……それは可南子《かなこ》に失礼だって」

「とか言いつつ、ニヤニヤしてるのは誰《だれ》かな？」

麗良《れいら》がふざけてお腹《なか》をくすぐってくる。「ちょっ……やめっ……くふっ……」

身をよじって逃《に》げていると、急にくすぐるのをやめた麗良《れいら》が「ごめんごめん。少し調子のりすぎた」と、わたしのスカートを直した。「前々から思ってたんだけど、琉実《るみ》って脚《あし》キレイだよね。なんて言うの、形が整ってるっていうか、細過ぎず太過ぎずって感じで」

え？　脚《あし》がキレイ？　褒《ほ》められるのは嬉《うれ》しいけど――「脚《あし》がキレイなんて初めて言われた」

「そう？　私は前から思ってたよ。特にこの健康的なふくらはぎが――」

麗良《れいら》の指がわたしの脚《あし》にさわっと触《ふ》れた。

「ちょっと、いきなり触《さわ》らないでよー。もうっ、くすぐったいって」

「これくらいいいじゃん……それよりさ、今度のデートはミニとか穿《は》いてみたら？　もっとその美脚《びきゃく》をアピールするべきだって。ショーパンでも良《い》いけど、ここはミニでしょ」

ミニかぁ……ハードル高くない？

「わたしがミニスカートって、変じゃないかな？」

「変じゃない。琉実《るみ》には似合うって」

「んー……だとしても、持ってない」

「じゃあ、買おう！　琉実《るみ》に似合いそうなの調べとくから、琉実《るみ》も自分が穿《は》きたいのを幾《いく》つかピックアップしておいてよ。あ、トップスもね」

「……わかった」

　自分から言ったカワイイ服ってワードに、冷静になればなるほど怖気《おじけ》づいてしまう。小さい頃《ころ》からわたしは、それこそ純《じゅん》の前では〝カワイイ女の子〟を出さないように意識してきた。わたしだってカワイイ物は好きだし、憧《あこが》れるし、身に着けたいって昔は思ってた。

　でも、いつからか言えなくなった――那織《なおり》が居たから。

　カワイイ物に貪欲《どんよく》な那織《なおり》を前にすると、どうしても一歩引いてしまう。カワイイ物を纏《まと》った姿で、お母さんや純《じゅん》に「どう？　カワイイ？」って自然に訊《き》ける那織《なおり》の前では言い出せなかった。何度も「わたしも」とか「わたしは？」って言《い》い掛《か》けた言葉を飲み込んだ。

　でも――お母さんにカワイイって言って欲しくて、カワイイって言われたくて、那織《なおり》とお揃《そろ》いとか色違《いろちが》いの服のときを狙《ねら》って「ねぇ、お母さん。那織《なおり》の服、カワイイよね？」って言ったりしていた。お母さんが「琉実《るみ》も似合っててカワイイよ」って言ってくれたから――味をしめたズルいわたしは、那織《なおり》を褒《ほ》めることでおこぼれのカワイイを貰《もら》うようになった。

　わたしは、その頃《ころ》からお母さんのことをママって呼ばなくなった。

「ねぇ、お母さん。お願いがあるんだけど」

夕食のあと、那織《なおり》が自分の部屋に行ったタイミングを狙《ねら》って——食器を片付けながら話《はな》し掛《か》ける。お父さんはソファに座ってるし、きっとキッチンでの会話は聞こえない。

「何？」

「今度、麗良《れいら》と服を買いに行こうって話をしてるんだけど——」

「いいよ。幾《いく》ら欲しいの？　一万でいい？」言い終わる前にお母さんが言う。

「そんなにくれるの？」

「だって服買うんでしょ？　琉実《るみ》が服買いたいなんて珍《めずら》しいし。ただ、あれもいいな、これもいいなんてやってたら、一万円なんてあっという間だからね」

それは……ネットで調べてて思った。安いのも沢山《たくさん》あるけど、こっちのデザインの方がカワイイって値段を見ると、スカートだけで七千円とか八千円とか普《ふ》通《つう》にする。

そこまでのは買えないし、お店で値段を見ながら考えれば——「うん、ありがとう」

「買い物はいつ行くの？」

「今度の日曜」

「じゃあ、渡《わた》すのはその時で良《い》い？」

「うん。ありがとう」

二階に上がりながら、ふと麗良《れいら》の言葉を思い出す。那織《なおり》の服を参考にする——ありかも。新しく服を買うんだし、失敗はしたくない。記憶違いじゃなければ、カワイイスカートがあったはず――デートとか言わなければ、ただ普通《ふつう》に服を見せてもらうだけだったら、多分大丈夫《だいじょうぶ》だと思う……けど、いきなり行ったら変かな？　うーん、悩《なや》んでても仕方ないよね。

那織《なおり》の部屋をノックする。「入るよ？」

くぐもったう～んみたいな返事がした。中に入ると、那織《なおり》が机に突《つ》っ伏《ぶ》していた。

「何の用？」

「いやぁ、ちょっと那織《なおり》の服見せて欲しいなって」

那織《なおり》がゆっくりと身体《からだ》を起こす。「何で？　どういう目的？」

「麗良《れいら》から服を買いに行こうって誘《さそ》われて……参考になるかなって」

「ふーん。私の服なんて改めて見《み》る迄《まで》も無《な》いと思うけど？」

トゲのある言い方だけど、声の感じからとりあえず言ってみたってとこかな。

「それでも……ほら、自分に当ててみたりとかはしたことないし」

「別に断る理由も無いし、好きにしたら良《い》いよ」再び机に身体《からだ》を戻《もど》そうとした那織《なおり》が、こっちをぱっと見て、一言付け加えた。「どうせならブラも当ててみる？」

「結構ですっ！」

うっざ。

もういい、那織《なおり》なんて知らない。許可もらったから無視して勝手に見る！

那織《なおり》のクローゼットを開けて、仕舞《しま》われた服を出しては戻《もど》す。いざ引っ張り出してみると、自分には似合わなそうかなってなるけど、当ててみたりして。あれこれ漁《あさ》っていると、ミニスカートが出てきた——シンプルなプリーツだったり、フレアだったり。

どれもカワイイけど、これじゃない。確か——リボンの付いたミニ。

家族で出掛《でか》けたとき、那織《なおり》が遊びに行くとき、何度か見たスカート。

リボンの付いた黒いミニスカートが目に留まった。そうそう、これ！

やっぱりこのスカート、凄《すご》くカワイイ。背後の那織《なおり》を確認《かくにん》して、そっと当ててみる。

うわ、短っ！　こんな丈《たけ》だとすぐ下着見えちゃわない？　大丈夫《だいじょうぶ》？

でも——このスカートがいいな。タグを見てブランド名を頭に刻む。

目当てのスカートを見付けたけど、他の服も参考に色々と見ておく。

てか、なんで那織《なおり》はこんなに服持ってるの？　いつの間に買ってるわけ？　お金は？

細かいこと考えるのはよそう。うん、目的は達成したからもういい。

ちらっと振《ふ》り返《かえ》って那織《なおり》を見ると、わたしのことなんて興味ないって感じで机に向かって何かやっている。課題か何かっぽい？　あれこれ服を見といて今更《いまさら》だけど、あんまり邪魔《じゃま》すると機嫌《きげん》悪くなりそう——スカート見れたし、この辺にしとこっかな。

「ありがとう。もう大丈夫《だいじょうぶ》。邪魔《じゃま》しちゃったね。ごめん」

「もういいの？」那織《なおり》が椅子《いす》ごとくるっと回ってこっちを向いた。

「うん。色々参考になった。ありがとね」

「参考、か。彼氏《かれし》が出来て、デートに行くなら服にも気を遣《つか》わなきゃって、差《さ》し詰《ず》め手近なサンプルを取《と》り敢《あ》えず見に来た、と。図星でしょ？」

うっ……何て返そうか考えていると、「そんな隠《かく》さなくたって良《い》いじゃん。この前だって、本当は友達と出掛《でか》けたんじゃなくて、純《じゅん》君とデートに行ったんでしょ？」と言《い》い逃《のが》れできないくらい完璧《かんぺき》に全部言い当てられて、わたしは力なく頷《うなず》いた。

「良《い》いんじゃない？　色気の無い服ばかりだと、飽《あ》きられちゃうかも知れないし」

「えっ？　飽《あ》きられるとかあるの？」

「さぁね。私は一般論《いっぱんろん》として言っただけだから気にしないで」そう言ったあと、聞こえるか聞こえないかわからないくらい小さい声で「無いかな。相手は純《じゅん》君だし」と呟《つぶや》いた。

那織《なおり》の言い方が投げやりっていうか諦《あきら》めっていうか、虚勢《きょせい》の隙間《すきま》からこぼれた弱音みたいな、上手《うま》く言えないけど悲しそうな感じがして、凄《すご》く引《ひ》っ掛《か》かった——舞《ま》い上《あ》がったわたしは、また妹にひどいことをしてしまったのかも知れない。

それから逃《に》げるようにして、那織《なおり》の部屋を出た。

＊

お昼の混雑を外して入ったカフェレストランでとろとろのオムライスを食べて、色々歩き回ってぺこぺこだったお腹《なか》がようやく落ち着いた。あとはデザートが来るのを待つだけ。

「なかなか琉実《るみ》の気に入るスカートには巡《めぐ》り合《あ》えないよね」

「付き合わせてごめんね」

良さそうなのは幾《いく》つかあったんだけど、これにしようかなってところで那織《なお》のスカートが頭にちらつく。麗良《れいら》には悪いんだけど……買う決心がつかないまま時間だけが過ぎていく。

「謝らない。今日は琉実《るみ》の買い物メインで来てるんだから遠慮《えんりょ》しなくていいの。ついでに私も服とかクリーム買ったし——それに、ショップまわって服見てるだけでも楽しいじゃん」

麗良《れいら》と一緒《いっしょ》だから、普段《ふだん》はあんまり見ないような大人っぽいお店に寄ったり、あとは麗良《れいら》が愛用してるっていうシカクリームをわたしも買ってみたり——「だね。超楽《ちょうたの》しい」

楽しいと言えば……若干《じゃっかん》の不安要素。忘れようと思っていたあることが、ふっと頭を埋《う》め尽《つ》くしていく。麗良《れいら》は仲間だよね？「ちなみになんだけど、もうテスト勉強してる？」

「ちょっと琉実《るみ》、今日はその話題は禁止だから」

良かった。わたしもまだしてないんだよね。だから思わず訊《き》いちゃった。

「ごめんごめん。買い物に集中しなきゃだよね」

足元に置いた紙袋《かみぶくろ》に目を落とす——普段《ふだん》はあんまり買わないって意味で言えば、これこそ絶対に買わないだろうフリルの付いたピンクのブラウスを、勢いで買った。ぺたんこのパンプスもかわいいなって思って、シンプルなリボン付きのを買った。

カワイイ物を買うって決めたら、どんどんテンションが上がっていった。勢いがないと絶対買えなかったし、買っちゃった感はあるけど満足してる——あとはスカートだけ。

デザートのチーズケーキが運ばれてきて、一口食べて麗良《れいら》と思わず顔を見合わせる。ブルーベリーのソースが超《ちょう》美味《おい》しくて、食べて減るのがもったいないくらい。

ここまではもう最高だった。完璧《かんぺき》と言ってもいいくらい。

だけど、那織《なおり》の部屋で見たあのスカートみたいに「これだっ！」ていうスカートには巡《めぐ》り合《あ》えなかった。那織《なおり》のスカートに書いてあったブランドも見た——けど、無かった。どうせ買うならあのスカートよりカワイイヤツが良かった。色んなショップを見る中で、これならと思ったものがなかったわけじゃないけど、どれも高くて買えなかった。

麗良《れいら》が「貸そうか？」って言ってくれたけど断った。調子に乗ってお金を使い過ぎた自分が悪いんだし、友達からお金借りるのはしたくなかった。

最後の最後に——なんだかもやもやして悔《くや》しかった。

けど、わたしがあんまり落ち込んでると麗良《れいら》に申しわけないし、空気悪くしてもだから、スカートを買えなかった分、気合入れて遊んだ。プリを撮《と》って、クレーンゲームでメンダコのぬいぐるみを取った——これは那織《なおり》へのお土産《みやげ》。そして思った。

那織《なおり》に借りたらどうかなって。

夕飯のあと麗良《れいら》と別れて、家に帰ってまずはお母さんに報告。お金貰《もら》ったし。お母さんはテレビをつけてはいるけど、特に見てないって感じだった。お父さんと那織《なおり》は自分の部屋にいるのか、リビングにはいなかった——だから遠慮《えんりょ》なく、今日買ってきた物を全部袋《ふくろ》から出して並べた。一通り見せ終わって、なんて言われるかなって思ってたら、「いいじゃん、可愛《かわい》い。琉《る》実《み》もっとこういう服着ればいいのに」ってめっちゃ肯定《こうてい》してくれて安心した。

「そうかな？　どう、似合う？」

「似合う似合う。下は？」

「イイのなかったんだよね……ね、お母さんが高校生の頃《ころ》ってどんな服が流行《はや》ってたの？」

「私の時は……ギャルっぽいファッションが流行《はや》ってた、かな。ラブボとかセシルマクビー、アルバローザ辺りが鉄板でさ。あとはとりあえず肌《はだ》出しとけ、みたいな。それで外せないのはロングブーツね。あ、ショップの袋《ふくろ》とか集めてた。懐《なつ》かしい」

「ショップの袋《ふくろ》を？」

「そうそう。学校の机に掛《か》けたりして——うん、みんな持ってたな。学校と言えば、前に『那《な》織《おり》のスカート短くない？』って琉実《るみ》言ってたじゃん？　私の頃《ころ》なんてあんなもんじゃなかったわよ。大きい声じゃ言えないけど」お母さんが身を乗り出して小声になる。

那織《なおり》よりも短かったって……「もしかして、お母さんもギャルだったの？」

「私はそこまでコテコテじゃなかったけど、時代だったたし、それなりにはね。カーディガンはもちろんラルフローレンだったたし、マフラーはバーバリー。そこまで含《ふく》めて制服だった」

高校生だった頃《ころ》のお母さん――全然想像が付かない。

「ねー、その頃《ころ》の写真とかないの？　超見《ちょうみ》たい」

「写真？　うーん、実家行けば当時のプリ帳とかあるだろうけど……」

「プリ帳？　お母さんもプリ撮《と》ってたりしたの？」

「撮《と》った撮《と》った。最初はあんまり機能なくて、画質も粗《あら》かったんだよね。フレームも大きかったし、写るのは顔だけって感じでさ。だから逆に可愛《かわい》く撮《と》れてたりして。そうそう、それから全身が撮《と》れるようになったり、書き込めるようになったりしたんだよね――いやぁ、懐《なつ》かしいなぁ。新しいのを撮《と》ったら備え付けのハサミで切って、会った時にすぐ交換《こうかん》みたいな感じで、ことある毎《ごと》に『今、プリ帳何冊目？』なんて盛り上がってた。話してたらだんだん思い出してきた……プリを中に貼《は》る透明《とうめい》なキーホルダーとかあったなぁ」

そうやって話すお母さんが凄《すご》く近くに感じて、昔のお母さんもわたしたちと変わらなかったんだって思うと、めっちゃ親近感が湧《わ》いてきて、なんだか嬉《うれ》しくなる。

「ねぇ、今度、那織《なおり》と三人で撮《と》ろうよ」

「こんなおばさんと撮《と》っても仕方ないでしょ」

「そんなことないって。記念になるじゃん？　ほら、家族写真だと思えば」

「家族写真って……うーん、考えとく」

あんまり乗り気じゃないっぽいかぁ……

「ね、中学とか高校のとき、彼氏《かれし》って居た？」

「居たよ」

「どんな人？　イケメン？」

「えー、まぁ、カッコ良かったんじゃない？　色々だからあんま覚えてないけど」

「絶対覚えてるでしょ。てか色々って……何人くらいと付き合ったの？」

「秘密」

「なにそれ、ずるい。じゃあ、初めて付き合ったのはいつ？」

お母さんと盛り上がって、恋愛遍歴《れんあいへんれき》の一端《いったん》を聞いちゃったりして、ついでにデートの話も訊《き》いたりして、どきどきしつつもほくほくした気持ちで自分の部屋に入ってもう一度服を出してベッドの上に置く。甘い系だし、完全に勢いで買ったけど、うん、カワイイ。

「それ、今日買った服？」

背後からいきなり話《はな》し掛《か》けられてびくっとする——那織《なおり》か。「ノックくらいしてよ」

「開いてた」そう言って中に入ってきた。「いいねそれ。可愛《かわい》い」

「でしょ？　カワイイよね」

「うん。そういう服、珍《めずら》しいよね。でも、良《い》いんじゃない？　ちなみに下はあるの？　そのトップスに合わせるなら——」那織《なおり》がわたしのクローゼットを開けだした。

これはチャンス……かも！

「あー、この辺のスカートなら……うーん、ちょっと違《ちが》うか」

ぶつぶつ言いながらわたしの服を物色する那織《なおり》。「ねぇ、あの──」

「ちょっと待って。てか、お姉ちゃん、改めて見ると全体的にパンツ多くない？　分かってたとは言え、こう並べて見ると……全然関係無いんだけど、このスキニーの色、良《い》いね」

那織《なおり》が手にしたのは、デニムのストレッチスキニー。パンツに興味示すの、珍《めずら》しい。

「それ、いいよね。わたしも気に入ってるよ。穿《は》いてみる？」

「え、いい。似合わないだろうし、太腿《ふともも》ぱつぱつになりそう」

「ストレッチだし、穿《は》けるって。折角だから、穿《は》いてみてよ」

那織《なおり》がその手のパンツ穿《は》くの珍《めずら》しいし。「ほんとに穿《は》ける？」とでも言いたげな顔で、口をツンと尖《とが》らせながらもいそいそとショーパンを脱《ぬ》いで、スキニーに足を通そうと片足を上げたとき、裾《すそ》が引《ひ》っ掛《か》かってよろけて──わたしが支えようと手を出すより先に、那織《なおり》がベッドに尻《しり》もちをついた。「超穿《ちょうは》き辛《づら》いじゃん。てか、こっから上がらない」

ベッドの上で後ろに倒《たお》れて、空中で自転車を漕《こ》ぐみたいに脚《あし》を動かすんだけど、太もものところからスキニーが上がっていかない──そのスキニー、そんなピチっとしてたっけ？

「穿《は》ーけーなーい。嘘吐《うそつ》きっ！」太ももの辺りで止まるスキニー。こっちを睨《にら》む那織《なおり》。脚《あし》をバタバタしてもがいてる那織《なおり》を見ていたら……笑いが込《こ》み上《あ》げてくる。でも笑ったら可哀相《かわいそう》……ああっ、ムリっ！　顔を背《そむ》けて口を押さえる。「んくっ……ぷっ」

「ちょっと、笑ったでしょっ！　さては嵌《は》めたなっ！　この千三《せんみ》つ女《おんな》っ！」

「だって……そんな……くっ……穿《は》きづらいのはわかるけど……ほんとに入らないなんて思わない……でも、那織《なおり》はほら、お尻《しり》が……」

「お尻《しり》が何っ！　笑いながら言わないでくれるっ！」

「お……おおきい……から……って、言わせないでよ」

「はい。怒《おこ》った。絶対に許さない。こんなパンツなんて――」

スキニーを脱《ぬ》ごうと、怒《いか》りながらお尻《しり》を上げて脚《の》を伸ばした――んだけど、勢い余って脚《あし》がそのまま顔の方に倒《たお》れて……お尻《しり》丸出し状態の、上下が逆さまの長座《ちょうざ》体前屈《たいぜんくつ》みたいな超《ちょう》みっともない恰好《かっこう》になった。なんだ、意外と身体柔《からだやわ》らかいじゃんって思ったのも一瞬《いっしゅん》で、そのまま横にごてんと倒《たお》れて、丸まった背中とお尻《しり》だけがこっちを向いた。

「ああっもうっ‼　何これっ‼‼　笑ってないで助けてよっ‼‼」

お尻《しり》の向こうから、くぐもった叫《さけ》び声《ごえ》。

ごめん那織《なおり》……これはちょっと耐《た》えらんない。ちょっ……ムリ……お腹《なか》痛いっ……。

「ちょっとっ！　脱《ぬ》げないんだけどっ！　何これっ！」

壁《かべ》に向かって騒《さわ》ぐ那織《なおり》の顔は見えないし、お尻《しり》しか見えないし――わたしは耐《た》え切《き》れずに、薄《うす》い緑色の下着に包まれたお尻《しり》を叩《たた》いた。絶対、ワザと大袈裟《おおげさ》に騒《さわ》いでる。

だって、さっきの声ちょっと震《ふる》えてたもん。自分でも面白《おもしろ》くなってるでしょ？

「何で叩《たた》くのっ！　笑ってないで引っ張ってよっ！」

那織《なおり》の太ももにハマったスキニーは、本当に脱《ぬ》げづらくて、わたしが全力で引っ張って、那《な》織《おり》が「痛いっ！　この莫迦力《ばかぢから》っ！　私の繊細《せんさい》な皮膚《ひふ》が傷つくでしょっ、手加減して！」とか騒《さわ》いで――まるで大きなカブみたいで、自分で何やってるんだろうって思うと、途中《とちゅう》で何度も噴《ふ》き出《だ》して力が抜《ぬ》けそうになったけど、何とか抜《ぬ》けた。

偉《えら》そうに腰《こし》に手を当てて、那織《なおり》が「この悪辣《あくらつ》で陰湿《いんしつ》な狼藉《ろうぜき》は絶対に忘れないからねっ。きっちり償《つぐな》って貰《もら》うから覚悟《かくご》しててっ！」と凄《すご》んでくるけど、下がパンイチだから全然怖《こわ》くない。

「そんな姿で言われても説得力がないんだけど……てか、実は自分でもちょっと面白《おもしろ》くなってるでしょ？　口元ぷるぷるしてるよ？」

「だって……ぷっ……くっははは……めっちゃ頭に来るけど、こんな穿《は》けないし脱《ぬ》げない事あるって思ったら――ほんと冗談《じょうだん》みたいな展開で嫌《いや》んなっちゃう。こんな事ある？　私、そんな太って無いよね？　琉実《るみ》よりちょっとお尻《しり》大きいくらいだよね？」

那織《なおり》が真剣《しんけん》な顔で自分のお尻《しり》を撫《な》でる姿がもう面白《おもしろ》くて――わたしが笑うと、那織《なおり》も釣《つ》られてまた笑い出す。二人でお腹《なか》を抱《かか》えて涙《なみだ》を流して……あー、久々にこんな笑った。

「昔、ゴミ箱にお尻《しり》ハマったことあるしね」

「もうっ、そんな昔の話しないでっ！　てか、私だけ嵌《は》まるの不公平なんだけど。この怒《いか》りの矛先《ほこさき》は何処《どこ》に向ければ良《い》いの？　これじゃあまるで私が……よし、決めた。悔《くや》しいから、琉実《るみ》のお尻《しり》が嵌《は》まりそうな物探す。そこで首を洗って待ってなさいっ！」

口調は怒《おこ》ってるけど、顔は全然怒《おこ》ってなくて——那織《なおり》がショーパンを引《ひ》っ手繰《たく》って部屋を出て行った。それからメジャーを持ってやってきて、嫌《いや》がるわたしのお尻《しり》を無理やり測っていなくなった。ほっとくとわたしのお尻《しり》がハマりそうな物を持って来そうだったから、早々にお風呂場《ふろば》に逃《に》げ込《こ》んだ——結局、目を輝《かがや》かせたニッコニコの那織《なおり》が、どこから見付けてきたのかガットの張ってないラケットを持って風呂場《ふろば》に入って来たんだけど。

＊

夏休みになるちょっと前——わたしの誕生日と純《じゅん》の誕生日の合間に、水族館デートに行く約束をした。本当は純《じゅん》の誕生日にデートしたかったんだけど、親とかに勘繰《かんぐ》られたらイヤだから敢《あ》えてズラした。あと、定期考査が終わった解放感を満喫《まんきつ》したかったってのもあったり。テストは嫌《いや》だったけど悪いことばかりじゃなくて、勉強するって名目で純《じゅん》と図書館に行ったりして、それはそれで楽しかった。最初の内は那織《なおり》にも声を掛《か》けたけど来なかった——だから図書館デートって言えば、図書館デートかも。
行き帰りとお昼の時間くらいしか喋《しゃべ》んなかったけど、わたしは十分だった。二人で図書館に行く。コンビニで買ったお昼を二人で食べる——ささやかな非日常が心地《ここち》よかった。

テストが終わった当日は、麗良《れいら》や可南子《かなこ》たちと放課後に遊んだ。テスト期間中に活動停止だった部活動が再開して……なんだけど、テスト終わった当日だし、今日くらいみんな遊びたいでしょってことで、そこはもう部長権限で練習は休みにした。

普段《ふだん》より早く終わった学校のあと、溜《た》まりに溜《た》まったストレスを大声出して発散したいっていう可南子《かなこ》の希望でカラオケ行って、そのあとはファミレスでご飯した。今までずっと勉強勉強だったから、みんな異常なくらい高いテンションで、めっちゃ踊《おど》ったり動画撮《と》ったりしながら全力で騒《さわ》いだりして——いつもはカラオケに行っても歌わない麗良《れいら》も歌ってた。

次の日は普通《ふつう》に学校で、カラオケで騒《さわ》いだ所為《せい》でみんな声カスカスになってて、お昼の時にお互《たが》いの声を確認《かくにん》し合《あ》って、また笑って——そしてわたしの心の中には明日のデートの件がずっとあって、それがもう楽しみで楽しみで、もうすべてが最高に楽しいって感じだった。


部活終わり、可南子《かなこ》たちにご飯誘《さそ》われたけど断った。駅まで一緒《いっしょ》に行って、ちょっとコンビニ寄るからって言ってその場で別れて純《じゅん》にラインする——コンビニから出て、みんなが居ないことを確認《かくにん》してから、急ぎ足で小さな本屋さんに向かう。

ちょうど店から純《じゅん》が出てきたところだった。

「ごめん、遅《おそ》くなった！」

「欲しかった本買えたし、全然大丈夫《だいじょうぶ》。部活、お疲《つか》れ様《さま》」

「純《じゅん》もお疲《つか》れ。さ、行こっか」

学校から家までのちょっとの時間――わたしにとって全然ちょっとじゃない大切な時間。

普通《ふつう》に電車に乗って、歩いて帰るだけなんだけど、付き合う前とは全然違《ちが》う貴重な時間。

付き合ってる子たちが彼氏《かれし》と待ち合わせて帰る理由はこれなんだって実感する。

学校帰りに麗良《れいら》が彼氏《かれし》と待ち合わせしたりしてるけど、その気持ちよくわかる。

学校っていう日常の最後に好きな人と一緒《いっしょ》に居られるのって、たまらなく幸せ。

でも――同じ時間と空気を共有しながら一緒《いっしょ》に帰るだけでも嬉《うれ》しいんだけど、それだけでも全然幸せなんだけど、もうちょっとだけ刺激《しげき》……というか、特別感が欲しい。変な意味じゃなくて、本当に小さなことなんだけど、わたし達は抱《だ》き締《し》め合《あ》ったこともなければ、子どもの頃《ころ》の話を別にすると手を握《にぎ》ったことすらなくて――デートをしただけ。

それがちょっぴり遠くて寂《さび》しい。麗良《れいら》の話を聞いたりすると特に。

電車に乗り込むとき、乗り込む人の流れに身を任せて純《じゅん》の身体《からだ》にくっ付く。こうでもしないとくっ付けない自分が情けなくて悔《くや》しい。それなのに――純《じゅん》はわたしが苦しそうだと思ったのか、ちょこっとスペースを作ってくれたりして。その優《やさ》しさが嬉《うれ》しくて恨《うら》めしい。

「狭《せま》くない？」混んだ電車の中でくっ付くこうともがくわたしに、純《じゅん》がそっと囁《ささや》いた。

やっぱりそうだよね。うん、知ってる。

「大丈夫《だいじょうぶ》。ありがと」

全然大丈夫《だいじょうぶ》じゃないし、ありがとでもない。狭《せま》くたって問題ないんだけどな。

「明日、何時にする？」

「どうしよっか。九時とかでいい？」

「良《い》いよ」

「九時だと早い？　もうちょっと遅《おそ》い方が良《い》い？」

「九時で良《い》いよ。学校行くより遅《おそ》いし」

人の多い電車であんまり喋《しゃべ》るのもなぁって、スマホで何度目かわからない天気予報の確認《かくにん》をしようと——純《じゅん》がスペースを開けてくれたおかげでさっとスマホを取り出せて、いいんだか悪いんだか複雑な気分。とりあえず、天気は晴れ。

純《じゅん》はわたしと手を繋《つな》いだりしたくならないのかな？　そういうの興味ないのかな？　頑張《がんば》って告白して、やっと恋人《こいびと》になれたんだから、もっと恋人《こいびと》っぽいことしたい。望み過ぎなのかな？　わたしって欲張りなのかな？　でも——。


夕飯を食べたあと、わたしは那織《なおり》の部屋の前に立っていた。

わたしにはやるべきことがある——那織《なおり》にスカートを借りる。ずるずると借りられないまま、引き延ばせば引き延ばすほど、なんて頼《たの》もうかって考え過ぎちゃって、気付けばデート前日になってしまった。でも、ここまで来たら絶対に借りる。

わたしのこと、純《じゅん》に女の子として意識して欲しい——友達みたいな関係じゃなくて、ちゃんと彼女なんだって意識して欲しい。もっと恋人《こいびと》みたいなことがしたい。せめて、手を繋《つな》いで一緒《いっしょ》に歩いてみたい。わたしたちは恋人《こいびと》同士なんだって……だから、動物園で見たカップルみたいに、明日こそはカワイイ恰好《かっこう》して胸を張って隣《となり》を歩きたい。

那織《なおり》にミニを借りれば変われる——おまじないにしては子どもっぽいってわかってるけど、きっとわたしは切《き》っ掛《か》けが欲しかった。言い訳できない切《き》っ掛《か》けを。

わたしはちゃんとやることやった、頑張《がんば》ったんだっていう何かを。

意を決して、ドアをノックする。「那織《なおり》、ちょっといい？」

相変わらず返事はよく聞こえない。入る時はノックしてって騒《さわ》ぐ癖《くせ》に、返事をしないのが最高に面倒臭《めんどうくさ》い——いつものことだから、それほど気にせず部屋に入った。

「何？」

那織《なおり》はベッドにうつ伏《ぶ》せで寝転《ねころ》んで小説を読んでいて、顎《あご》の下でメンダコのぬいぐるみが押しつぶされて、たこせんべいになっていた。「そんなんしてると、形変わっちゃうよ？」

一瞬《いっしゅん》きょとんとして、ぬいぐるみのことだと気付いた那織《なおり》が、「深海が恋しいだろうから、私なりに水圧を再現してるの」と言って、視線を小説に戻《もど》した。「で、何の用？」

「ね、この間見せてもらったスカート貸して欲しいんだけど」

そう言っても那織《なおり》は顔をこっちに向けなくて、聞こえてないのかなと思って、もう一度言おうかと口を開きかけた時——「そこに出しといたから」

本を読む恰好《かっこう》のまま、ぶっきらぼうに那織《なおり》が言った。

「え？」

「あのブラウスに合いそうなスカート。好きなの持ってけば？」

「なんで？」——わかったの？

「物欲《ものほ》しそうにあれこれ物色しておいて、ばれてないとでも？」

クローゼットの前に出された茶色いチェックのプリーツスカートとダークグレーのフレアスカート。それと、お願いしようとしていた黒いリボンのついたミニスカート。

正直、那織《なおり》の事だから貸してくれるまでにもっと色々言われるかと思ってた。「デート行くんでしょ？」とか「ようやく琉実《るみ》も色気づいたか」みたいに。

そして何より、わたしに似合いそうなスカートを準備してくれていたことに驚《おどろ》いた。

「いいの？」

「良《い》いよー。ただ、いつもと違《ちが》って簡単に見えるからね。あ、それとも見せたい感じ？　見せたいからってあんまり大人びたヤツは逆に引かれる……ってそんなの持ってないか」

「見せたいって……そんなこと思うわけないでしょっ！　でも、本当に借りて良《い》いの？」

疑うわけじゃないけど、余りにもあっさりしすぎてて、裏があるのかと勘繰《かんぐ》ってしまう。

「その為《ため》に態々《わざわざ》出してあげたって言ってるでしょ。持ってって良《い》い――って言っても、あげる訳じゃないからねっ。染《し》みとか付けたら怒《おこ》るよ。ちゃんと洗って返してね」

「うん、気を付けるよ。ありがとうね」お土産《みやげ》買ってあげなくちゃ。

「楽しんでおいでよ。明日はデートなんでしょ？」

さすがにわかるよね……。

「うん……そう」

ただ、デ、ー、ト、な、ん、で、しょ、？ の言い方に、ほんの少しだけ壁《かべ》を感じた。それがどこか寂《さび》しくて、わたしは声のトーンを少し上げて続けた。「ね、やっぱこのミニだとすぐ見える？」

本命のスカートを手に取って、腰《こし》に当ててみせる。

うるさいなぁとでも聞こえてきそうなゆっくりとした動きで、那織《なおり》がこっちを見た。

「見える。けど、その分脚《あし》が長く見える」

「なるほど」

「加えて、黒系のニーソを穿《は》けば締《し》まって見える」

「勉強になります」

「でも、ふとした拍子《ひょうし》にパンツも見える」

「はい、気を付けます……ちなみに、どういう下着だったらセーフ？」

「は？ 結局見せたいって事？ どんだけ性欲溜《た》まってるの？」

「ち、違《ちが》うっ！　そうじゃなくて、もし事故で見えちゃったりした時の心配を――」

「そんなに心配なら、ボクサーとかスパッツ穿《は》いてけば？　持ってるでしょ？」

うん、一理あるかも。「確かに。それなら気が散らないかも」

「スパッツ穿《は》くなら、スカートから裾《すそ》が出ないようにね。恰好悪《かっこうわる》いから」

普段の黒パンならショートだし、その辺は大丈夫《だいじょうぶ》。「うん。わかった」

「でも、私が男子だったら……穿《は》き慣《な》れないミニスカートの裾《すそ》を気にする姿も可愛《かわい》いと思うけどね。尤《もっと》も、純《じゅん》君がどうかは知らない。後は自分で悩《なや》み抜《ぬ》いて」

せっかく心が決《き》まり掛《か》けたのにっ！　なんでそんなこと言うのっ？

でも――「それはそれとして、ありがとうね。これ、借りてくよ」

＊

昨日は早めに布団《ふとん》に入って、余裕《よゆう》を持って起きたはずなのに、前髪《まえがみ》がきまらないしお気に入りのピンがズレてないか気になって洗面所の鏡とにらめっこしていたら、出掛《でか》ける時間ギリギリになっていた――洗濯物《せんたくもの》を取りにきたお母さんが「あんた、時間は大丈夫《だいじょうぶ》なの？」って言ってくれなかったら、ちょっとヤバかった。朝って、なんで体感時間がこんなに短いの？　午後イチの数学とか、体育あとの古典の時間はめちゃくちゃ長いのに。

忘れ物が無いかダッシュで確認《かくにん》して、急いで家を出る。駅の近くまで来て、もう五回目だけど、スマホで時間を見る。よし、これなら大丈夫《だいじょうぶ》。遅《おく》れずに済みそう。ふと、純《じゅん》がよく寄る本屋さんが目に止まった。

いつもの癖《くせ》で中を覗《のぞ》きそうになって――いきなり自動ドアが開いてびっくりした。

純《じゅん》だった。

「おっ――ナイスタイミングだな」

「もう、おどかさないでよっ」

「別に脅《おど》かして無いだろ……おはよう」

そうなんだけど、純《じゅん》に驚《おどろ》かされたんだって。「うん、おはよう。本買ってたの?」

「ちょっと早く着き過ぎちゃったから、時間を潰《つぶ》そうかと。ちょうど欲しい本もあったし」

「そっか。本当にナイスタイミングだね」

「実を言うと、そろそろ出なきゃって時にレジが混み始めて、遅《おく》れないか肝《きも》を冷やしてた」

だからあんなに驚《おどろ》いた顔してたんだ……「あるよね、そういうの。急いでる時に限って」

「そうなんだよな。完全にマーフィーの法則って感じだよ」

「なにそれ」

「良くないことが起きそうな時は大抵《たいてい》そうなる、みたいな。スポーツとかやってると、引き寄せの法則って耳にするだろ?　成功するイメージを持てば成功しやすいとか」

「うん。ある。シュートを打つときとか、まさにそんな感じ」

「それの逆バージョンみたいな物だよ。バターを塗《ぬ》ったパンを落とすと、決まってバターを塗《ぬ》った面が下になって落ちる、とかな。昔、父さんが言ってたんだ。ちょうど車を洗い始めたら、それまで天気が良かったのに雨が降ってきて、『マーフィーの法則だ』って」

「なるほど。待ち合わせがあるのにレジが混み出したなんて、まさにだね」

「ま、常に最悪の事態を想定しろってことだな」

そう言って、純《じゅん》が歩き出す——思ってたのと違《ちが》う感じで会っちゃった。話は合わせたけど、本当はこんな予定じゃなかった。不意打ちだったし。純《じゅん》もそうだったみたいだけど。

もっとこう、なんて言うか、ちゃんとデートの待ち合わせって感じが良かった。

わたしのことをじっくり見て欲しいって言うか——勇気を出して穿《は》いたミニスカートに、リップを塗《ぬ》った唇《くちびる》に、頑張《がんば》ってセットした髪《かみ》に、ほんのり色付いた爪《つめ》に、リボンの付いたパンプスに、普段《ふだん》着けないアクセサリーに——気付いて欲しかった。

今日のわたしに——頑張《がんば》ったわたしに対して、一言でいいから「似合ってる」とか「かわいい」みたいな言葉が欲しかった。ばったり会うんじゃなくて、ほんの少しでいいからわたしの恰好《かっこう》を見る時間があれば——純《じゅん》相手に望んでもって思う自分も居るけど、純《じゅん》が相手だからこそ気合を入れたって知って欲しい。シミュレーションでは純《じゅん》が先に着いて待っていて、あとから着いたわたしはくるくる回りながら「どう？」なんて訊《き》いたりして——想像の中のわたしはそれくらい積極的なのに、現実のわたしは言いたいことも言えない弱虫だ。

でもまだ会ったばっかだし、これからがデートだもん。焦《あせ》っちゃダメだよね。ちょっと予定が狂《くる》っただけで、全部が終わったわけじゃない。せめて、当初の目標くらいは達成したい。

池袋《いけぶくろ》に着いたけど、短いスカートが気になって歩幅《ほはば》が小さくなって、履《は》きなれないパンプスは優《やさ》しくなくて、つま先が窮屈《きゅうくつ》でいつものスピードで歩けない――途中《とちゅう》で純《じゅん》が歩幅《ほはば》を合わせてくれて、「大丈夫《だいじょうぶ》?」って訊《き》いてくれたけど、それ以外は何も言ってくれなかった。

駅からサンシャインって、こんなに遠かったっけ?

大勢の人と擦《す》れ違《ちが》って、交差点に溢《あふ》れる人にぶつからないよう避《よ》けて――はぐれないように、わたしは純《じゅん》のシャツを掴《つか》むだけで精一杯《せいいっぱい》だった。手までの距離《きょり》は、サンシャインより遠い。

ようやくサンシャインに着いて、混み気味のエレベーターで上に上がる。

純《じゅん》と水族館に来るなんて、子どものとき以来だった――動物園と一緒《いっしょ》で。

薄暗《うすぐら》い通路の中でぼうっと青く光る水槽《すいそう》の中に切り取られた海は、どれもみんなキラキラ輝《かがや》いていて、とてもキレイだった。水槽《すいそう》を覗《のぞ》き込《こ》む純《じゅん》の横顔も、何だかとても楽しそうで、それを見ているわたしまで楽しくなってくる。

「もしかして、純《じゅん》って水族館、結構好き?」

「うん、そうかも知れない。久《ひさ》し振《ぶ》りに来たけど、凄《すご》く楽しいよ。こんなに楽しかったたっけって驚《おどろ》いてるくらいだ。僕には合ってるのかもな」

「暑くないし、眩《まぶ》しくないから？」

「まさにそんな感じ。暗くて落ち着くし、夏でも暑くないのはポイント高いよ。あと、生息地を模して造られた水槽《すいそう》の中の風景を見ているだけで楽しい。ジオラマみたいだ」

ぼんやりと青い光に包まれた純《じゅん》が振《ふ》り返《かえ》る。「琉実《るみ》はどう？　楽しい？」

「うん、楽しい。涼《すず》し気《げ》でイイよね。なんか幻想的《げんそうてき》だし。わたしも好きかも」

水槽《すいそう》の前の説明を逐一《ちくいち》読む純《じゅん》と、ひらひら泳ぐ魚をぼんやり見ているわたしと——見ている物は違《ちが》うけど、感じていることが同じで、それがくすぐったくて嬉《うれ》しい。

「ビルの中にこんな大きい水槽《すいそう》があるなんて、よく考えると不思議だよね」

「そうだな。しかも、昔は拘置所《こうちしょ》だったたって考えると、余計にだよな」

「拘置所《こうちしょ》？」

「サンシャインは巣鴨《すがも》プリズンの跡地《あとち》なんだよ。かつての東京拘置所《とうきょうこうちしょ》がGHQに接収されて、巣鴨《すがも》プリズンになったんだ。第二次大戦の戦犯が収容されていて——」

「ねぇ、夢が無い話はやめてくれない？　せっかくロマンチックな気分だったのに」

「ああ、すまん。つい」

なんとか純《じゅん》の蘊蓄《うんちく》を阻止《そし》して、気持ちを切《き》り替《か》える——幻想的《げんそうてき》な青の世界に浸《ひた》れるように、さっき聞いた話を頭から追《お》い払《はら》った。屋外のエリアに出ると、アシカやカワウソが居て、奥に進むと大きくカーブしながら頭上まで広がる水槽《すいそう》の中を、ペンギンが泳ぎ回っていた——水槽《すいそう》越《ご》しに青空が見えて、まるでペンギンが空を飛んでいるみたいだった。

「凄《すご》い……超《ちょう》きれいだね」

「ああ、この展示は凄《すご》いな……子どもの頃《ころ》は無かったよな？」

「うん、無かったと思う。純《じゅん》と来たのって、小学校の低学年とかだよね？」

「それ位だった、かな。おじさん達に連《つ》れて来《き》て貰《もら》った覚えがある。思い返してみればあの時も子供ながら熱心に見てた筈《はず》なのに、一度来たことのある場所でも改めて来ると細部が違《ちが》っていて面白《おもしろ》いな——歩きながら、こんな展示あったっけって何度も思ったよ」

「そうだね。わたしも、そう」

「あの時の琉実《るみ》は、走り回るばっかりで、ゆっくり見てなかっただろ？」

「え？　そうだっけ？　忘れちゃった」

嘘《うそ》。お父さんに落ち着きなさいって怒《おこ》られたの、思い出した。

「それにしても、ペンギンが泳ぐ姿を下から見るの、新鮮《しんせん》で飽《あ》きないな」

体にまとった泡《あわ》の粒《つぶ》が煌《きら》めいて弾《はじ》ける——光の粒《つぶ》に見惚《みほ》れていると、横をカップルが通り過ぎる。楽しそうに腕《うで》を組んで、笑い合う姿がとても眩《まぶ》しくて、羨《うらや》ましかった。純《じゅん》の横で、半歩距離《きょり》を詰《つ》める。肩《かた》が重なり、小指が触《ふ》れるか触《ふ》れないかの距離《きょり》になる。

——お願い。気付いて。

顔を上げたまま、祈《いの》るように空を舞《ま》うペンギンを見る。3ポイントを狙《ねら》うときみたいに、指先に集中する——そのとき、撫《な》でるように指先が触《ふ》れた。ほんの一瞬《いっしゅん》のことだった。

え？　と思って隣《となり》を見ると、純《じゅん》が頬《ほお》を掻《か》いていた。

は？　思わず口にしそうになって、慌《あわ》てて噤《つぐ》んだ。

わたしに気付いた純《じゅん》がこっちを見て、不思議そうな顔をする。

「どうした？　もう行くか？」

「え、あぁ。うん」


今絶対そういう雰囲気《ふんいき》だったじゃん！

なんで気付かないのよっ！　バカっ！


「どうした。何かあった？」

わたしが作ったチャンスは、この鈍感《どんかん》な男の前ではチャンスにすらならなかった。

「ん？　何もないよ？　それよりさ、そろそろお腹《なか》すかない？　お昼何にしようか？」

わたしの服装に何も言わなかったんだから、これくらい自分で気付いてよ——そんな思いもあって、素直《すなお》に言えなくて咄嗟《とっさ》に誤魔化《ごまか》した。

可愛《かわい》くおねだりとか、甘えた仕草とか、そんなキャラじゃないとか、鬱陶《うっとう》しいと思われちゃうかなとか、考えているうちにちょっと息苦しくなる。朝、目を逸《そ》らした小さなモヤモヤが少し大きくなった気がした……って、こんな事でへこんじゃダメだっ！

落ち着け、わたし。まずは深呼吸。

相手は純《じゅん》だよ？

うん、そうだよね。純《じゅん》だもんね……露骨《ろこつ》すぎるくらいじゃなきゃ気付かないよねっ。

よし、切《き》り替《か》えていこう。まだデートが終わったわけじゃないっ！


お昼ご飯を食べて、せっかくだから展望台も行ってみようよって話になって、子ども振《ぶ》りに展望台に上った。展望台はカップルや家族連れなんかで賑《にぎ》わっていて、床《ゆか》がガラスになっている部分では男の人でも「怖《こえ》ぇ」とか言っていて、人が居なくなった瞬間《しゅんかん》に純《じゅん》を連れて覗《のぞ》き込《こ》んでみた――ビルの屋上すら見下ろす高さで、ビルの合間を縫《ぬ》うようにして道路が走っていて、人なんて小さすぎて……これはさすがに怖《こわ》い。昔はこんなに怖《こわ》かったっけ？　いや、きっと成長したからこそ怖《こわ》いんだろう――足がすくんで、さりげなく純《じゅん》の袖《そで》を引っ張った。

「ちょっとだめかも……」

「これは僕も怖《こわ》い――あっち行こうか」

純《じゅん》の袖《そで》に捕《つか》まったまま、人の居ない窓を探して、そこから外を眺《なが》めてみる。

「ね、わたしたちが住んでるのはどっちの方かな？」

「あっちの方だろうけど、目印《ランドマーク》が無いから分かんないな」

「ここから家は見えないよね」

「タワーマンションにでも住んでれば可能性はあるかも知れないけど、僕等《ぼくら》の家なんて低すぎて見えないよ。学校すら見えないいんだから」

わかってるよ、そんなこと。言ってみただけじゃん。

「夜に来れば綺麗《きれい》なんだろうなぁ」

珍《めずら》しく、純《じゅん》がそんなことを言った。心の底からそう思って言った、そんな感じだった。

「夜だったら、絶対にキレイだよ。今度は……夜に来たいな」

「そうだな」

「絶対だよ」

ぐるっと展望台を一周して、お土産屋《みやげや》さんを覗《のぞ》いて、サンシャインシティに入っているお店を見て回って、それから池袋《いけぶくろ》をぶらぶら歩いた。

途中《とちゅう》で立ち寄った雑貨屋さんの一角に映画なんかのグッズを売っている場所があって、ミニカーとかのおもちゃも並んでいた。わたしはその向かいに置いてあった猫《ねこ》の箸置《はしお》きが可愛《かわい》いなって思って、「これ可愛《かわい》くない？　那織《なおり》のお土産《みやげ》にどうかな？」って振《ふ》り向《む》いたら、『バック・トゥ・ザ・フューチャー』のミニカーをじっと見ていた。その横顔が好きな物を見てるときの顔だった。それはちょっと子どもっぽくなるわたしの大好きな顔で、いつもわたし以外に向けられる疎外感《そがいかん》を感じる顔だった――だから、そこにわたしを入り込ませたくて、純《じゅん》がミニカーを買わないのを確認《かくにん》しておいて、「那織《なおり》のお土産《みやげ》買って来るから、先に出てて」って言って、こっそりミニカーと猫《ねこ》の箸置《はしお》きを買った。一緒《いっしょ》に居る時間以外にも、純《じゅん》にわたしのことを考えてほしくて。家に居る時も、友達と遊んでる時も、那織《なおり》といる時も、わたしのこと考えてて欲しい……なんてリアルで言ったらちょっとヤバい奴《やつ》だけど。思うぐらい許して欲しい。

それだけわたしは、純《じゅん》の事を好きなんだ。

なんとなく、見る物は見たって空気になって――気付けばいい時間になっていた。凄《すご》く楽しかったけど、目標を達成できていないわたしは帰るって言い出したくなくて、何となく帰りに向かいそうな空気に抵抗《ていこう》していたけど、純《じゅん》が「そろそろ帰ろうか」って言い出して、何にも言えずに「そうだね」って言うのがやっとだった。

帰り道は自然と口数が少なくなって、ぎゅうぎゅうの電車の中はあんまり喋《しゃべ》るって雰囲気《ふんいき》じゃなくて、短い会話をしては途切《とぎ》れた。密着するチャンスだったけど、手を握《にぎ》ってどうのみたいな空気じゃとてもなかった――そうこうしているうちに駅に着いてしまった。

駅から始まるカウントダウンが無情にも残り時間を奪《うば》っていく。でも、どうしてもこのまま帰りたくなくて、ずっとこのままじゃ満足出来なくて、純《じゅん》の手を取って立ち止まった。

「どうした？」

「いや、その……ちょっと、疲《つか》れちゃったなぁって」

咄嗟《とっさ》に身体《からだ》は動いたものの、それに続く言葉も行動も思い付かない。

いきなり手を取って立ち止まるって意味不明すぎでしょ。

完っ全に失敗した。もう、わたしのバカっ！

絶対不審《ふしん》に思われてるよ……こんな時どうすればいいの？

困って、純《じゅん》の顔を見ることができないまま、わたしは俯《うつむ》いたままで。

「ほら」

顔を上げる。「ん？」

「手、繋《つな》ごうか」

そう言って、純《じゅん》がわたしと手を合わせた。「……うん」

はにかみながら笑う純《じゅん》が少し可愛《かわい》く見えて、恋人繋《こいびとつな》ぎなんてできなかったけど手《て》の甲《こう》に触《ふ》れる長い指から体温が伝わってくるのがくすぐったくて、ちょっとかさついた手が思いのほか大きくて――やっぱり男の子なんだな、なんて考えながらにやける顔を見られたくなくて、下《した》唇《くちびる》をちょびっと噛《か》んで、なんでもない風を装《よそお》って別の方向を見たりしながら家までの短い距《きょ》離《り》を歩く。手を繋《つな》いだまま、いつもの道を歩く。

乗《の》り越《こ》えてしまえばこんな簡単なことだって思うのに、ここに辿《たど》り着《つ》くまで丸一日使ってしまった——でも、達成できてよかった。なにより、純《じゅん》から「手、繫《つな》ごうか」って言ってくれたのが嬉《うれ》しかった。わたしが動かなかったら出て来ない言葉だったとしても。

この時間の全部が凄《すご》く幸せだった。

それなのに、もうすぐこの時間が終わることをわたしは知っている。勝手知ったる何度も歩いた道は、今のわたしにはとても短い——あとちょっとで家が見えてきてしまう。

「そうだ。ちょっと待って」純《じゅん》がいきなり立ち止まった。

いきなり手を離《はな》されて、あっけなく冷めていく温《ぬく》もりに気持ちが置いていかれる。

「これあげるよ」

さっきまでわたしの手があった場所に、サンシャインのロゴが入った小さなビニール袋《ぶくろ》。渡されるがまま、受け取る——「なに？　開けていい？」

「うん」

中に入っていたのは、寝《ね》そべったカワウソや泳いでいるペンギンが描《えが》かれた付箋《ふせん》だった。

「ペンギンとかカワウソ、可愛《かわい》いって何度も言ってただろ？　だから、記念にちょうど良《い》いかなって思ったんだ。この前はペンだったし、琉実《るみ》は実用的な物の方がいいかなって」

「え？　嬉《うれ》しい」泣きそうなくらい、嬉《うれ》しい。「いつの間に買ってたの？」

「琉実《るみ》がトイレに行ったタイミングで……喜んでくれるかなって思ったんだけど、いざ渡《わた》すとなると、いつ渡《わた》していいかずっと悩《なや》んでて——ぎりぎりでごめんな」

そっか、疲《つか》れてるからじゃなかったんだ……。

だから、帰り道、どんどん口数が少なくなっていったんだ――純《じゅん》も同じ様な事考えててくれたんだって思うと、今日感じたモヤモヤなんて全部どうでもよくなって、全部ぜんぶ楽しかった思い出にすり替《か》わっていく。よしっ次はわたしの番っ！

「これ、わたしから」

「なんだ、同じこと考えてたんだな」

「そうだね。わたしたち息ピッタリじゃない？」

「そうかも知れないな……開けても良《い》いか？」

「もちろん」

純《じゅん》が雑貨屋さんのビニールを開ける。

「え？　これ、デロリアン……ありがとう」

「気に入った？　ご当地物とかじゃなくてごめん。でも、それ欲しそうだったから」

「謝るなんてとんでもない。凄《すご》く嬉《うれ》しいよ」

「よかった。ちゃんと飾《かざ》ってよ？」

「ああ。飾《かざ》るよ――それにしても、よくこれが欲しかったって分かったな」

「どんだけ一緒《いっしょ》に居ると思ってるの？　それくらいわかるよ」

「ありがとう。本当に嬉《うれ》しい」ミニカーをぐるぐる回して見ながら、本当に気に入ったんだなって傍《はた》から見てわかるくらい輝《かがや》いた目で、「また出掛《でか》けような」と言った。

それが本当に嬉《うれ》しくて、今日の疲《つか》れをすべて労《いたわ》ってくれる言葉だった。

「うん。次回はどこ行こうか？」

「水族館はかなりポイント高かったよ」

「でもさ、今度は普段《ふだん》行かないところにしない？」

「普段《ふだん》行かない所？」

「うん。ちょっと遠出して横浜《よこはま》とか——オシャレじゃない？」

「そう、だな。いいよ。行こう」

オシャレかどうかなんて興味ないだろうし、あんまり同意してない感じだったけど、それでも横浜《よこはま》に行くこと自体はまんざらでもないって返事で安心する。

「お洒落《しゃれ》と言えば……今日の服、凄《すご》くお洒落《しゃれ》だよな。何時《いつ》もと雰囲気《ふんいき》違《ちが》うって云《い》うか」

もうっ！　今さらそれ言うっ⁉　でも——「ありがと。似合ってる？」

「似合ってるよ」

今日のデートは、きっと——きっとっていうか、絶対に成功だった。やりたかったことが、聞きたかったことが、最後の最後に全部叶《かな》った。ううん、それ以上って感じだった。頑張《がんば》った甲斐《かい》はちゃんとあって、わかり合えてるじゃんとも思えたし、次のデートの話もできた。

もしかして、わたしたちって相性《あいしょう》いいかも知れない。

すべてが大丈夫《だいじょうぶ》って気がした。うまくやっていけそうな気がした。
なにかあってもどうにかなる——今なら何でもできそう。つまり最強。
付き合って……あのとき告白して本当によかった。勇気を出して本当によかった。
告白しなければこんな気持ちにはならなかった——こんな気持ちを知れなかった。
ありきたりな言葉になっちゃうけど、ほんとのほんとに超幸せだった。

第二章 二人と一人（神宮寺《じんぐうじ》琉実《るみ》）

TITLE

KOI WA FUTAGO DE WARIKIRENAI

ゆっくりと息をしたのに、苦しかった。

苦しいのは、暑いからってことにした。

だから、やっぱりそうなんだって想《おも》ったからじゃなくて。

自然を装《よそお》う気づかいの裏に緊張《きんちょう》が見えたからでもなくて。

もちろん那織《なおり》に注ぐ視線を意識して逸《そ》らしてるのに気付いたからじゃない。

純《じゅん》がわたしに気をつかって話題を振《ふ》ってくれるのに気付いたからじゃない。

全部、暑いからだ。汗《あせ》で前髪《まえがみ》が崩《くず》れそうになるくらい暑いから。夏の所為《せい》。

わたしは気付いていない。何にも知らない。ちょっと暑さに参ってるだけ。

言っても仕方ない。今日は楽しむって決めて家を出た。だから気にしない。

だけど——気にしないって決めてるのに、気がつかない振りしかできない。

前に来たときは入らなかったランドマークタワーに上った。エレベーターが分速七五〇メートルだとか、大きいコンクリートの重りみたいなのが揺《ゆ》れを抑《おさ》えてるとか、景色よりもそんな話で二人が盛り上がっていて、合間に純《じゅん》が解説してくれるんだけど、どれも那織《なおり》相手だと説明が要《い》らなくて、横から那織《なおり》が「どうせなら、ランドマークの要たる多段振子《ふりこ》式制振《しきせいしん》装置を見たくない？」って言えば、純《じゅん》が「ネットにあるかも」みたいに言い出して、見付かった動画を一応わたしにも見せてくれるんだけどよくわかんなくて、盗《ぬす》み見《み》た窓の外――遠くに天使の梯子《はしご》を見付けたわたしは嬉《うれ》しくなって、気を引きたい子どもみたいだなって思いながらもこっちを見て欲しくて、純《じゅん》に「ね、天使の梯子《はしご》」って話《はな》し掛《か》けた。

それなのに――純《じゅん》が顔を上げたとき那織《なおり》が何かを小さく呟《つぶや》いて、純《じゅん》がそれを訊《き》き返《かえ》した。

「ヤコブの梯子《はしご》――ジェイコブズ・ラダーって映画、あったなぁって」

「あったな」

前に、純《じゅん》は天使の梯子《はしご》って言ってなかった？　「ヤコブ？　それが正式名称《めいしょう》なの？」

「ヤコブは天使の名前だよ。だから天使の梯子《はしご》……琉実《るみ》はそっちの方が好きかなって」

「うん、わたしは天使の梯子《はしご》の方が好きかな」

それはわたしに向かって言った、わたしの為《ため》の言葉と時間だったから素直《すなお》にそう言った。本当にそう思ったから――けれど、またしても「天使の階段、レンブラント光線、ゴッド・レイ、薄明《はくめい》光線、光芒《こうぼう》……呼称《こしょう》は色々ある。そらいっぱいの光でできたパイプオルガンを弾《ひ》くがいゝって言ったのは宮沢賢治《みやざわけんじ》」那織《なおり》が言って、「確か『春と修羅《しゅら》』だよな」純《じゅん》が応える。

那織《なおり》に悪気はないってわかってる。二人のこういう会話はわたしにとって日常だったし、仲間外れにされてるとかじゃない――のに、今日はそれを飲み込む余裕《よゆう》がない。

だから、那織《なおり》が「ミッション系の幼稚園卒《ようちえんそつ》として、ヤコブの名前位は覚えておいた方が良《い》いんじゃない？」って憎《にく》まれ口《ぐち》を叩《たた》いたことがとても気に障《さわ》って、曖昧《あいまい》に流した。

日本丸っていう大きな船でも似たような感じだった――日本丸は前にも来た。純《じゅん》と二人だけで来た。あのときは純《じゅん》が興味深そうに船内のあちこちを見ては逐一《ちくいち》わたしにこれがああであれがこうでと楽しそうに話していて――今日は直接わたしにじゃなくて、間に那織《なおり》がいる。

行かなかったところが行ったところに変わっていって、行ったところでも純《じゅん》の反応が前とは全然違《ちが》って……わたしと行ったときと違《ちが》って、今回は話の合う相手が居るから。

わたしがわかんない話を、那織《なおり》としている。

そんな純《じゅん》の姿を見ると、つい思ってしまう。

わたしとじゃ物足りなかったのかな？

わたしに合わせようとしてたのかな？

純《じゅん》が好きな話を、したい話を、わたしが我慢《がまん》させてたのかな……させてたよね。ごめん。

那織《なおり》とマニアックな話をしている時の純《じゅん》の顔が本当に楽しそうで、わたしの好きな純《じゅん》の表情で、わたしじゃそんな顔にさせてあげられなくて、それがとても悔《くや》しくて悲しくて、辛《つら》い。

純《じゅん》はわたしと付き合ってる時、楽しかった？

わたしは楽しかったんだけど、どうだった？

純《じゅん》は絶対に楽しかったって言ってくれるけど、それは本心？　それとも優《やさ》しさ？

純《じゅん》はわたしのこと、誰《だれ》よりも好きだった？

わたしは一番好きだったけど、純《じゅん》はどう？

那織《なおり》のこと、吹《ふ》っ切《き》れたって言ってたけど、それは本当だった？　それとも嘘《うそ》？

なんて、訊《き》けるわけないじゃん。

それに、訊《き》かなくたってわかる。

楽しそうな純《じゅん》の顔見てれば、わかるよ。十年の付き合いだよ？

二人が……二人だけで盛り上がって、一人になった時、ずっと考えちゃうんだよ。

楽しもうって思ってるのに、二人の話に交ざったりしてるのに、すっごく辛《つら》いよ。

けど。だけど――負けるってわかってる試合だからって手を抜《ぬ》くのは違《ちが》う。そんな試合はしてこなかった。カッコ悪い試合はするなってコーチや先輩《せんぱい》から何度も言われたし、わたしもそう思うからいつだって全力で戦ってきた。

今日だって同じでしょ？

うん、今日だって同じ――そう思わなきゃいられなかった。耐《た》えられなかった。

一緒《いっしょ》に出掛《でか》けるの、好きだったはずなのに、どうしてだろう、今日は凄《すご》く辛《つら》い。


日本丸のあと、那織《なおり》が騒《さわ》ぐからロープウェイに乗った。ロープウェイから降りて外に出ると、いきなり雨が降り始めた。予報じゃ雨なんて言ってなかったし、傘《かさ》だって持ってないし、周りの人も大慌《おおあわ》てで走り出したりして――今朝、日傘《ひがさ》を持って行こうとする那織《なおり》に、「人が多いところだと邪魔《じゃま》になるんじゃない？」って言った自分を反省した。あのとき、那織《なおり》は「これ、晴雨兼用《けんよう》だし、役に立つかもよ？　本当に良《い》いの？」って文句と共に傘《かさ》を玄関《げんかん》に置いた。

那織《なおり》の言う通りにすれば良かった。

那織はわたしの分も用意していた。

いつもの調子で「琉実《るみ》は日焼けとか気になんないだろうけど」なんて憎《にく》まれ口《ぐち》を叩《たた》いていたけど、ちゃんと日傘《ひがさ》は二本あった。それなのに――断ったのはわたしだ。

突然《とつぜん》の雨だったけれど、ゲリラ豪雨《ごうう》ってほどじゃなかったのが唯一《ゆいいつ》の救いで、それでもゆっくり歩くには勇気の足りない雨で——強くなる雨脚《あまあし》の中、どうしても二人より速く走ってしまう自分の脚《あし》がもどかしくて、何度も振《ふ》り返《かえ》って速度を調整した。大慌《おおあわ》てで逃《に》げ込《こ》んだ赤レンガ倉庫の入り口はぎゅうぎゅうで、何とか人の合間を縫《ぬ》って奥に陣取《じんど》った。場所を確保しようと急ぎ足で進んだから、二人とは距離《きょり》ができてしまった——自分だけ先に広い場所に行こうとか考えたわけじゃないって証明したくて、すぐ純《じゅん》のスマホを鳴らして場所を伝えた。

ハンカチで雨をぬぐっていると、遅《おく》れて着いた那織《なおり》がこれみよがしに「琉実《るみ》の言う事なんて聞かずに日傘《ひがさ》持ってくれば良かった」と言ってきた。

「ごめん……那織《なおり》の言う通りにすれば良かったって思ってる」

言わんこっちゃないって不満たらたらな顔で、那織《なおり》が手櫛《てぐし》で髪《かみ》を整え始めた。

「いつもは折りたたみ傘《がさ》を鞄《かばん》に入れてるのに、今日に限って忘れた……すまん」

「純《じゅん》が謝ることじゃないって。もし純《じゅん》が傘《かさ》を持ってたとして三人は入れないでしょ」

「そこはレディファーストじゃない？　ほら見てよ、私なんて毛先はうねっちゃってるし、服は濡《ぬ》れちゃったし、お陰《かげ》でブラが透《す》けちゃって……やだ。超恥《ちょうは》ずかしい」わざとらしく身をよじった那織《なお》がわたしのブラウスを引っ張った——「琉実《るみ》も透《す》けてる」

「もうっ、わざわざ言わないでよっ！」バレないよう腕《うで》で押さえてたのにっ！

「上に着てる分、私よりマシじゃない？　こっちはもろ出しなんですけど」

そう言いつつ、服をぱたぱたするだけで一向に拭《ふ》かないから、もしかしてハンカチ持ってないのかなって、この子はすぐハンカチとかティッシュを忘れるから、仕方なく自分が使ってたハンカチを渡《わた》そうかと思った時だった。露骨《ろこつ》に聞こえないふりをして窓から外を見てた純《じゅん》が、遠くの空を指して「あっちは晴れてるし、雲が流れてるからすぐに止《や》むと思う」と言って、自分だって濡《ぬ》れてるのに、「ほら、使えよ」ってさり気なくハンドタオルを那織《なおり》に渡《わた》した。

わたしが最初に赤レンガに入ったから――自分だけ助かろうと思ったんじゃなくて、一気に人が流れ込んだから服を拭《ふ》いたりできる場所を探そうって、だったら脚《あし》の早いわたしが二人より先に行った方がって……わたしは二人の為《ため》にそうした。

だから――わかってる。純《じゅん》が那織《なおり》にタオルを渡《わた》すのは仕方ない、わたしはハンカチで拭《ふ》いてたとこだったし、この場合しょうがないってわかってるのに、純《じゅん》が当たり前みたいな感じで那《な》織《おり》にタオルを渡《わた》したのが、すごく嫌《いや》だった。

せめて一言……一言でいいから訊《き》いて欲《ほ》しかった。

那織《なおり》に渡《わた》すんだ、やっぱりそうなんだって思った。

けど、もし純《じゅん》が「使うか？」って訊《き》いてくれたとしたら、那織《なおり》は「なんで私より先に琉実《るみ》なの？　私は？」って思ったはず……そうなんだとしたら、純《じゅん》は正しい。

正しいんだろうけど、まるでわたしが眼中にないみたいで、順位を付けられたみたいで、とても──とっても寂《さび》しい。三人で居るのに、二人と一人って感じですごく悲しい。

髪型《かみがた》だって、服装だって、慣れないメイクだって、ネイルだってしたのに、いきなり降ってきた雨の所為《せい》で髪《かみ》も服も濡《ぬ》れて、全部全部なんだかよくわかんない感じになって、もう全てがどうでもよくなっちゃって──やだ。

やだ。

　やだ。

　　やだ。

　　　やだ──違《ちが》うって言って欲しい。

もっとわたしを見て欲しい。わたしに興味をもって欲しい──叶《かな》わない。知ってる。


そうだと決まったわけじゃないのに、そうとしか思えない。

死刑《しけい》宣告を待つみたいな時間が辛《つら》くて痛くて逃《に》げ出《だ》したい。

けど、頭の中で「おまえが言うな」って声が聞こえてくる。

それを言わないでと思う一方で、その声を支えにしようとする自分がいる。

矛盾《むじゅん》だってわかってるし、那織《なおり》と何度も話をしたし、昔のことを気にしたって仕方ないとも思ってるけど、どうしても思ってしまう。また昔の場所に戻《もど》ってきてしまう。

別れたわたしが──純《じゅん》を振《ふ》ったわたしがどんだけ頑張《がんば》ったって、良かったはず。意味なんてなかった。意味なんてなかったけど、なんてなかったけど、何もしないよりはきっと良かった。良かったはず。

そうやって自分を納得《なっとく》させるしか、気持ちに区切りを付けるしかない。

あのときのわたしは、純《じゅん》が那織《なおり》を選ぶことを望んだんだから。

今はその続き。

そう、これで最初にわたしが願った通り。もし別れなかったら、純《じゅん》は、那織《なおり》は、気持ちを引《ひ》き摺《ず》ったままだった。二対一。わたしの負け。やる前からわかってたことじゃん。

わたしは負けるってわかってた試合に、それでも本当に負けるのかやってみなきゃわかんないって気持ちで臨《のぞ》んだけど、予想通りだっただけ。だから──泣くな。


まだ、泣くな。


頭ではわかってるのに、ちゃんと理解してるのに、感情だけが追い付けない。

今日はちゃんと笑顔《えがお》で、心から楽しむって決めたんだ。純《じゅん》が那織《なおり》と楽しそうにする姿は、わたしの好きな姿で、望んでた姿でしょ？　だからまだ泣くな。お願い。耐《た》えて。

そうだよ、まだダメだ。耐《た》えなきゃ。プレゼントだってまだ渡《わた》してない──あっ！　プレゼントっ！　さっきの雨で濡《ぬ》れてないよね？　ビニールに入れてあるし、大丈夫《だいじょうぶ》だよね？

純《じゅん》に気付かれないように、わたしはそっとリュックの中を確認《かくにん》する。

わたしのと、那織《なおり》の――よかった、大丈夫《だいじょうぶ》。中までは染《し》みてない。服とかはまあ濡《ぬ》れたけど、土砂降《どしゃぶ》りとかじゃなくてよかった。危なかった。

でも――土砂降《どしゃぶ》りだったらわたしは涙《なみだ》を堪《こら》えなくて済んだ。

赤レンガでお昼を食べ終わる頃《ころ》には、純《じゅん》の言う通り雨は止《や》んだ。

「夕飯までどうしよっか？　とりあえず中を見てみる？」

※　※　※

（白崎純《しろさきじゅん》）

昼食を終え、赤レンガ倉庫の中に入っている店を見て回った。お洒落《しゃれ》なアクセサリを扱《あつか》う店が多かったものの、雑貨を扱《あつか》ってるお店も幾《いく》つかあって飽《あ》きることは無かった。アメリカ雑貨が並ぶ店の棚《たな》には、思いがけず映画のグッズがあったりして、琉実《るみ》には申し訳ないと思いつつ、ミニカーを見たりして那織《なおり》と盛り上がった。普段《ふだん》だったら買わなかったであろう、ジョン・ウイックに出てくるマスタングのミニカーを買った（誕生日だからと自分に言い訳して）。様々な店に立ち寄りながら、二人はネックレスやらイヤリングみたいなアクセサリやパスケースとかポーチみたいな小物を見てはしゃいでいた——二人は「純《じゅん》の誕生日だから」って遠慮《えんりょ》していたけれど、琉実《るみ》には赤い靴《くつ》のネックレスを、那織《なおり》には苺柄《いちごがら》のシュシュを買ってあげた。

日々の感謝を込《こ》めて僕が買いたかった。

外に出ると天気は完全に回復していた。

雨の所為《せい》で湿気《しつけ》が身体《からだ》に纏《まと》わり付《つ》く様な不快感はあったが、通り雨が作った小さくてまばらな水溜《みずた》まりが干上《ひあ》がるのは時間の問題だと確信できる日差しのお陰《かげ》で、山下公園《やましたこうえん》に向かっている内に服は完全に乾《かわ》いていた——もしかすると赤レンガを散策している間に乾《かわ》いていたのかも知れない。つまり、そんな事が気にならない位に僕は楽しんでいたし、二人も楽しんでいるように見えた——昼食を取る前、気付くと琉実《るみ》が黙《だま》っていた。その時の琉実《るみ》は、考え事をしている様な、それでいて色味を失した表情をしていて、琉実《るみ》の分からない話で那織《なおり》と盛り上がってしまった事を反省したばかりだった。だから、琉実《るみ》が笑ってくれて安心した。

乾《から》びる一歩手前のベンチをタオルで拭《ぬぐ》って、暫《しばら》く話をした。夏休みの予定だったり、課題の話だったり、他愛が無くて末梢的《まつしようてき》でありつつも、学生である僕等《ぼくら》に取っては世界の枠組《わくぐ》みに絡《から》んだ話でもあった——今はまだそれで良かった。

暑さに悲鳴を上げた身体《からだ》が汗《あせ》を幾筋《いくすじ》も垂らし始めた頃合《ころあ》いで、那織《なおり》が氷川丸《ひかわまる》を指して、「あれも中に入れるんでしょ？　前に行った？」と質《ただ》して、僕は琉実《るみ》とほぼ同時に頷《うなず》いた。

さっき行った日本丸と違《ちが》って、二度目に訪《おとず》れた氷川丸《ひかわまる》の船内は落ち着いて見られた。船齢《せんれい》三〇年の航海の歴史の中で戦争を経験した船を初めて訪ねたならば、きっと僕はまた自分の世界に入ってしまっただろう——那織《なおり》と共に。もちろん那織《なおり》が居る事で新たな気付きもあったし、見落としていた物もあったが、琉実《るみ》が「神棚《かみだな》には大宮《おおみや》の氷川神社《ひかわじんじゃ》のお札があるんだよ」なんて那織《なおり》に言ったりするのを見て「よく覚えてるな」なんて感心したり、琉実《るみ》の入れない話で盛り上がる事無くちゃんと三人で見て回れた。

氷川丸《ひかわまる》を出た後、少し早いと思いつつ夕飯がてら中華街《ちゅうかがい》に足を向けた。

横浜《よこはま》に行くと決めた時、琉実《るみ》が「せっかくの誕生日なんだからちゃんとしたお店の方が良くない？」と言ってくれたが、畏《かしこ》まって食べるより三人であーだこーだ言いながら食べる方が良《い》いと思い、敢《あ》えて店を予約したりはしなかった。きっと、その方が楽しいと思った。

時間を外した積もりだったが、中華街《ちゅうかがい》は人いきれで噎《む》せ返りそうなほど混んでいて、琉実《るみ》が「早めに来て正解だったかも」と口元を綻《ほころ》ばせた——中華粥《ちゅうかがゆ》を食べてみたいと言う那織《なおり》のリクエストに応えて真夏に中華粥《ちゅうかがゆ》を食べたり、露店《ろてん》で買った焼《や》き小籠包《しょうろんぽう》に齧《かぶ》り付《つ》いた那織《なおり》が口《くち》の端《はし》から飛び出した熱々の肉汁《にくじゅう》に大騒《おおさわ》ぎしたり、苺飴《いちごあめ》を食べながら自撮《じど》りする琉実《るみ》を冷やかしていた那織《なおり》が、自分も陰《かげ》でこっそり写真を撮《と》っている所を琉実《るみ》に見られて返り討《う》ちに遭《あ》ったり——一箇所《かしよ》に留まらず歩き回ったのは正解だった。折角の誕生日だからと言うならば、僕は三人で遊ぶだけでも十分だったし、何より二人がはしゃいでいる姿を見られるだけで満足だった——なんて言うと少し恰好《かっこう》付けすぎか。でも、嘘偽《うそいつわ》りの無い本心だった。

ゴマ団子を頬張《ほおば》る那織《なおり》と目が合った。「ほの……んっ、ごめん、この次は?」

「お腹《なか》は一杯《いっぱい》になったか?」

「甘味《かんみ》なら未《ま》だ若干《じゃっかん》の余裕《よゆう》があるけど、お腹一杯《なかいっぱい》の定義を八分目とするなら、お腹一杯《なかいっぱい》」

「そいつは結構。琉実《るみ》はどうだ?」

「わたしもお腹《なか》いっぱい。食べすぎちゃったくらい。純《じゅん》はお腹《なか》いっぱいになった?」

「ああ。お互《たが》いよく食べたよな。若干《じゃっかん》の余裕《よゆう》がとか八分目とか言ってる人も居るが」

「毎日がチートデイみたいな人は、胃袋《いぶくろ》の作りがわたしたちとは違《ちが》うんじゃない?」

「聞こえてますけど。何、海で泳ぎたいの? 山下公園《やましたこうえん》に戻《もど》る? 背中押そうか?」

この時間がもうすぐ終わる事を、僕は知っている。背中を押すのは僕だ。

自分の背中を、自分で押さなければならない。

気持ちに迷いは無い。考え過ぎってくらい考えたし今更覆《いまさらくつがえ》りようがない。

ただ——ここ何日か、この関係が崩《くず》れる事に対する危惧《きぐ》と僕等《ぼくら》なら大丈夫《だいじょうぶ》だよなと云《い》う願望を行ったり来たりしていた。ずっとその二《に》択《たく》の狭間《はざま》に居た。それだけならまだ良かった。

僕は気付いてしまった——僕等《ぼくら》なら大丈夫《だいじょうぶ》だよなと云《い》う願望は、酷《ひど》く都合の良《い》い考え方で、結局全てを琉実《るみ》に押し付けて我慢《がまん》を強《し》いているだけなんだ、と。だとすれば、それは願望じゃなくて琉実《るみ》に対する身勝手な要望でしか無い。そんな事を頼《たの》む資格は僕には無いし、「これからも変わらずによろしく」なんて思慮《しりょ》を欠いた言葉は口に出せない。

残ったのは、危惧《きぐ》だけだった。

危惧《きぐ》？　違《ちが》う。明確な恐怖《きょうふ》だ。もう戻《もど》れない事に対するはっきりとした怖《こわ》さだ。

それでも僕は言わなければならない。

那織《なおり》が好きだから。

この先も一緒《いっしょ》に居たいと思ったから。

これから先、僕等《ぼくら》の関係がどう変化していくのかは、率直《そっちょく》に言ってわからない。僕等《ぼくら》の間に漂《ただよ》う妙《みょう》な空気感は、きっとおじさんやおばさんにも悟《さと》られるだろう。だから、今回は隠《かく》さない。那織《なおり》と付き合う事になったら、おじさんやおばさんに、自分の親にも関係を伝える。そうすることが本当の意味でフェアだと思うから。

ただ、せめて——唯一《ゆいいつ》願うのは、琉実《るみ》と那織《なお》が仲良くあって欲しいということだけだ。僕の事はどうでもいい。隣《となり》の家に住む二人の幼馴染《おさななじみ》が……二人ならきっと、いや、やめよう。

「さて、最後は港の見える丘《おか》公園だよな？」

「だね」笑《え》みの滲《にじ》んだ柔《やわ》らかい表情で琉実《るみ》が頷《うなず》く。

「此処《ここ》から近いんだよね？　そろそろ脚《あし》が原子レベルで崩壊《ほうかい》しそう」

「崩壊《ほうかい》したら負ぶってやるよ」

「純《じゅん》に那織《なお》をおんぶするのは無理でしょ。多分、立ち上がれないんじゃない？　那織《なお》を甘く見たら痛い目見るよ？　腰《こし》を痛めるのは確実だね」

「琉実《るみ》、一人だけ先に帰る？　あの純《じゅん》君が私を負んぶしてくれるなんて感動的で安っぽい台詞《せりふ》を言ってくれてるのに、腰《こし》を痛めるとかよく言えるよね。デリカシー無さ過ぎない？」

「感動的で安っぽいとか言うな。言わなきゃ良かった」

　デリカシーが無いのは姉妹《しまい》共々だな。

「嘘嘘《うそうそ》。超嬉《ちょううれ》しい。感動の余り泣きそう。もう今すぐにでも私を負んぶして欲しい」那織《なお》が僕の腕《うで》を摑《つか》んで蹲踞《そんきょ》する。「私、脚《あし》が痛くてこれ以上歩けない。このままじゃ私はこの横浜《よこはま》の地で一生を終える事になっちゃう。次会う時は中国語しか喋《しゃべ》れないかも。再見《ジョイギン》」

　蹲《うずくま》る那織《なお》に引っ張られてバランスを崩《くず》しそうになるが、何とか持《も》ち堪《こた》えた。

「何で広東語《カントンご》なんだよ。一瞬《いっしゅん》分かんなかったぞ」かろうじて分かったのはきっと香港《ホンコン》映画のお陰《かげ》だろう。「ほら、頼《たの》むから立ってくれ」

「負んぶしてくれるって言った癖《くせ》に……ま、いいや。広東語《カントンご》を拾ってくれたから許す」

僕の腕《うで》を離《はな》して、那織《なおり》が立ち上がる。口ではああ言っているが、通行の邪魔《じゃま》になる自覚があるんだろう――それくらい中華街《ちゅうかがい》は人に溢《あふ》れていた。殆《ほとん》ど夜に近い時間とは言え、行き交《か》う人の熱気やお店の火熱もあって、この周辺一帯には異常なほど熱が籠《こも》っている。

中華街《ちゅうかがい》を抜《ぬ》けて高架《こうか》を潜《くぐ》る頃《ころ》には、首筋に纏《まと》わり付《つ》いていた粘度《ねんど》の高い暑気がほんの少しだけ緩《ゆる》くなる。コンクリートで固められた川が幾何《いくばく》かは寄与《きよ》しているのかも知れない。

右手に元町《もとまち》商店街のアーチを見ながら、港の見える丘《おか》公園を目指す。歩道橋《ほどうきょう》越《ご》しに広場が見えると、琉実《るみ》が笑いながら「これから公園までずっと上りだから。気合入れて頑張《がんば》って」と言って、那織《なおり》の背中を軽くポンポンと叩《たた》き、僕に向かって「ね？」と同意を求めて来た。

「そうだな……と云《い》うか、僕もそろそろ疲《つか》れが――」

那織《なおり》が立ち止まった。「もう無理。負んぶ」

「すまん那織《なおり》、僕の脚《あし》も崩壊《ほうかい》するかも知れない」

「駄目《だめ》。負んぶしてくれないと許さない」

「バカ言ってないで行くよ」

琉実《るみ》が那織《なおり》の手を引いて階段をずんずんと上っていく。木々の間の階段を、二人の後ろ姿を眺《なが》めながら歩いていく。「この階段、あとどれ位続くの？」とか「もう脚上《あし》がんない」と呻《うめ》き混じりの声を上げる那織《なおり》とは対照的に、眼前で揺曳《ようえい》するスカートは段を上がる度《たび》にひらひらと閃《ひらめ》いている——左右に振《ふ》れる那織のお尻《制振装置》を見続けるのもどうかと思い、視線を下げた。

何人かと擦《す》れ違《ちが》って、広場に出た。記憶《きおく》が正しければ、展望台まではもう少しある。

何処《どこ》にそんな元気があったんだ？　と言いたくなる速さで、ベンチを見付けた那織《なおり》が走り寄っていく。琉実《るみ》がこっちを振《ふ》り返《かえ》って苦笑《くしょう》した。

「今日だけで一ヶ月分は歩いたんじゃないかって位歩いた気がする」

「さぞ歩かない人生を送るんだな……けど、僕も結構脚《あし》にきてる」

「二人そろってだらしない……ほら、純《じゅん》も座れば？」

「琉実《るみ》は良《い》いのか？」

「これくらいじゃへこたれないって。純《じゅん》や那織《なおり》とはベースが違《ちが》うの」

さり気なく琉実《るみ》の表情を窺《うかが》う。本当は座りたいけど僕に譲《ゆず》った——って事も無さそうだ。

「じゃあ遠慮《えんりょ》なく」那織《なおり》の隣《となり》に腰《こし》を下ろす。

「ねぇ、脚《あし》がぱんぱんになっちゃったんだけど、揉《も》んでくれるサービスとか無いの？」

「こんな人通りの多い所で脚《あし》は揉《も》めないだろ」

「人通りが多くなければ良《い》いって事？」覗《のぞ》き込《こ》むように、那織《なおり》がじっと見詰《みつ》めてくる。

「何をわがまま言ってるのよ。ほら、わたしが揉《も》んであげるから」

那織《なおり》の足元にしゃがみ込んだ琉実《るみ》が、脹脛《ふくらはぎ》をゆっくりと揉《も》み始《はじ》めた。手付きが慣れているのは運動部故《ゆえ》だろう——何だかんだマッサージしてあげる辺りが琉実《るみ》らしい。

「もう、負んぶしてくれなかった冷血男に揉《も》んで貰《もら》おうと思ったのに……でも、ありがと。そうしたらば、慈悲《じひ》の心を欠いた冷酷《れいこく》な殿方《とのがた》には肩《かた》でも揉《も》んで貰《もら》おうかな」

「どう転んでも僕にマッサージさせたいんだな……」

「ほんとに大きい人の前だと畏《おそ》れ多《おお》くて言えないけど、ほら、私もそこそこおっぱいあるじゃん？　あとさ、良く無いとは思ってるんだけど、本を読んだり勉強したりする時、いつも前屈《まえかが》みになっちゃうし、超肩《ちょうかた》が凝《こ》るんだよね。だから揉《も》んでくれると嬉《うれ》しいなって。それに純君《じゅん》だって吝《やぶさ》かじゃないでしょ？　現役《げんえき》女子高生に触《さわ》れるんだよ？　那織《なおり》ちゃんの肩《かた》を揉《も》めるんだよ？　ほら、嬉《うれ》しいでしょ？　嬉《うれ》しいって顔に書いてあるよ？」

「書いてねぇよ」

　顔に嬉《うれ》しいなんて書いた覚えは無いが、偉《えら》そうな口を利いておいて何も出来なかった不甲斐《ふがい》なさは厳粛《げんしゅく》たる事実だ。肩《かた》を揉《も》むくらいは——「どの辺が凝《こ》ってるんだ？」

「え？　本当に揉《も》んでくれるの？」

「ああ。ちょっとだけだぞ」

　今まで誰《だれ》かに言った事は無かったのだが、肩《かた》や首をほぐすのには自信がある。

　子供の頃《ころ》、辛《つら》そうな顔で腕《うで》をぐるぐる回す母さんに「肩《かた》、揉《も》もうか」と声を掛《か》けたのが切《き》っ掛《か》けだった。幼心に母さんが仕事で疲《つか》れているのを感じ取ったのだろう。肩《かた》を揉《も》んだ後、「ずいぶん楽になったよ。ありがとう」と言われたのが嬉《うれ》しかった。今にして思えば子供の握力《あくりょく》なんてたかが知れているが、それでも母さんの役に立てた事が誇《ほこ》らしかった。

それから数日経《すうじつた》った頃《ころ》だろうか、買い物の帰りだった。母さんが「この間肩《かた》を揉《も》んでくれたから」と言って本を買ってくれた。それ以来、母さんからお願いされるマッサージには邪念《じゃねん》が混ざった――ただ、本を買《か》って貰《もら》えるに値《あたい》する働きをしなければという義務感はあった。

今では本を買《か》って貰《もら》ったりしないが、辛《つら》そうな時に「肩《かた》、揉《も》もうか？」と声を掛《か》ける位には継続《けいぞく》している。そのお陰《かげ》で、何処《どこ》が凝《こ》っているのかは触《さわ》れば分かる。

那織《なおり》の肩《かた》に手を置く。二、三度軽く摘《つ》まむようにして揉《も》むと、首元の筋が硬《かた》くなっているのがしっとりと汗《あせ》ばんだブラウス越《ご》しに伝わってきた。確かに凝《こ》っている。

張っている筋を捉え、ゆっくりと親指に力を籠《こ》める。「この辺りか？」

「んっ。はぁ……そこ」鼻に抜《ぬ》ける甘ったるい声――と云《い》うか艶《なま》めかしい声を出した。

「何て声出して――」

不意に冷めた声がした。「何してんの？」

立ち上がった琉実《るみ》が冷ややかな視線を僕に投げる。

「肩《かた》を揉《も》もうかと……」

「わたしが脚揉《あしも》んでるのに、純《じゅん》が肩揉《かたも》むっておかしいでしょ。那織《なおり》、調子に乗り過ぎ」

「私だって、本当に肩揉《かたも》んでくれるとは思わなかったし……」

「じゃあ、肩《かた》を揉《も》んだ純《じゅん》が悪いってこと？」

「別に悪いとか言って無くない？」

「いや、僕が悪かった。だから、とりあえず落ち着こう。な」

この場を早く収めたいのもあるが、僕が調子に乗ったのは事実だ。

「うん……ごめん」琉実《るみ》の言葉がふわっと地面に落ちた。「那織《なおり》ももういいでしょ？　ほら、あとちょっとだから行こう」落ちた言葉には目もくれず、琉実《るみ》が顔を上げた。

それから無言で木々の中を進んだ。途中《とちゅう》で琉実《るみ》に話《はな》し掛《か》けたが、会話は続かなかった。

肩《かた》を揉《も》むのは得意――そんな稚拙《ちせつ》な驕傲《きょうごう》に目が眩《くら》んで、余計な事をしてしまった自分の浅《せん》薄《ぱく》さを恥《は》じた。琉実《るみ》が脚《あし》を揉《も》んでいるのに、僕が肩《かた》を揉《も》むのは確かにやり過ぎだった。那織《なお》だって本気で肩《かた》を揉《も》めと言っていた訳じゃ無かった。調子に乗った僕の過怠《かたい》……だが、那織《なおり》のあいう態度は今に始まった事じゃ無いし、それこそ昔から変わらない僕等《ぼくら》のやり取りではあって、琉実《るみ》があそこまで不機嫌《ふきげん》になるのは――午前中の琉実《るみ》も少し変だった。もしかして、琉実《るみ》は僕が言おうとしている事に気付いているのだろうか。僕が那織《なおり》に――いや、深く考えるのはよそう。そんな事を考えながら平時と同じよう振《ふ》る舞《ま》うなんて、恐《おそ》らく僕には出来ない。それに、観照《かんしょう》しようと試みた所で確かめる術《すべ》も無い。訊《き》ける訳が無い。

木の板が続く歩道に入り、木々を抜《ぬ》けた先に展望台が見えた。見えてしまった。こんな空気のまま言いたくない――ほんの数分前の出来事を悔《く》やんでもすべてが手遅《てお》れだった。

結局、僕は最後の最後まで……那織《なおり》が背中を突《つ》いた。「余計な事言ってごめんね」声を掛《か》けようとした僕の脇《わき》を抜《ぬ》けて、那織《なおり》が琉実《るみ》の肩《かた》に手を回した。二人で何かを話している風だが、内容は聞き取れない。街灯に照らされた二人の横顔は暗くない。

そんな二人を見ながら、僕は当たり前で昔から変わらない事実を今更《いまさら》に実感する。

二人と一人――これが僕等《ぼくら》三人の内訳。一人はいつだって僕だった。知らない土地に引《ひ》っ越《こ》して来て最初に出来た僕の大切な友人は、常に二人だった。一人っ子の僕はそれが羨《うらや》ましくて、二人の間に混ざりたいと願っていた。でも、ずっと二人と一人だった。

小さい時から、今この瞬間《しゅんかん》まで。

そうか――僕は本当に愚《おろ》かだ。浅短《せんたん》で狭隘《きょうあい》な事ばかり考えていた。僕がどう思おうが、二人の内のどちらかとどうなろうが、二人の関係を壊《こわ》す程《ほど》の影響力《えいきょうりょく》は僕に無い――ずっと二人と一人だ。付け上がって勘違《かんちが》いをしていた自分が恥《は》ずかしい。二人がどれだけ喧嘩《けんか》して、どれだけ仲直りして、どれだけ言い合いをして、どれだけ再び話し始めたかを僕は知っている。

それをずっと間近で見てきた。

言い合いばかりしているけれど、あの二人の関係は容易《たやす》く崩《くず》れるほど脆弱《ぜいじゃく》じゃない。

「着いたっ！」弾《はず》んだ声で、琉実《るみ》が振《ふ》り返《かえ》った。

二人がどんな言葉を交《か》わしたのかは知らない。

最後の階段を上り切って、ライトアップされた展望台に立つ――遠くに港湾《こうわん》の夜景とベイブリッジが見える。空には陽光の残滓《ざんし》が留まっていて夜と呼ぶには物足りないが、遠くで煌《きら》めく光源は確かな存在感を漂《ただよ》わせている——彼方《かなた》まで続く決して空と交わらない灯《あか》りの中で、ベイブリッジの橋脚《きょうきゃく》だけが空を目指している。

夜の始まりを見届ける展望台にはカップルしか居ないものかと思っていたが、男子だけのグループや女子だけのグループも居て、それぞれが適度に距離《きょり》を取って談笑《だんしょう》していた。

展望台の端《はし》で夜景を眺《なが》める琉実《るみ》に駆《か》け寄る。

「やっと着いたな。久《ひさ》し振《ぶ》りだ」ひとつ息を吐《は》く。「さっきはごめんな」

「何が？」僕の言葉を遮《さえぎ》って、琉実《るみ》が続ける。「それより、キレイだね」

何も言わなくて良い——行間《コンテクスト》が語っていた。

「綺麗《きれい》だけど、思ったより高台じゃないんだね。もうちょっと見下ろす感じかと思ってた」

琉実《るみ》の横に陣取《じんど》った那織《なおり》がそう言って、琉実《るみ》が何時《いつ》もの調子で「着いたばっかのとき、綺麗《きれい》って言ってたじゃん」そう返す。二人の言葉には何の残響《ざんきょう》も無かった。

「綺麗《きれい》である事は否定してないでしょ。思ったより低いなって感想を言っただけじゃん」

経常的かつ定期的な二人の応酬《おうしゅう》。詰《つ》まりは通常営業……にしても、夜景を観《み》ただけなのによくもまあこんな短時間で言い合いになるよな。それが二人らしいんだけど。

だから僕は、通例通り諌《いさ》める役に回る。「夜景で喧嘩《けんか》すんなよ」

「別に喧嘩《けんか》じゃないし。ね、そんな事より——二人で此処《ここ》に来た時は何したの？」

「あの時は日中だったし、普通《ふつう》に景色見ただけだが……あ、大佛次郎《おさらぎじろう》の記念館に行った」

「確か、小説家の人だよね？　うん、行った。覚えてる。あとイギリスの建物みたいなのも見学したよね。そこの庭園の先にあるんだけど——ちょうど結婚式《けっこんしき》してなかった？」

かつての英国総領事公邸《こうてい》の建つ方向を、琉実《るみ》が示した。

「そう言えばしてたな」

琉実《るみ》が言った言葉も覚えている——こんな場所で結婚式《けっこんしき》なんてお洒落《しゃれ》だね。

「そのイギリスの何とやらはまだ入れるの？」

「もう閉まってるんじゃないか？」スマホで開館時間を確認《かくにん》する。「もう閉まってる」

「大佛次郎《おさらぎじろう》は？」

「そっちも……閉まってるな。来るのがちょっと遅《おそ》かった」

「何それ。そこは二人だけの思い出って事？」

「そんな積もりじゃないんだが……いつか来ような」

「そうだよ、また来ればいいじゃん」

そう言った琉実《るみ》に、力なく「また、か」と那織《なおり》が応えた。

「とりあえず、イギリス庭園に行こっ」

琉実《るみ》が那織《なおり》の手を引いてイングリッシュローズの庭に足を向ける。二人に続いて緑の繁《しげ》る一角に行くと、見頃《みごろ》では無いものの所々にバラが咲《さ》き残《のこ》っていた。その中に白やピンクのペチュニアが光を孕《はら》んでぼんやりと浮《う》かんでいる——草花には明るくないが、琉実《るみ》と来た時、ひと口にバラと言っても色んな種類があるんだな、と驚《おどろ》いた覚えがある。花が好きな母さんは我《わ》が家《や》に花を絶やさないが、そう言えばバラは無かった。琉実《るみ》とのデートから帰った後、母さんに尋《たず》ねた事がある。どうして家の庭にバラを植えないのか、と。母さんが「私にはちょっと強すぎるのよね」と笑ったのが印象に残っている。

こうして改めて見ると、強すぎると言った母さんの気持ちを分かった気がした。疎《まば》らであるのにバラの存在感はとても強くて、何となく気後《きおく》れする感じがして、どこか眩《まぶ》しい。

「イギリス気触《かぶ》れの純君《じゅん》は、やっぱりこう云《い》う庭が欲しいと思うの？」

「そうだな。でも、こんなに沢山《たくさん》のバラは要《い》らないかな」

「その心は？」

「何だろう、華《はな》やか過《す》ぎるからかな」

「純《じゅん》はもうちょっと大人しい感じの花の方が好きなんだよね——そうだっ」

何かを探すように辺りを見回したあと、琉実《るみ》が那織《なおり》に耳打ちをする。「こっち来て」

庭園をずんずん進んで行った先の、奥にある小さな四阿《あずまや》……いや、此処《ここ》ではガゼボと言う方が適当だな、白くて小さいガゼボのベンチを指して、琉実《るみ》が僕に座るよう促《うなが》した。

言われるがままガゼボのベンチに座ると、僕の前に立った琉実《るみ》が何やら那織《なおり》と目配せをして、鞄《かばん》から小さな包みを取り出した——「お誕生日おめでとう」

「ありがとう。見ても良《い》いか？」

「うん。それ、那織《なおり》と二人で選んだの」

包みを開けると、岩波文庫《いわなみぶんこ》……を模したブックカバーと文庫が一冊。ブックカバーには英語が書いてある——『No Longer Human』人間失格か。そして文庫の題名《タイトル》は『ミステリーの書き方』。中をぱらぱらっと捲《めく》る。ハウツー本と言うより、ミステリ作家（超有名《ちょうゆうめい》作家しか居ない）のインタビュー集と云《い》った内容で……早い話がとても面白《おもしろ》そうだった。

「このブックカバー、めっちゃお洒落《しゃれ》だな。ありがとう」

この文庫は恐《おそ》らく——「那織《なおり》もありがとう。これは読み応えありそうだわ」

「でしょ？　絶対好きだよね」

「こんなプレゼントを貰《もら》えるなんて……本当にありがとう」

「待って。もう一つあるの」

琉実《るみ》が別の包みを渡《わた》して来《き》た。「これはわたしから」

中を開けると、同じ岩波文庫《いわなみぶんこ》の見た目だが……こっちはポーチになっている。文庫を差すと思われるベルトやペン差しが付いていて、普段使《ふだんづか》いに重宝しそうだ。ポーチに書いてあるタイトルは『An Encouragement of Learning』。今度は『学問のすゝめ』か。なるほど。図書館とかで勉強する時に筆箱として使うのもありかも知れない。

「二つも用意してくれたのか。ありがとう。早速使《さっそくつか》わせて貰《もら》うよ」

「で、私はこれ」今度は那織《なおり》から。

「凄《すご》い豪華《ごうか》だな。何だか申し訳ないくらい――」そう言いながら包みを開けると、見覚えのある大きめのムックが入っていた。『ＳＦ映画のタイポグラフィとデザイン』これは以前から僕が読みたいと思っていた本だ。こんな形で出会えるとは。

「好きでしょ？」

「この本、読みたかったんだ。二人とも、ありがとう」

琉実《るみ》と那織《なおり》が顔を見合わせて、相好を崩《くず》した。こんなプレゼントされてしまったら、そんな笑顔《えがお》を向けられたら――言《い》い辛《づら》くなっちゃうだろ。でも。やっぱり。言うなら今日しかない。

気持ちを伝えるのは今日だ、そう決めたのは他でも無い僕だ。

何処《どこ》で話すかはもう決まっている。それはこの場所じゃない。

今からその場所に向かわなければ――切《き》っ掛《か》けを言い出すのは僕しか居ない。

「さて、そろそろ帰ろう。二人とも今日はありがとう。とても楽しかった」

上った道を、今度は下っていく。来た時とは違《ちが》って言い合いになったりはしない。それなのに上辺だけの会話が、真っ暗な夜道で宙を舞《ま》う。時折吹《ふ》く風で木々の葉が擦《こす》れて音を出す。

カップルが座っているベンチの脇《わき》を通り過ぎる。殆《ほとん》ど抱《だ》き合《あ》ってるように見えた。

琉実《るみ》が僕の右腕《みぎうで》を取った。遅《おく》れて那織《なおり》が左腕《ひだりうで》に抱き着《つ》いた。

僕は二人の手を取る——小さい頃《ころ》みたいに三人で手を繋《つな》ぐ。

はぐれないように、仲間外れにならないように、三人で手を繋《つな》ぐ。今だけは。

二人の温度が手に伝わってくる。僕等《ぼくら》はもう子供じゃない。

大人から見れば子供だけど、小さい頃《ころ》に繋《つな》いだ手ではない。

狭《せま》い階段の手前で誰《だれ》からともなく手を離《はな》す。三人が横並びでは歩けない。

手を繋《つな》いでから、僕等《ぼくら》はずっと無言だった——黙《もく》したまま階段を下りる。

二人が付いて来ている事を、時折振《ふ》り返《かえ》って確認《かくにん》する位には静かだった。

那織《なおり》が躓《つまず》いてバランスを崩《くず》した。振《ふ》り向《む》いたタイミングで良かった。咄嗟《とっさ》に伸《の》ばした手で、身体《からだ》を支える。「大丈夫《だいじょうぶ》？」後ろから琉実《るみ》が言う。

「うん、大丈夫《だいじょうぶ》。歩き回ったから……ちょっと力が抜《ぬ》けちゃった」

「歩くの早かったか？」

「ううん。大丈夫《だいじょうぶ》……ね、捕《つか》まってて良《い》い？」そう言って、那織《なおり》が僕の腕《うで》を取った。

元町《もとまち》・中華街駅《ちゅうかがいえき》から電車に乗って、帰路に着く。横浜《よこはま》で人が入《い》れ替《か》わり、眼前の席が一つだけ空いた。「座りなよ」二人に向かって言った。琉実《るみ》は那織《なおり》を座らせた。琉実《るみ》はいつだって那織《なおり》を優先する。今日だって——昔からずっとそうだった。唯一違《ゆいいっちが》ったのは、僕と付き合い始めた事だけだった。だが琉実《るみ》は、最終的に別れる事を選んだ。

そんな優《やさ》しさを知っているからこそ、すぐ傍《そば》で見て来たからこそ、琉実《るみ》を選ばなかった自分の選択《せんたく》に異議を唱えるもう一人の自分も居た。琉実《るみ》だけがずっと大人で、ずっと我慢《がまん》していた事を知っている——だが、それを理由に琉実《るみ》と付き合う事は出来ない。

何故《なぜ》なら、僕の本心に気付いた時、恐《おそ》らく琉実《るみ》は僕では無く自分を責める。僕にそうさせてしまったと後悔《こうかい》する——その選択《せんたく》では、きっと誰一人《だれひとり》として幸せになれないだろう。そんな未来を想像させてしまう琉実《るみ》の優《やさ》しさがとても辛《つら》くて、琉実《るみ》をよく知るからこそ心が痛い。

「那織《なおり》、寝《ね》ちゃったね」琉実《るみ》が呟《つぶや》いた。

「沢山《たくさん》歩いたからな。流石《さすが》に僕も疲《つか》れた」

「純《じゅん》にしては、珍《めずら》しくよく歩いたよね」

渋谷《しぶや》でまた大勢の人が入《い》れ替《か》わる。那織《なおり》の隣《となり》は空かなかったが、端《はし》の席が空いた。「純《じゅん》が座りなよ」そう言う琉実《るみ》を制して、今度こそ座《すわ》って貰《もら》った。立っているのは僕だけで良《い》い。

同じ電車の中で僕等《ぼくら》三人は離《はな》れ離《ばな》れになる。

途中《とちゅう》で乗《の》り換《か》えて、再び三人が一緒《いっしょ》になる。

那織《なおり》が手摺《てす》りに捕《つか》まって、僕と琉実《るみ》が吊《つ》り革《かわ》に捕《つか》まる。この時間はあと数分で終わる。

何時《いつ》もの駅に着いて、家に向かって歩き出す。地元に帰って来た安心感があるのか、口数が減っていたのが嘘《うそ》のように、お昼に食べたスープカレーが美味《おい》しかったとか、次はホットケーキ食べたいとか、日本丸が意外と面白《おもしろ》かったとか、今日あった事を振《ふ》り返《かえ》りながら歩いた。

今日は本当に楽しかった。久《ひさ》し振《ぶ》りに三人で遊んだ——昔に戻《もど》った気がした。

僕の誕生日なんてのは切《き》っ掛《か》けに過ぎなくて、疲《つか》れを滲《にじ》ませながらも二人で口々に楽しかったと言っている姿を見ているだけで嬉《うれ》しいし、出掛《でか》けた価値があった。ずっと見ていたいと思った——ずっと見ていたいと思うが故《ゆえ》に切り出すタイミングが難しい。喋《しゃべ》っている二人に割って入れない。沈黙《ちんもく》の間を縫《ぬ》おうとしてもどちらかがすぐ口を開く。

言い合いもせず、上機嫌《じょうきげん》な二人の姿をこのまま見ていたかった。

だが、言わねばならない。二人の会話を止めなければならない。

「ちょっとだけ、いつもの公園寄って行かないか？」

どうにかして見付けた会話の谷間で、深刻な雰囲気《ふんいき》にならないよう努めて言った。

「うん、いいね。でも、純《じゅん》がそんなこと言うなんて珍《めずら》しい」

「そうでも無いだろ？」

「そうかも」

「何だよ、適当だな」

そんな遣《や》り取《と》りをした琉実《るみ》とは対照的に、那織《なおり》は首肯《しゅこう》もせずに黙《だま》ってしまった。公園に向かう途中《とちゅう》、何度か那織《なおり》に話を振《ふ》っても曖昧《あいまい》に返事をするばかりで、琉実《るみ》が「那織《なおり》、どうかした？」と語《かた》り掛《か》けても、「んーん。何でも無い」と曖昧《あいまい》に首を横に振《ふ》るだけで、やはり会話に参加する事は無く、かと言って具合が悪い風では無かった。

那織《なおり》の反応が気になりながらも、どうする事も出来ないまま公園に——はじまりの場所に着いて、四阿《あずまや》のベンチに三人で座る。僕の隣《となり》に琉実《るみ》が座って、那織《なおり》が琉実《るみ》の隣《となり》に座った。

「今日はありがとう」

「どういたしまして。こっちこそありがとね。楽しかった」琉実《るみ》が笑う。

「ちょっと聞いて欲しいんだが……良《い》いか？」

「改まって何？」琉実《るみ》が僕を見る。少し芝居《しばい》がかった言い方だった。

那織《なおり》は爪先《つまさき》でコンクリートの上に溜《た》まった砂を、じゃり、じゃりと寄せているだけで、ずっと黙然《もくぜん》したままだった。「那織《なおり》も良《い》いか？」と問《と》い掛《か》けると、「ん」とだけ応えた。

「大宮公園《おおみやこうえん》での続きなんだけど」

隣《となり》に座る琉実《るみ》に向けて言った。瞬刻《しゅんこく》、さっきまでの綻《ほころ》びが琉実《るみ》の口元から消えた。

「うん」

「待たせて悪かった。ごめん」

「わたしこそ困らせてごめん」

「そんな事ない。言ってくれてありがとう」

琉実《るみ》の気持ちを知ったからこそ、別れを告げられたあの日から続く疑問の数々は、後悔《こうかい》と反省を伴《ともな》って解《ほど》けていった——だから、知って良かった。悩んで良かった。

それに困らせたのは僕の方だ。琉実《るみ》と付き合っていた間、僕の振《ふ》る舞《ま》いは児戯《じぎ》に等しいと言われても仕方ない位どうしようもなくて、思い返してみても子供そのものだった。

でも、僕なりに真剣《しんけん》だった。あれが僕なりの精一杯《せいいっぱい》だった。それほど幼かった。

今でも自分の稚拙《ちせつ》さに嫌《いや》になる事は多々あるし、眠《ねむ》ろうと潜《もぐ》った布団《ふとん》の中で「あれで良かったのだろうか。もっと言い方があったんじゃないか」と不安になり反省する事ばかりだが、当時の僕は今と比べようもないくらい幼くて、すべてが拙劣《せつれつ》だった。

初めて出来た彼女と幾つもの経験をした。

初めて恋人《こいびと》として手を繋《つな》いだ。

初めて恋人《こいびと》として抱《だ》き締《し》めた。

そして——初めてキスをした。

小説や映画の中でしか知らない事をした。

自分には縁《えん》が無いだろうと思いながらも、何処《どこ》かでいつかはそうなるかも知れないと思っていた事を、中学生の僕は琉実《るみ》と体験した。どれもが新鮮《しんせん》で、恥《は》ずかしくて、照《て》れ臭《くさ》くて、上手《うま》く出来なくて、何度も失敗して——けど、筆舌《ひつぜつ》に尽《つ》くし難《がた》い満足感があった。
呼ばれたから仕方ないみたいな言い訳をしながら校内でこっそり会う時も、駅での待ち合わせも、一緒《いっしょ》に帰りながら学校で起きた話をする時も、散々悩《なや》んだ挙げ句いつも通りで良《い》いかと服を選んでデートに向かう時も、琉実《るみ》が来るからと部屋を掃除《そうじ》する時も、親やおじさんとおばさんの前で態《わざ》と素っ気ない態度を取る時も——すべてが楽しかった。
自分ではしっかりしている積もりでもたまに抜《ぬ》けてる所があって、
何でも一人で頑張《がんば》ろうとしてばかりいるから人を頼《たよ》るのが下手で、
お姉ちゃんだからと、自分を押し殺して那織《なおり》を優先してばかりで、
弱虫だけど気が強い振《ふ》りをしていて、
夢見がちなのを恥《は》ずかしがっていて、
不器用なのを努力や頑張《がんば》りで隠《かく》して、
筋肉が付き過ぎるのを気にしていて、
可愛《かわ》いくて子供っぽい物が大好きで、
優《やさ》しくて、正直で、でも時々捻《ひね》くれていて、理解出来ない事をしたりして、悔《くや》しくて泣いちゃう自分が許せないほど強がりで——そんな性格がいじらしくて可愛《かわい》い彼女だった。
そんなかつての彼女に、僕は言わなければならない。

一緒《いっしょ》に居て楽しかったのに――
一緒《いっしょ》に居て幸せだったのに――
一緒《いっしょ》に居て胸が弾《はず》んだのに――

別の人が好きだと。
君の妹が好きだと。

琉実《るみ》と付き合った方が上手《うま》くいくかも知れないと考えた事もある。
でもそれは、上手くいくかもなんて考えている時点で違《ちが》うと思う。
幼くてどうしようもない僕はきっとまた琉実《るみ》に頼《たよ》ってしまうから。

琉実《るみ》の優《やさ》しさに甘えてしまうから。

それに僕は、那織《なおり》が好きだと実感してしまったから――だから選べない。
琉実《るみ》、ごめん。本当にごめん。今まで僕に付き合ってくれてありがとう。

「それで続きなんだけど――」僕は二人の前に立った。

言え。
身体《からだ》が硬直《こうちょく》する。
言うんだ。
口が酷《ひど》く重い。
ほら、早くしろ。
空気が貼《は》り付《つ》く。
何をもたもたしているんだ？
深呼吸をする。
顔の横を汗《あせ》が流れる――顔を上げた。

二人が僕を視《み》ている。
二人の視線と交わる。

「琉実《るみ》、色々ありがとう。琉実《るみ》にはいつも助けられてた。心の底から感謝するし、尊敬もしている。僕と付き合ってくれてありがとう。でも、ごめん。気持ちには応えられない」

僕は琉実《るみ》に向かって頭を下げた。

琉実《るみ》の目に溜《た》まった涙《なみだ》の行く先を僕は見届けられない。

姿勢を正して、那織《なおり》の顔を見る。

僕が初めて好きになった女の子で、
勝負をする前から諦《あきら》めた女の子で、
いつも一緒《いっしょ》に居てくれた女の子で、
延々好きな事を語らえる女の子で、
常に予想を裏切って来る女の子で、

心の底からずっと一緒《いっしょ》に居たいって思った女の子の目を、真《ま》っ直《す》ぐ見据《みす》えた。

那織《なおり》と一緒《いっしょ》に本を読んで、映画を観《み》て、沢山《たくさん》言い合いたい——あの時図書館で、僕は強くそう思った。那織《なおり》と居る事を望んでいる自分を再認識《さいにんしき》した。那織抜《なおりぬ》きの生活を想像するだけで怖《こわ》かった——僕はどうしようもないくらい、那織《なおり》のことが好きだった。

どんなに仲の良い人間でも、同じ空間の中で、同じ時間を過ごして、同じ空気を吸っていたとしても同じことを考えている訳じゃない。家族は勿論《もちろん》、琉実《るみ》や那織《なおり》みたいな双子《ふたご》であってもそうなのだから遺伝的繋《つな》がりが無い他人なら尚更《なおさら》だ。改めて論じるまでもなくそんなことは当たり前だし、それが生物として、群体としての多様性と強さを生み出している。

でも、ふとした瞬間《しゅんかん》、那織《なおり》と似たようなことを考えていたりする。そうだよな、僕もそう思ってた——そんな風に同調出来る。それがとても心地《ここち》好いし、幼馴染《おさななじみ》としてそんな人間と長い間一緒《いっしょ》に居られたことに奇蹟的《きせきてき》な物すら感じる。そんな前提があった上で、那織《なおり》は僕が考えもしないことを口にする。刺激《しげき》を貰《もら》える——だから僕は、那織《なおり》を失うことが耐《た》えられない。

さらさらとした長い髪《かみ》も、笑った時に三日月みたいになるぱっちりとした目も、目元の黒子《ほくろ》も、ちょっと生意気そうな鼻も、張りの良《い》い唇《くちびる》も、薄《う》っすらと血管が透《す》ける肌《はだ》も、そんなに大きな口じゃないのに好きな食べ物を夢中で口一杯《くちいっぱい》に頬張《ほおば》る姿も、本を読みながら前屈《まえかが》みになって丸まった弓なりの背中も、眠気《ねむけ》を乗せて落ちてくる目蓋《まぶた》と戦っている時に話《はな》し掛《か》けると本人はちゃんと応えてる積もりかも知れないが舌足らずの甘えた声で支離滅裂《しりめつれつ》な事を言っている姿も、頰杖《ほおづえ》突《つ》いて詰《つ》まんなそうに口を尖《とが》らせてる姿も、かと思えば構って欲しがる子供みたいに纏《まと》わり付《つ》いて来《く》るのも、大人ぶった口振《くちぶ》りの癖《くせ》にすぐ甘い物とか可愛《かわい》い物に釣《つ》られる子供っぽい所も、小難しい熟語とか引用で強がって煙《けむ》に巻《ま》こうとしているのをおばさんとか琉実《るみ》に見破られている事に気付いていない所も、本人は完璧《かんぺき》な外面だと思っているのに周りからはちょっと変わったあざとい女子だと認識《にんしき》されている所も、映画とか小説で泣いた事なんて無いって言い張る割にその実涙《なみだ》ぐむ度欠伸《たびあくび》をして誤魔化《ごまか》していた所も、いつも琉実《るみ》に対して悪態を吐《つ》く癖《くせ》に他人が琉実《るみ》のことを悪く言うと本気で怒《おこ》る所も——全部好きだ。

「那織《なおり》、僕は那織《なおり》のことが好きだ」

※　※　※

（神宮寺那織《じんぐうじなおり》）

好きな食べ物と嫌《きら》いな食べ物が並んでいたら、私は好きな食べ物しか食べない。琉実《るみ》みたいなタイプは、どちらも食べなきゃいけないって最初から決め付ける。きっと、二つ並んで置いてあるって事はどっちも食べなきゃいけないんだとか、今迄《いままで》そうだったからみたいに考える。経験から来る判断は、多くの場合思考を省略する。嫌《きら》いな物を食べなくて済む方法を模索《もさく》しなくなる。それはそれで賢《かしこ》くてスマートなやり方かも知れないけれど、私は嫌《いや》だ。そうなるべき理由をきちんと提示された上で自分が納得《なっとく》しなければ、嫌《いや》だ。

食べたく無い。

今、私の前に好きな人からの好意が呈《てい》された。

受け入れないなんて選択肢《せんたくし》は無い――ただ、私は納得《なっとく》したい。私じゃなきゃ駄目《だめ》なんだと力説して欲しい。琉実《るみ》じゃなくて私でなければいけない理由を明確に提示して欲しい。

詰《つ》まる所《ところ》、私は安心したい。

純君《じゅん》が沢山《たくさん》悩《なや》んだのは十二分に理解している。傍《はた》で見て来たから諾了《だくりょう》している。それを踏《ふ》まえた上での結論なんだけど、人付き合いが無定形で不確かな仮初《かりそめ》の力学ならば、さればこそ安心できる材料はあればあるだけ欲しい——えっと、もう琉実《るみ》の事何て眼中に無くて、私だけしか見えてないみたいな、平明に言えば、兎《と》に角《かく》私だけを見て欲しい。私だけを見てくれなきゃ嫌《いや》だ。私だけしか見えてないって言われたい。そんな所思に応えて欲しくて、私だけを見てくれるよう幾度《いくど》と無く仕向けたけど、それが本当に功を奏しているのか、純君《じゅん》はちゃんと私だけを見てくれるのか——我ながら面倒臭《めんどうくさ》いとは思うけど、確証が欲しくて堪《たま》らない。

私は琉実《るみ》みたいに器用じゃないし、本音を溜《た》め込《こ》んでいると具合悪くなっちゃうし、面倒臭《めんどうくさ》くて我《わ》が儘《まま》で、好きなことしかしたくなくて、所謂《いわゆる》お淑《しと》やかで聞き分けの良《い》い女の子にはなれないって自分で分かってる。分かってるが故《ゆえ》に、だからこそ。

それを全部受け止めて欲しい。受け止めてくれるって思わせて欲しい。

「那織《なおり》、僕は那織《なおり》のことが好きだ」

嬉《うれ》しいけれど、嬉《うれ》しくて堪《たま》らないけれど、今までの想《おも》いが報《むく》われた事実に泣きそうな位だけど、この場で踊《おど》り出《だ》したいくらいだけど——私を心の底から安心させて欲しい。

もう琉実《るみ》には微塵《みじん》も気持ちが残って無いんだって証明して欲しい。

私じゃなきゃ駄目《だめ》なんだって、秋毫《しゅうごう》の煩慮《はんりょ》も抱《いだ》かせないで欲しい。

全身に染《し》み渡《わた》って零《こぼ》れ落《お》ちる位もっと沢山《たくさん》好きって言って欲しい。


言いたい事が止《と》め処《ど》なく溢《あふ》れて、その場では唯一言《ただひとこと》「ありがとう」とだけ返した。

色々言いたくて仕方無かったんだけれど、一先《ひとま》ず十把《じっぱ》一絡《ひとから》げに今度は純《じゅん》君から私に対してアプローチする番だからねって意味を内含《ないがん》して——泣きじゃくる琉実《るみ》の横で舞《ま》い上《あ》がった勢いであれこれ言えないってのも無くは無かったけど。てか、それしか無かったし、あれこれ言える空気じゃ全然無かった。それ位の気遣《きづか》いは私にだってあるし、背中を摩《さす》ってあげる慈愛《じあい》はまだ枯《か》れてない——それにこの役目は純《じゅん》君には出来ないし、して欲しくない。


だから、私がやるしかない。

琉実《るみ》が泣《な》き止《や》む迄《まで》、私達はずっとその場に居た。何度か「純《じゅん》君は先に帰って良《い》いよ」って言ったけど、戸惑《とまど》った表情を見せるだけで帰ってくれなかった。きっと純《じゅん》君は本当に心配だったんだろうし、琉実《るみ》を泣かせた罪悪感を抱《いだ》いていただろうし、此処《ここ》で帰るのは薄情《はくじょう》だって思っていたに違《ちが》いない——けど、どうせなら女二人だけにして欲しかった。

振《ふ》られた琉実《るみ》を私が慰《なぐさ》めるって構図は完全に地獄《じごく》なんですけどね。

けど、その役目は私が引き受けようと思った——私は琉実《るみ》に慰《なぐさ》めて貰《もら》わなかったから。

そうやってどれ位の時間が経《た》ったのか分からないけど、「何時に帰って来るの？」って親からLINEが届く位には留まって居た。これ以上の紛擾《ふんじょう》は止《や》めて欲《ほ》しいと思いつつ、琉実《るみ》は反応出来ないから私が相手をするしか無かった。ただ、LINEを切っ掛《か》けに動き出せたから結果的に有《あ》り難《がた》かったのはある——泣《な》き腫《は》らした目で帰った娘《むすめ》を見て、何をどう察してくれたのか分からないけど、お母さんは怒《おこ》ったりしなかったからこれも結果的には問題無し。

その日の夜、お母さんは私の部屋に来た。理由は聞かなくたって分かる。漸《ようや》く告白された実感を噛《か》み締《し》めようと思っていた所に、世界はまたしても私に役割を押し付けて来た——良《い》いですけどね。事情を聞く相手は私しか居ないし。

「何があったのか訊《き》いていい？」

「うん」答えながら、何処《どこ》まで話すかを試算する——ううん、考える迄《まで》も無い。私は琉実《るみ》と同じ轍《てつ》は踏《ふ》まない。「今日、純《じゅん》君から告白された」

「なるほど。そういうことね。那織《なおり》はこれからどうするの？」

「どうしようか考えてる所にお母さんが来た」

「って、言いたいだけでしょ。素直《すなお》じゃないんだから。まぁ、大体の事情はわかった。それなら私が出て行ってどうのって話じゃないわね——那織《なおり》の顔が嬉《うれ》しそうだったから何となく想像は付いたし、そこまで心配してなかったってのが本音なんだけど」

「何それ。なんかむかつく」

「母親なめんなってこと。残念だったわね」

そう言い残して、お母さんは部屋を出て行った——何あれ。ほんとむかつく。無性《むしょう》に腹が立って、閉まった扉《とびら》に向けてクッションを投げ付けたけど、無論誰《だれ》にも届かない。

ただ、目的は達成した。私は親族に隠《かく》さず言った——琉実《るみ》と違《ちが》って。

親に隠匿《いんとく》して育む恋愛は楽しいだろうけれど、何時《いつ》でも簡単に解消出来る。それに当人達が思っている程《ほど》、親は甘くない。だったら、悉《ふつく》に言った方が障壁は少ない。

さて。私の部屋に邪魔者《じゃまもの》が闖入《ちんにゅう》して来る事はもう無い筈《はず》。一人の時間。

床《ゆか》に転がったクッションを拾い上げ、息を吐《は》いてからベッドに倒《たお》れた。

はぁ、やっと落ち着いて…………純《じゅん》君が好きだってよ！！！

まあ、当然だよね。話が合うのは私だし、可愛《かわい》さなら負けて無いし、薄々《うすうす》そうなんじゃないかと思っていましたよ。そうは言っても、琉実《るみ》に対して残留思念がって可能性はゼロじゃ無かったし、鮮少《せんしょう》の疑懼《ぎく》も無かったかと質《ただ》されればそりゃありましたけれど、いや、実際の所、いけるんじゃないって感覚もそれなりにあったのも事実で——ふふふ。

あの純《じゅん》君が私の事を好きだって！！！　ああっ、もう困っちゃう。

ねぇ、これって、遂《つい》に、漸《ようや》く、私の想《おも》いが結実したって事でしょ？

究竟《くっきょう》すると、私の可愛《かわい》さと魅力《みりょく》と偉大《いだい》さにやられたって事でしょ？

やば、油断すると表情筋がとろけそう。

欣喜《きんき》の極《きわ》みに満たされた胸臆《きょうおく》が緩《ゆる》やかに肺を圧迫《あっぱく》して、息苦しささえ覚える。琉実《るみ》が最初に味わった初恋《はつこい》を私は隣《となり》でずっと静観していて、何時《いつ》しか恋仲《こいなか》になるなら純《じゅん》君が良《い》いなと思い始めて、でもそれは理性的に処理した結果の答えでしか無かった。だからそれを初恋《はつこい》の権輿《けんよ》だとするのは若干《じゃっかん》の抵抗《ていこう》がある。初恋《はつこい》と呼ぶには余りにも整えられた、何処《どこ》かから切り出してきたような矩形《くけい》の感情だった——筈《はず》なのに、長い年月の中で水流に削《けず》られた石が丸くなる様に、気付けば私の初恋《はつこい》は綺麗《きれい》な球体になって転がって居た。

長かった。途轍《とてつ》もなく長かった。純《じゅん》君風に例えるならモノリスに出会った猿人《えんじん》が知性を獲得《かくとく》し、ディスカバリー号で木星を目指し出す位長かった——小さなモノリス、いやHAL9000《スマホ》が鳴って甘美《かんび》な陶酔《とうすい》を遮断《しゃだん》した。キューブリックの宇宙に意識を飛ばしていたのもあり、もしや純《じゅん》君かと期待して画面を見ると、部長だった。うん、知ってた。そりゃそうだよね。告白した後に、自分からLINEを送って来たりしないよね。幾《いく》ら純《じゅん》君でも。

通知欄《つうちらん》に表示された《今日、どうだった？》の文字。

今は気分じゃないし、既読《きどく》を付けないまま放置する。

もう少し浸《ひた》っていたい。って言うか、浸《ひた》らせて——言われて直《す》ぐは冷静さが同居出来ていたのに、時間が経《た》った今は私の取《と》り柄《え》たる聡明《そうめい》さも何処《どこ》かに消《き》え失《う》せて、ただただ喜悦《きえつ》の感情だけが押し寄せて来て自然とにやけそうになる。霧散《むさん》した聡明《そうめい》さを拾い集める事は暫《しばら》く出来なさそうな位、私の脳は使い物にならなくなってしまった。

てか、無理じゃない？

私、さっき純《じゅん》君に好きって言われたばかりだよ？　それからすれば十分冷静じゃない？

どんだけその言葉を聴《き》きたかったのかって話。

どんだけその言葉を待ってたと思ってるの？

もう、琉実《るみ》が泣き出すから――あの場ではありがとうしか言えなかった。言いたい事、もっともっと、数え切れない位沢山《たくさん》あって、それこそ億とか兆レベルじゃなくて恒河沙《こうがしゃ》とか阿僧祇《あそうぎ》位はあった――それは言い過ぎた。そこまでは無い。でも、本当にもっと言いたい事が、言うべき言葉が幾《いく》つもあった。それなのに琉実《るみ》が……ううん。あれで良かった。あの場の勢いに飲まれて居たら、本当に些少《さしょう》の冷静さも持ち得無かったかも知れない。そう考えれば、強制的に客観視せざるを得ない状況下《じょうきょうか》に置かれたのは有《あ》り難《がた》かった。琉実《るみ》、ありがとね。

はてさて。

お姉様のケアはありつつも、私が考えねばならないのは今後のあれこれ。だって、もし付き合うってなったらだよ、今迄《いままで》お預けを喰《く》らったあれやこれやを突破《とっぱ》出来《でき》るって事でしょ？

純《じゅん》君がこう迫《せま》って来《き》て、「那織《なおり》、好きだ」とか言いながらキスして来て、そのままベッドに倒《たお》れ込《こ》んだりなんかしちゃったりして、息を荒《あら》らげたまま、けれど震《ふる》える指先で私の服を少しずつ剝《は》ぎ取《と》って、ブラ外すのに手こずっちゃったりして……ああっ、なんてふしだらな。

うん、純《じゅん》君から来て欲しい。

純《じゅん》君から熱く求められたい。

ちょっと位強引《ごういん》でも構《かま》わないから——寧《むし》ろ強引位が私的には安心出来るってか、嬉《うれ》しい。

やっぱ、もっと鬼気《きき》迫《せま》る感じで告白して欲しいな。私しか見えない的な、私以外視界の中に入らない、更《さら》に言うなら今すぐにでも抱《だ》き締《し》めたいとか好きで好きで堪《たま》らなくて衝動《しょうどう》を抑《おさ》えきれない——何なら私の骨や内臓まで愛おしいって位の勢いで言って来て欲しい。そうすれば私も安心して身を任せられる。幸い、まだ「ありがとう」しか言ってないし。

あのゴールデンウィークの時と違《ちが》って、駆《か》け引《ひ》きする積もりは毛頭無い。今の私はとってもお優《やさ》しいから、それとなく純《じゅん》君に伝えてあげようかな。誘導《ゆうどう》にならない範囲で。

よし、そうと決まればお電話を……いや、待てよ？　隣《となり》にぎゃん泣き上がりのお姉様が居るのにそれは些《いささ》か配慮《はいりょ》に欠けるか？　耳を欹《そばだ》ててでもしていたら面倒《めんどう》だな。まぁ、それは会った時に面と向かって言うとするか。さっきの今なのに、隣《となり》を徒《いたずら》に刺激《しげき》する必要も無かろう。

とは言え、何時迄《いつまで》も引《ひ》き摺《ず》られると動《うご》き辛《づら》いし、我が血族がどうすれば吹《ふ》っ切《き》れるのかも抱《ほう》懐《かい》しておかねば——果たして、私が心配する事なのか？　うん、私が心配する事だよね。

ま、いいや。

今日位ゆっくりと浸《ひた》らせて頂《いただ》きます。散々御託《ごたく》を並べ立てたけど、思考を挟《はさ》んで逸《はや》る気持ちを律しようとして来たけど、逆上《のぼ》せて感情の圧力が高まりそうなのを制して来たけど、そろそろ限界が来そう——ううん、とっくに何度も限界は来てる。

ねぇ、僕は那織《なおり》のことが好き、だってよ？

あんな真面目な顔で、好きだって。やだもう。照れちゃう。私も好き。

あぁ、本当の本当に私の番が来たんだ。

やっっっっっったぁぁぁぁぁぁぁぁぁぁ!!!!!!!!!!!!

お昼に起きて、カーテンの足元から忍《しの》び込《こ》む日光を疎《うと》みつつも、昨日の告白がすぐ身体《からだ》を駆《か》け巡《めぐ》る。夢じゃ無いよね、私は純《じゅん》君に好きって言われたんだよね、と意味の無い疑義と確認《かくにん》を挟《はさ》み込《こ》んでみるものの、そんな物は何の意味も成さない。寝起《ねお》きなんて普段《ふだん》は最低最悪の気分なのに、今日はちゃんと覚醒《かくせい》してる。体温も血圧も近年稀《まれ》に見るレベルで高い——と云《い》うか、舞《ま》い上《あ》がってる。今すぐにでも純《じゅん》君に連絡《れんらく》したい気持ちを理性で抑《おさ》えて手を伸《の》ばしたスマホに、部長の追撃《ついげき》が表示される。《予定無かったら、会わない？　暇《ひま》だよね？》

あの後、適当にやり取りした儘《まま》ずっと放置してたし返信するか。仕方無い、会ってやるのも吝《やぶさ》かではありませんことよ。出掛《でか》ける為《ため》に支度《したく》するの、死ぬほど面倒臭《めんどうくさ》いけど、きっと今日の私なら頑張《がんば》れる。親族と外野が居ない場所——私は部長の自宅を要望した。

うだるような温気《うんき》で、家を出た事を秒で後悔《こうかい》した。折角気合を入れた髪《かみ》も首筋に貼《は》り付《つ》いて不快なだけだし、日傘《ひがさ》を持つのは怠《だる》いし、呼吸すら儘《まま》ならないしで、離床《りしょう》した時の多幸感に満ちたやる気はいとも容易《たやす》く須臾《しゅゆ》にして消え去った。それでも何とか気持ちを奮い立たせ、太陽から逃《のが》れる為《ため》にハイパードライブを利用しようと思ったのが運の尽《つ》き、バスの時間がギリギリ過ぎて間に合うか怪《あや》しい絶望感に見舞《みま》われ怠《だる》さが五割増し、此処迄《ここまで》来ちゃったからと早足で何とか一分前に滑《すべ》り込《こ》んだのに当のバスは三分遅《おく》れで到着《とうちゃく》した——超《ちょう》むかつく。駅では前の人が残高不足で改札に躓《つまず》くし、自販機《じはんき》で買いたかったお茶は売り切れだし、電車の中は何故《なぜ》だか混んでるし、近くで喋《しゃべ》ってる頭の悪そうな女子グループは母音《ぼいん》でしか相槌《あいづち》打て無いんじゃないかって疑いたくなる様な語彙力《ごいりょく》だったたし、よく見たらスマホの充電《じゅうでん》がちゃんと出来て無くて残量が二一％だったし——この苦しみを部長が味わわないのは癪《しゃく》だから、迎《むか》えに来《き》て貰《もら》おう。

〈今、電車乗った。超暑《ちょうあつ》い。駅まで迎《むか》えよろしく〉

《暑いなら出たくないいなぁ》

〈やだ。来て〉

既読《きどく》になったけど、返信は無い。でも分かってる。暫《しばら》くしたらきっと短い返信が来るし、部長は迎《むか》えに来てくれる——だって、部長は私が大好きだから。

部長《ち》ん家の最寄《もよ》り駅《えき》に着く寸での所で、部長から《待ってる》とだけ来た。ほらね、思った通り。部長は意地っ張りで負《ま》けず嫌《ぎら》いだから、仕方無く来てあげた感を出す為《ため》にこんな風に短文を送って来る。そこが部長の可愛《かわい》い所なんだけど……こう云《い》うとこ、私にそっくり。

階段を下りてロータリーに顔を向けた所で、左手の壁《かべ》に部長が居た。一歩出れば射光に身を灼《や》かれる、態々《わざわざ》そんなぎりぎりの場所に居なくてもと思う様な日陰《ひかげ》の境界でスマホをタップしまくっている。私の〈着いた〉が未読なのはゲームをして時間を潰《つぶ》しているからだろう。まだ私に気付いて居ない——白シャツにベージュのキャミワンピ姿でちょこんと佇《たたず》むちんまりした女の子にそっと近付く。「着きましたけど」

「ちょっと待って」驚《おどろ》くでも無ければ、画面から目を離《はな》すでも無い。

「はいはい」

焦熱《しょうねつ》の地獄《じごく》と化したロータリーは中途《ちゅうと》半端《はんぱ》な時間だからか、バスやタクシーのプールはがらんとしている。アスファルトで熱せられた空気がゆらゆらと立ち上っている様な気がしてぼんやり眺《なが》めていると、個別指導塾《じゅく》の看板が掲《かか》げられたビルに吸い込まれていく学生の波が視界に入った。塾《じゅく》、か——夏休みにある勉強合宿は面倒臭《めんどうくさ》いから申し込まなかった。並木《なみき》先生に言われるが儘《まま》、特進だからと云《い》う理由で申し込んだ莫迦《ばか》真面目な部長から散々口汚《くちぎたな》く罵《ののし》られたけど、鋼《はがね》の意志で断った。純《じゅん》君も行かないみたいだし、最早《もはや》行かない理由の方が多かった。と云《い》うか、行きたくない理由しかない。行き帰りのバスの中で騒《さわ》ぐあの空気感が耐《た》えられないし、大きい食堂に集まって食べるご飯を想像するだけで気が滅入《めい》るし、どうせ朝食にはフィルムで包装された海苔《のり》が出て来て上手《うま》く開けられずに海苔《のり》ごと切れるに決まってるし、何処《どこ》かのタイミングで絶対に美味《おい》しくないカレーが出て来るし、生活の一部始終を教員《シュタージ》の監視下《かんしか》に置かれるのも嫌《いや》だし、そもそも集団行動全般《ぜんぱん》反吐《へど》が出る程嫌《ほどぎら》いだし、大勢で一緒《いっしょ》に入るお風呂《ふろ》なんて地獄《じごく》の釜《かま》そのものだし、着替《きが》えの時だって他人の裸《はだか》や下着何て興味無いですし見るのはマナー違反《いはん》ですからみたいな澄《す》まし顔《がお》してる癖《くせ》にふとした瞬間《しゅんかん》に値踏《ねぶ》みするみたいな視線を飛ばして来る野性味しかない一部の女子がうざいし、生理だからと一人で部屋のシャワーを浴びて大浴場芋洗《いもあら》いマウンティング地獄《じごく》コースを回避出来《かいひでき》たとしても結局お風呂上《ふろあ》がりのほわっとした時間を他人に邪魔《じゃま》されるだろうし、洗面所の融通《ゆうずう》とか喋《しゃべ》った事も無い女子と鏡越《かがみご》しに目が合うの何て想像しただけでも怠《だる》いし、慣れない布団《ふとん》で寝《ね》たくないし、本音を曝《さら》け出《だ》したくもないのに恋話《こいばな》とか言って盛り上がる女子の集団に放り込まれたくないし、かと言って無視して部屋の中で孤立《こりつ》するのは色々と厄介《やっかい》だから適当に話を合わせなきゃなんないし、那織《なおり》ちゃんは好きとか恋《こい》とかわかんな〜い何て阿呆面《あほうづら》して誤魔化《ごまか》せる年齢《ねんれい》でも無いし、白崎《しろさき》君とはどうなのって訊《き》かれるのは自明だし、これ見よがしに勉強ばかりで疲《つか》れただろうとか言いながら生徒の事を思ってやってるんだぞ的な自己愛に塗《まみ》れた一方的でしょうもない大人の気遣《きづか》いでレクリエーションを挟《はさ》まれたりでもしたら愈々《いよいよ》意味が分からないし——行きたくない理由しかない。

仲の良《い》い数人だったら合宿してみたいけど、大人数は本当に嫌《いや》。

「ごめん、終わった……登場早々機嫌《きげん》悪そうな顔してるけど大丈夫《だいじょうぶ》？」

「回避《かいひ》した筈《はず》の絶望を想像してたら尋常《じんじょう》じゃない位気分が悪くなった」

「何それ。自業自得《じごうじとく》じゃん。ほら、下らないこと言ってないで行こう」

「部長は凄《すご》いよ。尊敬する。あんな地獄巡《じごくめぐ》りみたいな所に行くなんて」

「地獄巡《じごくめぐ》り？　大分《おおいた》？」

「ううん、何でも無い。早く行こ……そだ、途中《とちゅう》でケーキ買ってかない？」

「もちのろん、最初からそのつもりでっせ。見《み》くびって貰《もら》っちゃ困りやす」

眼鏡のブリッジを部長がくいっと持ちあげる。

「部長さん、流石《さすが》で御座《ござ》いやす。何処迄《どこまで》もお供致《いた》しますっ！」

「……よく言うよ。勉強合宿来ない癖《くせ》に」

やっぱり根に持っていやがったっ！「ちょいと亀嵩《かめだけ》さん、私の日傘《ひがさ》に一緒《いっしょ》に入りません？」

「ご機嫌《きげん》取り雑過ぎない？　ええ、入りますけど」


買って来たケーキを食《た》べ乍《なが》ら昨日の事を一通り説明し終えた。流石《さすが》に所々は端折《はしょ》ったけど、摘示《てきし》は伝えたし分かれば良《い》いでしょ。微《び》に入《い》り細《さい》を穿《うが》つ必要は無い――肝《きも》さえ伝われば。

「大体の流れはわかった。てか、先生、ありがとうしか言ってなくない？」

これこそが私の話したかった事。伝えたかった事。「言ってない」

「普通《ふつう》さ、そこはよろしくお願いします的な口上じゃないの？　今までずっとそれを目的に頑《がん》張《ば》って来《き》たのに、最後の最後で素直《すなお》になれなかった理由は？　琉実《るみ》ちゃんが居たから？」

「別に素直《すなお》に成れなかった訳じゃなくて……純《じゅん》君の言葉はちゃんと受け止めたし、嬉《うれ》しいし、ずっと聴《き》きたかった事でもあるし、勿論《もちろん》琉実《み》が隣《となり》で泣いてたってのもあるけど、何て言うの、私じゃ無きゃ駄目《だめ》なんだってもっと言って欲しかった。どうして琉実《るみ》じゃ無くて私なのか、私を選んだ決め手って言えば良《い》い？　それを聴《き》きたい。あと、付き合ってとも言われてない」

「えっ、めんどくさっ」そう言って眉根《まゆね》を寄せた険しい顔の部長が、「ここまでめんどくさいとは」と視線を逸《そ》らして小さく呟《つぶや》いた——のを私は聞《き》き漏《も》らさなかった。

「面倒臭《めんどうくさ》いのは分かってます。でも、私か琉実《るみ》かで散々悩《なや》んでたんだから、ちゃんと理由を聞かなきゃ晴れ晴れしい気持ちで次には進めない……私、間違《まちが》った事言ってる？」

「言ってないけどさぁ、どうしてこう素直《すなお》に喜べ無いのかねぇ」

「素直《すなお》に喜びました。昨夜は何度も脳内で再生してました」

「はいはい。左様で御座《ござ》いますか……まぁ、言いたいことはわからなくはないよ？　わからなくはないけど、そんなの付き合ってから得意のぶりぶりした感じで『純《じゅん》君は私の何処《どこ》が好きなの？　ねぇ、教えて♡』とかやれば良くない？　それじゃダメなの？」

「うん。付き合う前に総《すべ》てをクリアにしておきたい。あとぶりぶりしてない」

「はぁ。それで、これからどう運んで行こうか私に相談したいって訳ね。まったく、琉実《るみ》ちゃんに対するコンプレックスがこんなに肥大化してるとは思わなかったよ」

「別に相談したいとかじゃ無いし。ただ私は意見を——ちょっと待って。琉実《るみ》に対するコンプレックスって何？　私が琉実《るみ》に対してコンプレックスを抱《いだ》いているって言いたいの？」

「違《ちが》うの？」

「違《ちが》うでしょ」

「違《ちが》わないよ。先生はさ、いつまで経《た》っても、白崎《しろさき》君が初めて彼女にしたのは琉実《るみ》ちゃんだって事実に囚《とら》われ続《つづ》けているの。それが気に入らなくて、白崎《しろさき》君が琉実《るみ》ちゃんを選んだことが気に入らなくて、ずっと拘泥《こうでい》してる。もしかして気付いてなかったの？　それとも気付いていたけど言語化しないでいただけ？　目を逸《そ》らして気付かない振《ふ》りをしてた？」

　虚《きよ》を衝《つ》かれた気がした。私はただ、琉実《るみ》じゃ無くて私じゃなきゃ駄目《だめ》な理由を訊《き》きたいってだけだったけど、何で琉実《るみ》と付き合ったのって思っては居たけど——琉実《るみ》に劣等感《れっとうかん》を抱《いだ》いているなんて考えた事無かった。琉実《るみ》に取られた悔悟《かいご》と、指を咥《くわ》えて見ているしか無かった報《むく》いだと認識《にんしき》していた——琉実《るみ》に対する劣等感《れっとうかん》？　やめてよ。

「私は……琉実《るみ》に対して劣等感《れっとうかん》なんて——」

「適当じゃなかった？　じゃあ、シンプルに敗北感はどう？　ニュアンスは違《ちが》っても、きっと根幹の部分は大差ないんじゃない？　『どうして琉実《るみ》なの？』って。そんな琉実《るみ》ちゃんが白崎《しろさき》君と別れて——それも先生の為《ため》に。だから、何もかもが気に入らなかったんじゃん。同情みたいな真似《まね》はやめて、やるからには正々堂々と負かしてやるって。違《ちが》う？」

「……違《ちが》わない」

　敗北感——それはそう。無かったとは言わない。どうして私じゃないの？　どうして琉実《るみ》なの？　それは私が思ってきた事で、部長の言う通り何もかもが気に入らなかった。

　但《ただ》し、非常に困った事に、私は琉実《るみ》が如何《いか》なる人間かよく知っている。私と違《ちが》って家事スキルが有って、私みたいな仮初《かりそめ》じゃない対人スキルが有って、面倒見《めんどうみ》が良くて、うざい位に世話を焼いて、気《き》が利いて、喜怒哀楽《きどあいらく》の発露《はつろ》を厭《いと》わなくて、私に似て素直《すなお》じゃないけど私に比べればずっと素直《すなお》──お姉ちゃんが人に好かれる理由をよく知っている。

　あぁ、何等《なんら》かの劣等感《れっとうかん》はあるかも……うん、認める。だから私は安心したいんだ。自分に自信が無い訳じゃないけれど、心の何処《どこ》かで本当に私で良《い》いの？　本当に私が良《い》いの？　って考えているんだ。悔《くや》しいけど、繋《つな》がった。

　この気持ちを晴らしたくて、私は数多《あまた》の言葉を費《つい》やして欲《ほ》しい。私じゃなきゃいけない理由、私を選んだ理由、私を好きな理由、色んな理由をちゃんと実感したいんだ。

　それを伝えた上で言って欲しい、付き合ってくれと。

　そう。私はただ頷《うなず》きたい。此処迄頑張《ここまでがんば》ったんだから、あとは待ちたい。告白されて、愛を語られて、交際を申し込まれて、それにただ頷《うなず》くだけ──それが私の望み。

「事に円満な決着をつけなくちゃあならんとね？　いやいや、そうはほんとうにいかないんです。かといって私は、あなたに絶望しろと言うつもりでもぜんぜんありません。絶望なんてとんでもない。あなたは選ばれた──ちゃんと二人っきりの時に告白して欲しいんだね」

「最後の選ばれたって、本文だと逮捕《たいほ》じゃ無かった？　私の記憶違《きおくちが》い？」

「てへっ」

「棒読みのてへっやめて。前向きっぽくカフカの『審判《しんぱん》』引用しないでくれる？　でも、部長が最後に言った部分は、本当にその通り」

「てへっ?」さっきの棒読みとは違《ちが》って、今度は可愛《かわい》らしく首なんか傾《かし》げたりして。完全に突《つ》っ込《こ》み待《ま》ち――と言うか、あぁっ、もうっ、どうしても言わせたいんだね。

「違《ちが》う。その最後じゃなくて引用の後の、二人っきりの時に告白して欲しいって所」

だらしなく顔面を緩《ゆる》めて、にやついた表情でずいずいと近寄って来た部長が、いきなり抱《だ》き着《つ》いて私の頬《ほお》を突《つつ》き乍《なが》ら「このロマンチストめ」と弾《はず》んだ声で言った。

うっっっっっっっっっっっっっざっっっっっっっっっっっっっっっ!!!!!!!

「何なのっ! 離《はな》れてっ!」

「イヤっ! 離《はな》れないっ!」今度は私の胸元《むなもと》に頬《ほお》をぐりぐり擦《なす》り付《つ》けて来《く》る。「もう、なんだかんだで先生は本当に可愛《かわい》いなぁ。化けの皮の下はこんなに乙女《おとめ》なんだよねぇ」

もう良《い》いです。私は感情回路《エモーション・チップ》を切ります。こんな小娘《こむすめ》知りません。

「昨日は嬉《うれ》しくて、先生も枕《まくら》に顔を押し付けて足をバタバタしてたの? ぬいぐるみ抱《だ》き締《し》めて、妄想《もうそう》しながらキスしたりしてたの? ね、先生、聞いてる?」

どうして私がそんな空《うつ》け者《もの》みたいな真似《まね》を……そこまではしてないし。はい、無視。

「ちょっと、何で無視するの? おこなの? 聞こえてますか?」

顔も見ず、胸に語《かた》り掛《か》ける小娘《こむすめ》。

「何処《どこ》に向かって話《はな》し掛《か》けてんの? 何、そんなにこの胸が羨《うらや》ましいの?」

「別に羨《うらや》ましくなんてないですぅ。ただ、この脂肪《しぼう》の塊《かたまり》に話《はな》し掛《か》けても人間は反応するのかっていう科学的な興味です——で、昨夜はどうだったの？　私のＬＩＮＥを無視しちゃうくらい一人で盛り上がってたの？　《ごめん。寝《ね》てた》なんて白々しく送ってきたけど、一〇〇％寝《ね》てないでしょ？　こっちはどうなったかずっと心配してたのに……」

「それに関してはごめんって。さっきも謝ったじゃん」

「むぅ。ま、とりあえず先生の気持ちは分かった。うん、だから許す。ある人に恋される資格のある女は唯一でないかも知れない。だが恋してしまったら、その人にとってその女は唯一になるだろう——そう云《い》うことでしょ？　琉実《るみ》ちゃんがどうのとか言うまでも無く、唯一であるって言って欲しいんでしょ？　それで、付き合って下さいって言って欲しいんでしょ？」

「良《い》いよ、纏《まと》めなくて。てか、さっきから引用する元ネタに悪意を感じるんだけど」

「そう？　『友情』は三角関係物でしょ？　ぴったりだと思ったんだけどなぁ。白崎《しろさき》……じゃなかった、野島さんだって、今にきっと私と結婚しないでよかったとお思いになってよ。だって、私と来たら家事も出来ないし、ずっとごろごろしてるし、性格は面倒《めんどう》だし、わがままだし、好《す》き嫌《きら》いは多いし、内弁慶《うちべんけい》だし、もっと他に別の良《い》い方が——」

「後半の一節、完全に部長の自作じゃん！　改変してディスるの止《や》めてくれる？　完全に私に対する悪口だよ？　何なの、もっと素直《すなお》に友人の幸せを祝いなさいよ」

「へへ、バレちった」

「バレちったじゃないよ、全く」

「そんなことよりだよっ！」部長がいきなり声を張った。「慈衣菜《しえな》ちゃんには連絡《れんらく》したの？」

あっ！　やっば！　完璧《かんぺき》に忘れてたっ！

昨日までは覚えてたのに——慈衣菜《しえな》にも連絡《れんらく》しなきゃって思ってたのに、起きてからばたばた準備して、酷熱《こくねつ》にやられてる内に完全に失念してた！「まだしてないっ！」

慈衣菜《しえな》、ごめんっ！！！　本当に態《わざ》とじゃなくて、偶々《たまたま》だから。

「うわっ、慈衣菜《しえな》ちゃん、かわいそう。先生、薄情過《はくじょう》ぎない？　絶対心配してるよ？　てか、心配してた。昨日、ゲームしながら通話してたし」

「分かった。慈衣菜《しえな》に連絡《れんらく》する——」スマホを手にした私を、部長が制した。

「ちょっと待って。ね、直接にしない？」

「直接？」

「うん、今から慈衣菜《しえな》ちゃん家《ち》行こうよ。予定ないんだったらアリじゃない？」

「まぁ、良《い》いけど。てか、慈衣菜《しえな》、居るの？」

「連絡《れんらく》してみる！」

斯《か》くして、私の身体《からだ》は再び地獄の業火《ヘル・ファイア》に焼かれることになった。もう二度と外に出るまいと思っていたのに、またしても外に出てしまった。部長の家から駅迄《まで》は終わりの無い火渡《ひわた》りみたいな拷問《ごうもん》だったし、またしても電車が混んでて不快指数は爆上《ばくあ》がりだったし、駅から慈衣菜《しえな》ん家《ち》もまた途中《とちゅう》で気を失いそうになる位しんどくて、部長が呆れ声《あきごえ》混じりの上辺だけの心配をしてくれたけど何の効果も無くて、慈衣菜《しえな》のマンションは相も変わらずエントランスが莫迦《ばか》みたいに広くて、高層階用のエレベータに乗って部屋に着く迄《まで》に本を一冊読み切れるんじゃないかって位時間が掛《か》かった。慈衣菜《しえな》がドアを開けた時、きっと私の顔は水分を失って干《ひ》からびた蛙《かえる》みたいになっていただろう——これだから夏は嫌《いや》。歩くのも嫌《いや》。全部嫌《いや》。

でも、慈衣菜《しえな》に悪かったたって心の底から思ってるから、全部我慢《がまん》した。

純《じゅん》君と擦《す》れ違《ちが》った時、家に泊《と》めてくれたのが物凄《ものすご》く有《あ》り難《がた》かったから。

「にゃおにゃお、めっちゃ顔疲《つか》れてるけど、大丈夫《だいじょうぶ》?」

「ありがと。けど、無理。死んだ。ちょっとだけ休ませて」

玄関《げんかん》の框《かまち》に座り込んで体力の一時的な恢復《かいふく》を望んだ私を、「先生、ほら、あとちょっとだから」と部長が無理矢理立たせて来たので最後まで責任を取《と》って貰《もら》う事にした——全体重を預けた瞬間《しゅんかん》、呻《うめ》き声《ごえ》と共に部長が崩《くず》れ落《お》ちるのを見た慈衣菜《しえな》が慌《あわ》てて私の身体《からだ》を抱《だ》き竦《すく》めた。結局、私は慈衣菜《しえな》に連れられ、重篤人《じゅうとくにん》みたいな状態でこれまただだっ広いお馴染《なじ》みのリビングのソファに誘導《ゆうどう》して貰《もら》った。部長は申し訳程度に私のスカートを摘《つ》まんでいただけだった。

ソファの隅《すみ》には先客《アイン》が居て、私が座った瞬間《しゅんかん》に迷惑《めいわく》そうな顔で此方《こちら》を打ち見てから香箱座《こうばこずわ》りを解き、身体中《からだじゅう》で伸《の》びをして太腿《ふともも》のすぐ傍《そば》で丸くなった。そっとお腹《なか》を撫《な》でて、猫《ねこ》からしか得られない元気を補給する——だが、猫《ねこ》を以《もっ》てしても体力は完全恢復《かいふく》に至らない。

「ね、にゃおにゃおは何飲む？　りりぽんは？」

「ありがと。冷たければ何でも良《い》い」

ラグの上に座った部長が私の膝《ひざ》に手を置いた。「私も先生と同じでいいよ～」

「アイスティーでイイ？」

「……うん」

「いいよ！」弱々しい私の承服を部長が大声に変換《へんかん》する。部屋が広いと不便ですわね。

キッチンから戻《もど》った慈衣菜《しえな》がアイスティーを置いて、向かいに座った。玻璃《はり》の中でぶつかった氷が涼味《りょうみ》な音を立てる。「ありがと」アイスティーを口に含《ふく》むと柑橘系《かんきつけい》の匂《にお》いが口腔《こうこう》に広がった。鼻に抜《ぬ》ける匂《にお》いのお陰《かげ》で爽然《そうぜん》な気持ちになってる。「この紅茶、美味《おい》しい」

慈衣菜《しえな》、やりおる。

「ねっ！　私も思ったたっ！」

「匂《にお》いがイイよねー。ネットで買ったんだけど、夏にピッタリって感じじゃない？　それよりさ、二人はもうお昼……食べたよね。ふつーにいい時間だもんね。エナ、お昼までさぁ、まあ、起きたのがそもそも遅《おそ》いからって話なんだけど、ピザ焼こうかと思ってて、食べる？」

ピザっ！「食べるっ！」

部長は「私は味見くらいしか食べられないかも……さっきケーキ食べちゃった」って弱気な事言ってるけど、ケーキなんて誤差でしょ。そんなん余裕《よゆう》でしょ。勿論《もちろん》食べますよ。

「じゃあ、りりぽんは味見ってことで。とりあえず、オーブンに入れてくるっ！」

本当は私の話を聴《き》きたくて堪《たま》らない筈《はず》なのに、慈衣菜《しえな》は訊《き》いて来《こ》ない。きっと私が話し始める迄《まで》は無理に訊《き》かないって事なんだろう。慈衣菜《しえな》にはそう云《い》う所がある——だから私も、慈衣《しえ》菜《な》と上手《うま》くやっていけてる。最近それを身に染《し》みて感じる。

だから。私から言わなきゃ。

紅茶のお陰《かげ》で気分と体力は幾許《いくばく》か恢復《かいふく》した——キッチンから戻《もど》った慈衣菜《しえな》が向かいに座る。

ひとつ息をする。

「ねぇ、慈衣菜《しえな》」

「ん？」

「すぐ連絡《れんらく》しなくてごめん」

「何が？　昨日のこと？」

「うん。心配も迷惑《めいわく》も掛《か》けたから……」

「そんなマジな感じになんないでよ。話したくないなら話さなくてもイイから——」

「ううん、大丈夫《だいじょうぶ》。ありがと。えっと……私のことが好きって言われた」

「えっ！　あのザキが言ったのっ⁉　にゃおにゃおやったじゃんっ！　なんか家に来てからずっとやられてる感じだったから、エナはてっきり、ザキがるみちーに告白したのかと思って、なんて言おうか悩《なや》んでたんだからねっ。いや、るみちーも友達だから、なんてゆーか、めっちや複雑ってか、どう声をかけていいか……でも、おめでとうっ！」

「ありがとう」

「うれしくないの？」

「先生は好きって言われただけじゃ物足りないんだって。欲しがり乙女《おとめ》さんだから」

「どゆこと？」

本日二回目の説示《せつじ》——最早《もはや》説法とか衍義《えんぎ》してるみたいだけど、慈衣菜《しえな》には分かって欲しいし、きっと分かってくれる。慈衣菜《しえな》になら言える。恥《は》ずかしくない。

部室で純《じゅん》君から避《さ》けられたあの日、学校を早退して辿《たど》り着《つ》いた慈衣菜《しえな》の家で自分の気持ちを洗《あら》い浚《ざら》い言《い》い漏《も》らしていた……のに、浮かれるが余りすぐ言え無かった自分が悔《くや》しい。だからこそ、慈衣菜《しえな》にはちゃんと零《こぼ》さず諸事《しょじ》万端《ばんたん》を伝えたい——慈衣菜《しえな》はゆっくりと相槌《あいづち》を打っては時折私の言葉を繰《く》り返《かえ》し、措辞《そじ》も何も有ったもんじゃない支離滅裂《しりめつれつ》で剥《む》き出《だ》しの口跡《こうせき》を、追《お》い掛《か》けるみたいに聴《き》いてくれた。話し終わると、細かい水滴《すいてき》を纏《まと》ったアイスティーを飲んだ慈《し》衣菜《えな》が一言「にゃおにゃおは不安なんだね」と口にした。

「不安……そう、かも。うん。私は、ぼんやりとした〝私が好き〟じゃなくて、〝私じゃ無きゃ駄目《だめ》〟であって欲しいの。それ位の熱量を感じたい。好きって言われて嬉《うれ》しいのは嬉《うれ》しいし、やっと言ってくれたって感動もしたし、これで漸《ようや》くって安堵《あんど》感《かん》とかも有った。けどね……うん、私はまだ不安なんだ。まだ実感が無いの。これって、片想《かたおも》いが長過ぎたから？　恋敵《こいがたき》が近過ぎるから？　それとも単に私が我《わ》が儘《まま》で欲しがりだから？　もう分かんなくなっちゃった」

本当に自分でもよく分からない——冷静に考えろって何度も自分に言い聞かせて来た。公園からの帰り道。自宅のベッドの上。お風呂《ふろ》の中。部長の家に向かう途中《とちゅう》。ずっとずっと自分に言い聞かせて来た。俯瞰的《ふかんてき》に判断して、これ以上何を心配するのかと——抑《おさ》え込《こ》もうとしても形容《けいよう》し難《がた》い入り混じった感情が壊《こわ》れた蛇口《じゃぐち》の様にぽたぽたと零《こぼ》れ落《お》ちてくる。

「その全部だと思うよ、先生。でも、恋愛《れんあい》ってそういう物なんじゃない？」

「そう云《い》う物、か」

「うん……わかったっ！」慈衣菜《しえな》が急に大きな声を出した。

「いきなり何っ⁉」

「ザキにもう一回告白《こくはく》して貰《もら》えばイイってことでしょ？　今度は二人きりのときにっ！」

「そうだけど……言わせるのは違《ちが》う感も無くない？」

私が言ってって言えば、純君《じゅん》はごにょごにょ照れながら言ってくれるだろうけど、それは言わせたに過ぎなくて……熟思すればする程私発信じゃない言葉が欲しくなってくる。

あの時、純君《じゅん》に電話しなくて本当に良かったって思ってる位なのに。

「大丈夫《だいじょうぶ》っ！　エナたちに任せてっ！　ねっ」

慈衣菜《しえな》が意味有り気に振《ふ》り返《かえ》る——が、話を振《ふ》られた部長はぽかんとした表情のまま。

「ねっ！　って言われても……」困惑《こんわく》した部長のところにずりずりと座ったまま近寄った慈衣《しえ》

菜《な》が、何やら耳元で囁《ささや》いた――面倒臭《めんどうくさ》そうな匂《にお》いしかしないんですけど。

「ねぇ、変な企《たくら》みはやめてよね。私は自分のペースで――」

部長がにんまりして振《ふ》り返《かえ》る。「先生っ！　安心して私達に任せてっ！」

その表情、不安しかないんだけど。

その後も何やかんやとはぐらかされ、終《しま》いにはピザが焼けた事を知らせるオーブンに邪魔《じゃま》されて、二人の籌策《ちゅうさく》は有耶無耶《うやむや》になった。絶対に後で聞き出すけど……致《いた》し方無《かたな》く、本当に泣く泣く質《ただ》すのを諦《あきら》めて、一先《ひとま》ず今は焼き立てのピザが最優先事項《じこう》。

でっかい皿にピザを載っける困難極《きわ》める作業は部長にお任せして、私はピザカッターと取り皿を用意する超重要《ちょうじゅうよう》案件を担当する。お皿を落とさずにリビングまで運ぶ――これは私にしか出来ない高度な作業。置かれたピザにカッターを走らせる高等かつ緻密《ちみつ》な任務《タスク》だって、私の手にいとも容易《たやす》い……感情の応酬《おうしゅう》もこれ位軽易《けいい》だったら良《い》いのに。

丸っこくて小さいトマトを可能な限り避《さ》けながらピザに十文字斬《ぎ》りをお見舞《みま》いしようと構えるが――まばらにばら撒《ま》かれたプチトマトは避《さ》けられそうにない。この忌々《いまいま》しきトマトを完璧《かんぺき》に回避《かいひ》するには……そうだっ！　まず、トマト不在の上の部分を分断する。

「ちょっと先生、切るの適当過ぎない？　幾《いく》らトマトが嫌《いや》だからって……」

「行く手を阻《はば》むプチトマトに文句言って」

「先生、この前テレビで言ってたけど、今は全部ミニトマトなんだってよ？　プチトマトっていう品種はもう無いんだって」部長がしたり顔で言う——何あの顔。むかつく。

「知らないし。我《わ》が家《や》では昔からプチトマトなの。そんな事よりだよっ！　幾《いく》ら何でも量多くない？　私がトマト嫌《ぎら》いなの、慈衣菜《しえな》も知ってるでしょ？　何故《なにゆえ》こんなにばら撒《ま》くの？」

「にゃおにゃおが来るって知らなかったから……ごめん。でもこれ、フルーツトマトだからにゃおにゃおでも食べられると思うんだけど、どうかな？　一度、騙《だま》されたと思って試《ため》してみてよ。どうしても嫌《いや》だったら、エナのに載せて。エナが食べるから。ねっ」

　ねって、そんな可愛《かわい》い顔で言われても……騙《だま》されたと思って食べてみてのパターン、毎度騙《だま》された経験しか無いんですけど。特に琉実《るみ》が言うんだよね、これは〇〇だから凄《すご》く美味《おい》しい、ほら那織《なおり》も試《ため》してみなよ、みたいな事を。そのパターンで牡蠣《かき》とか茄子《なす》とか、それこそトマトとか。嫌《いや》がる私を押さえつけて無理やり食べさせられて来たけど、悉《ことごと》く騙《だま》された。そもそも、その食べ物自体が嫌《きら》いな訳で、新鮮《しんせん》だとか味がどうのってのは嫌《きら》いカテゴリーの中での誤差でしか無いって事を全く分かってない。更《さら》に言《い》わせて貰《もら》うなら、この野菜は甘いから大丈夫《だいじょうぶ》だよとか言われても、甘い物が食べたかったら果物食べればよくない？　って話。

「それより先生、この適当に切ったピザ、どうするの？」

「直線上の一点で三〇度ずつ一二枚に切り分けて組み合わせれば、面積は一緒《いっしょ》でしょ？」

「あー、何だっけそれ、ピザの定理？」

　分かっているではないか。「うむ」

「で、三〇度分かるの？」

たしかし。分からん。「うーんと……こんくらい？　ちょっと行き過ぎ？」三〇度って絶妙《ぜつみょう》過ぎない？　あー、まどろっこしいっ！　こうなったら――「部長、あとは任せたっ！」

言いたい事を口にして、お腹《なか》も膨《ふく》れて、「そろそろ帰ろうか」って言葉を部長が口にするのを待つだけの、居心地《いごこち》が良くて無為《むい》な時間が流れてゆく。

はぁ、帰りたく無い。帰るの怠《だる》いし、喋《しゃべ》り足《た》りないし、いっそ泊《と》まりたい……最近、もしかして自分は寂《さび》しがり屋《や》なのかも知れないって思う。部長の家に行った帰りとか、こうして慈衣《しえ》菜《な》の家に来た時とか何時《いつ》もこんな気分になる。前はもっとあっさり帰れたのに。

「帰るの面倒臭《めんどうくさ》くなっちゃうよね」だから、これは混じりっ気無しの本音一〇〇パーセント。

「じゃあ、泊《と》まってくっ？」

弾《はず》む慈衣菜《しえな》の声に嬉《うれ》しくなる。その言葉を聴《き》きたかったけど――「でも、流石《さすが》に泊《と》まるのは悪いかなって……」語尾《ごび》を濁《にご》して部長を見る。しっとりとした眼差《まなざ》しの奥に漂《ただよ》う、満更《まんざら》でも無いとろりとした色めきが見える。だよね。出来ることならこのまま泊《と》まりたいよね。

「もっと喋《しゃべ》りたいけど……何の準備もしてないし……」

「そんなんエナの服着ればイイし、もし買いたいものあれば、このあと買いに行けばよくない？　ね、このまま泊《と》まりで女子会しよーよ。二人が帰っちゃうとさーみーしーいっ」

　慈衣菜《しえな》が私の腰《こし》に抱《だ》き着《つ》いて来《く》る――そこまで言われると……「泊《と》まっちゃう？」

「泊《と》まっちゃおう……か」部長が陥落《かんらく》した。と云《い》うか、最初から落城してたけど。

　お母さんに連絡《れんらく》して、貰《もら》った小言を無視する――交渉完了《こうしょうかんりょう》。よしっ、これで今日は帰らなくて良くなった！　遊んでる時、ふとした狭間《はざま》に邪魔《じゃま》して興を削《そ》ぐ連絡《れんらく》しなきゃとか何時までに帰らなきゃみたいな他念から解放されたっ！　自由だっ！　完璧《かんぺき》な自由を手に入れたっ！

「ね、今から何するっ？　朝まで超《ちょう》時間あるよ？　世界征服《せいふく》だって出来そうじゃない？」

「そうだね。じゃあ、先生は世界征服頑張《せいふくがんば》って。心の底から応援《おうえん》してる。ファイト」

「何その適当な返事。夜まで遊べるんだよ？　この自由を謳歌《おうか》しようってなんないの？　そう云《い》う態度を取るんだったら、私が世界征服《せいふく》した暁《あかつき》には、部長にはゴビ砂漠《さばく》の砂を数える仕事して貰《もら》うから覚悟《かくご》して。何かの化石出たら最初からやり直しね」

「はいはい。それは困りまちたね。がんばってくだちゃいね。で、慈衣菜《しえな》ちゃん、今からどうする？　ゲームする？　なんか映画でも観《み》る？　それともこのまま――」

「ちょっと無視しないでよっ！　ねぇ、慈衣菜《しえな》はどう思う？　ちょっと雑過ぎるよね？」

「にゃおにゃおが世界征服《せいふく》したら、エナは喜んで家来になるから。ね？　怒《おこ》らないで。ほら、エナに何でも命令していーよ？　エナに出来ることだったら何でも言って」

「私の味方をしてくれるのは慈衣菜《しえな》だけ……ありがと。で、さっきこそこそ話してた内容を教えてくれる？　何でも言って良《い》いんだよね？」勿論《もちろん》、忘れておりませんので。

「えっと……それは……とりあえず、買い出し行かない？」

部長が小さく手を叩《たた》いた。「うん、行こうっ！」

「その手には乗るかっ！！！　誤魔化《ごまか》さないでっ！！！」

「ほら、それは世界征服《せいふく》のあとで教えてあげるから。ね？」

子供を諭《さと》す声色《こわいろ》で部長が言って、私の頭をぽんぽんと叩《たた》いた。

むぅ。何それ。「ちゃんと言ってよね」

「うん、あとでね」慈衣菜《しえな》を振《ふ》り返《かえ》って、部長が「ね」と付け足した。

「そんな大した話じゃないし、隠《かく》すようなことでもないんだけど、落ち着いてから話したいなあって。だからにゃおにゃおごめんね。寝《ね》るとき、話の続きしよ」

「わかった」

※　※　※

今日は学校――部室に集まろうって決めた日。
夏休みになって一週間経《た》ったかどうかなのに、久《ひさ》し振《ぶ》りに制服を着た気がする。記憶《きおく》の中よりも、ちょっぴりごわついた着心地《きごこち》に妙《みょう》な気恥《きは》ずかしさ覚えるのは、あの日以来初めて純君《じゅん》に会うからかも知れない。って言っても、会ってないのは三日位だし、意識的に会わなかったとかじゃなくて、国際信号旗のスタンプを送り合ったりしてちゃんと連絡《れんらく》は取ってたし、慈衣《しえ》菜《な》の家に泊《と》まったりしている内に会うタイミングを逃《のが》しちゃったってだけ……なんだけど、たった三日会わなかっただけなのに、最初に見せる表情が難しい。

嬉《うれ》しそうな顔？　寂《さび》しかった顔？　やっと会えた的切なさを滲《にじ》ませた顔？　恥《は》ずかしさをかなぐり捨ててめっちゃぶりっ子してみるとか？　握《にぎ》った手で顔を挟《はさ》んでみたりして――やっぱ、私って結構可愛《かわい》くない？　アイドルのオーディションが有ったら履歴書《りれきしょ》を送ってみる？　親が勝手に送ったんですみたいな体《てい》で。でも、踊《おど》りとかきつそうだし、握手会《あくしゅかい》とかなんて序盤《じょばん》で表情筋を維持《いじ》する体力が切れて感情が全部顔に出ちゃいそうだし絶対に務まんない……って、そうじゃなくて。純《じゅん》君に会うにはどんな顔をすれば良《い》いかで――鏡の前では答えが出ない。

分かんない。

てか、純《じゅん》君はどんな顔して出て来るんだろう。照れを漂《ただよ》わせた表情とか声？　恥《は》ずかしくて私の目が見られないとか？　純《じゅん》君、初心《うぶ》だからなぁ――約束の時間まで、あと一〇分。

ただ家のドアを開けるだけの待ち合わせが、酷《ひど》くもどかしい。リビングの椅子《いす》に座って、立ち上がって、また座って――思い出した様に姿見《スタンドミラー》の前に行く。あと九分。

冷蔵庫から紅茶の入った冷水筒《とう》を取り出し、唇《くちびる》を付けずに飲もうと掲《かか》げて――冷水筒《とう》が重い所為《せい》で、手が小刻みに震《ふる》えて照準が定まらない。口の端《は》から紅茶が零《こぼ》れて慌《あわ》てて拭《ぬぐ》う。胸の辺りでブラウスが肌《はだ》に密着して、ひんやりとした感触《かんしょく》が広がっていく。

ああ、コップ出せば良かったっ！　時間無いのにっ！

乾《かわ》かすのがまどろっこしくて、染《し》みになってるかの確認が面倒で、私はブラウスを脱《ぬ》いで新しいブラウスを引っ張り出して着替《きが》える――急いでいるのにボタンが上手《うま》く留まらない。折角セットした髪《かみ》が襟《えり》に巻き込まれる。暴れた毛先を整えてスカートの位置を調整していると、玄《げん》関《かん》のチャイムが鳴った。誰《だれ》も居ない家を走り回る電子音を捕《つか》まえられなくて、大きな声で「ちょっと待って」って言うのが精一杯《せいいっぱい》だった。あんなに時間あったのにっ！

鞄《かばん》を引《ひ》っ手繰《たく》ってドアを開け、肌《はだ》を破って体内に入り込んで来そうなねっとりとした暑さと無遠慮《ぶえんりよ》に侵入《しんにゆう》してくる太陽光に焼かれて灰になりそうな身体《からだ》をどうにか保って、急激に明るくなった視界に調整が追い付かない瞳孔《どうこう》に鞭《むち》を打って、薄眼《うすめ》で見上げる。

ああ、純《じゆん》君だ――「お待たせ」

「バタバタと音がしたけど、大丈夫《だいじようぶ》か？　忘れ物とか無い？」

音がしたとかいちいち口にしないでよ。もう。「えっと、スマホと財布《さいふ》は……あるっ」

「それなら問題ないな。行こうか」純《じゆん》君が歩き出す。

「うん」

めっちゃ普《ふ》通《つう》なんですけど。想像と違《ちが》う。何で？　三日振《ぶ》りに会ったんだよ？　こう、感動的な再会みたいな感じでがしっと抱《だ》き締《し》めてくれても良いんだよ？　ま、無理か。

「何だか、久《ひさ》し振《ぶ》りだね」

「そう、だな」

「横浜《よこはま》行った日以来？」

「……だな」

あれ？　もしかして、めっちゃ無理してる？　顔を覗《のぞ》き込《こ》んで――「会いたかった？」

目を逸《そ》らされた。

何でよ。こっち見てよ。那織《なおり》ちゃんだぞ？　好きって言った相手だぞ？

「那織《なおり》に会ったら色々話そうと思ってたんだけど……全部どっかに消えちゃったよ」

視線を外した儘《まま》、蟬時雨《せみしぐれ》に掻《か》き消《け》されそうな弱々しい声で、純《じゅん》君が言った。

へへ。言うじゃん。でも、もうちょっと直接的に言って欲しいな。

「腕《うで》組む？　それとも、手でも繋《つな》ぐ？」

「ごめん、正直、今は余裕《よゆう》無いわ。手汗《てあせ》凄《すご》いし。さっきもどんな顔して良《い》いか、チャイム押すの躊躇《ためら》うくらいには悩《なや》んでたんだよ。だから――」

うりゃ。

「おわっ――いきなり脇腹《わきばら》突《つつ》くなって。何だよ」

「何でも無い」ふふん。「それより、夏休み、家族で何処《どこ》か行ったりするの？」

「あー、お盆《ぼん》にはお祖父《じい》ちゃん家《ち》行くけど、それ以外は特に……那織《なおり》は？」

「うちも祖父母探訪以外は特に」

「えっと……何処《どこ》か行きたいところあるのか？」

「うん、まぁ、そんなとこ」

私に課せられたミッションその一はクリア。超余裕《ちょうよゆう》。まさにa piece of cake《あさめしまえ》——部室で訊《き》いたって良《い》いし、態々《わざわざ》私が聞かなくても良《い》いんだけど、慈衣菜《しえな》と部長が訊《き》けって言うから。

「課題はやった？」

「それなりにはやってるよ。そっちは？」

「まだ殆《ほとん》ど手付けてない」

「そっか……図書館とかで一緒《いっしょ》にやらないか？」

その頑張《がんば》って誘《さそ》ってる感じ、見え見えだけど嫌《きら》いじゃない。可愛《かわい》い。

「図書館も良《い》いけど、純《じゅん》君の部屋でやろうよ」

「僕の部屋で、か？　喋《しゃべ》ってやらないってオチが見えるんだよな」

「私と密室で二人っきりになれるチャンスを、そんな現実的かつ退屈《たいくつ》な、興趣《きょうしゅ》の薄《うす》い理由で手放すの？　本当に良《い》いの？　後悔《こうかい》しない？」背伸《せの》びして、肩《かた》に手を置いて——「(この前、すっごく可愛《かわい》い下着買ったんだ)」

慈衣菜《しえな》の家に泊《と》まる時、慈衣菜《しえな》が私と部長に新品の下着あるよって言ってくれたけど、下は良くても上は明らかにサイズが——だから買い出しする序《つい》でに下着も買おうってなった。

ただ、三人で変なテンションになって、どうせ買うならってモールの下着屋さんに寄って、とりあえずの地味なお泊《と》まり用とかじゃない本気の下着を、皆《みな》で騒《さわ》ぎながら選んだ……と云《い》うか、慈衣菜《しえな》が選んだ。目をきらきらさせながら、私や部長の所に来てはああじゃないこうじゃないって散々唸《うな》った挙げ句、「エナが選んだ下着をにゃおにゃおとりりぽんが着てくれるなんて……幸せすぎじゃない？」とか意味不明な事を口走りながらプレゼントさせてと言い出した。流石にそれは悪いからって部長と二人で全力で遠慮《えんりょ》したんだけど、一切《いっさい》聞き入れてくれなくて、超良《ちょうい》い奴《やつ》を買ってくれた。

だから、お風呂上《ふろあ》がりにTシャツの裾《すそ》を捲《めく》られてブラを見られても、ジェラピケのショーパンのゴムを引っ張られてパンツを見られても文句は言えなかった——着てるとこ見たいって事《こと》ある毎《ごと》にしつこくセクハラされたけど耐《た》えたし、小声で「(ザキにはこの下着触《さわ》らせちゃダメだから)」って言い付けられたのも、ちゃんと守る。てな訳だから、見せても良《い》いけど、見るだけ。ごめんね——でも、見て。超可愛《ちょうかわい》いから、見て。冗談抜《じょうだんぬ》きに本気で見て欲しい。

「なっ——何言ってんだよ。そういうの、いいから。課題の話だろ？」

「見たくないって事？　素粒子程《そりゅうしほど》も気にならないの？　興味無いって事？」

「……そこまでは言ってないだろ」

「なら、興味あるの？　見たいの？　見たいよね？」

「見たいか見たくないかで言えば……」

「言えば？」

「ああっもう、早く行くぞっ」

照れちゃって——耳が赤いのは暑いからじゃないよね。

制服同様これまた久方振《ひさかたぶ》りの学舎は、相も変わらず陰鬱《いんうつ》で靉靆《あいたい》とした辛気《しんき》臭《くさ》い空気を辺りに漂《ただよ》わせていたけれど、授業が無い&人が少ない&部室で駄弁《だべ》るだけって思えば余裕《よゆう》で耐えられるし、静まり返った階段や廊下《ろうか》に響《ひび》く足音に愛おしさすら覚える。

「学校ある日も、今日みたいに静かだったら良《い》いのにね」

「そうだな。これくらい静かな方が僕も好きだ」

私の事じゃ無いのに、好きだって言葉が何故《なぜ》だかくすぐったい——ただ触《さわ》りたくて、触《ふ》れていたくて、ぶらぶらと所在無さ気に宙を漂《ただよ》う純《じゅん》君の手を取って、指を絡《から》めてみる。

「今だったら誰《だれ》にも見られないでしょ？」

純《じゅん》君の指先に力が籠《こも》る。無言だったけど、これはきっと肯定《こうてい》。

「ねぇ、夏休み入ってから教授には会った？」

「会ったよ」

「横浜《よこはま》行った日の事は、話した？」

「話したよ」

「じゃあ、この姿を見られても大丈夫《だいじょうぶ》だね」

「大丈夫《だいじょうぶ》だけど、見られるのは恥《は》ずかしいよ」

手を繋《つな》いだまま、学校の階段を上がる——校内で極稀《ごくまれ》に見掛《みか》ける、手を繋《つな》いで二人分の幅《はば》を意地でも譲《ゆず》らない頭がパリピで何なら通行の邪魔《じゃま》をする事にステータスを感じてそうなバカップルに呪詛《じゅそ》を吐《は》き続《つづ》けて来《き》た私だけれど、学校で手を繋《つな》ぐのは……うん、青春《アオハル》とか云《い》う情調の欠片《かけら》も無い阿保《あほ》っぽい語句に収斂《しゅうれん》されるのは些《いささ》か不満ではあるけれど——悪くない。

他に生徒居ないし、これ位の気保養は許されるでしょ。

階段を上り終え、廊下《ろうか》に出た所で純《じゅん》君の手がすっと離《はな》れた。ん？　と思って目を細めると、部室の鍵《かぎ》を開けている部長が見えた——この意気地無《いくじな》し。

「あっ、先生！」こっちに気付いた部長が手を振《ふ》る。「タイミングぴったりっ」

「でしょ？」

「白崎《しろさき》君も久《ひさ》し振《ぶ》り」

「ああ、久《ひさ》し振《ぶ》り……その、色々ありがとう」

「何が？」

「いや、ほら心配掛《か》けたりとか」

「私は全然心配してなかったよ」ドアを開けながら言って、部長が中に入る。「うわっ、なんか空気がもわっとしてない？　換気《かんき》しなきゃ。手伝って」

喚《わめ》き乍《なが》ら窓を開ける部長を純《じゅん》君が手伝う傍《かたわ》らで、気の利《き》く私はスマートかつ自然に部室のドアを開ける——二人共まだまだだね。取り込んだ空気を如何《いか》に流すかも考えなきゃ。サーキュレーターがあれば完璧《かんぺき》。頑張《がんば》れベルヌーイ……と言いたい所だけど、埃《ほこり》っぽくて不快な湿《しめ》った暑気に顔を撫《な》でられて、私は耐《た》えられずにそっとエアコンのスイッチを入れた。サーキュレーターとか知らん。そも無いし。風量MAXじゃ。これで流速も上がるでしょ？　名ばかりとは言え、仮にもこの部屋は元会議室。エアコンの設定を自由にいじれるのだけは超《ちょう》有り難《がた》い。

椅子《いす》の上に薄《う》っすらと堆積《たいせき》した埃《ほこり》を払《はら》って、エアコンの送風口直下に座る。

「ちょっと先生、イス拭《ふ》かなくて大丈夫《だいじょうぶ》？」

「そこまでじゃないから——拭《ふ》いた方が良《い》い？　立ち上がるの面倒臭《めんどうくさ》いんだけど」

「じゃあいいです」観念した部長が座る。「そんなことより白崎《しろさき》君、話聞いたよぉ〜。いやぁ、先生を選ぶとは驚《おどろ》きだね」そう言って、部長が私に下手くそでぎこちないウィンクをした。

「さっき心配してなかったって言ってなかった？　てか、そのウィンクむかつく」

その通じてますみたいな演出何？　そんなん要《い》らないし。

「もう、今は白崎《しろさき》君と話してるの。先生は黙《だま》ってて——で、先生のどこが良かったの？」

机に両肘《りょうひじ》をついてるんるんな顔を乗せて瞬《まばた》き多め。楽しそうで何より。

「それ、今ここで言わないとダメか？」

「もちろん」またしても下手くそでわざとらしいウィンクを私に投げる部長。

さっきからそのあからさまな奴《やつ》は何？　そんな気遣《きづか》い求めてない——聞きたいけど。

「……ずっと一緒《いっしょ》にいたいなって思ったんだよ。これで良《い》いか？」

俯《うつむ》いて、顔を真っ赤にする純《じゅん》君。期待を裏切らないその反応。良《い》い。凄《すご》く良《い》い。うわぁ、もっと苛《いじ》めたい……じゃなくて、もっと言って欲しい。もっと聞きたい――そうだ。

「私とずっと一緒《いっしょ》に居たいの？」

「そうだよ……そう言っただろ。二度も訊《き》くなよ……あぁ、暑い」

純《じゅん》君が逃《に》げるように立ち上がって、漸《よう》く冷気の溜《た》まり始《はじ》めた部室のドアと窓を閉めた。

「女の子からすれば何回でも聞きたいよね。二度漬《にど》け禁止なのは串《くし》カツだけでしょ？」

座り直す純《じゅん》君の裏でにやにや顔の部長が大袈裟《おおげさ》に目配せをする。

分《わ》かり易《やす》い突《つ》っ込《こ》みポイントをどうも。「その串《くし》カツ発言で丸っと台無しだけどね」

「んもぅ、先生まで照れちゃって」

「照れて無いし」私としては、寧ろ照れされて欲しい――椅子《いす》の向きを変えながら、純《じゅん》君に近寄って姿勢を正す。「ねぇ、さっきのもう一回言って。今度はちゃんと録音するから」

「嫌《いや》だよ。もしかして、さっきの録音してないだろうな？」

「して無いからお願いしてるんじゃん」

したけど。余裕《よゆう》でしましたけど。

でもきっと、ポケットの中で録音したから声が籠《こも》ってそうなんだよね。だから――どうせならクリアな音で残しておきたいなーって。乙女心《おとめごころ》を分かって無いなぁ。

「ほら、白崎君《しろさき》。彼女がこう言ってるんだから、言ってあげなよ……って、念《ねん》の為《ため》に訊《き》くんだけど、二人はもう付き合ってるで良《い》いんだよね？」

「えっと──」純《じゅん》君が言《い》い淀《よど》んで、私を見た。どうなんだ？　とでも言いたげな目で。

そう、私達はまだ付き合っていない。少なくとも私はそう思ってないし、付き合ってとも言われてない。だから付き合って無い。私はまだ、好きって言われた止まりの可哀相《かわいそう》な女。面倒《めんどう》で難儀《なんぎ》な女と言われようが、それが事実ですから。

「付き合ってないよ」

言うが早いか、扉《とびら》が開くが早いか──私の言葉と共に部室の扉《とびら》が開いた。振《ふ》り返《かえ》ると、どんな表情をして良《い》いか分からないと云《い》った顔で、教授が立って居た。

本当に毎度タイミングが悪いんだよ、教授は。「遅《おそ》かったね」

「あ、ああ……ちょっと出掛《でが》けに──って、そんなことより、今の話って──」

「教授は気にしないで。こっちの話だから」

「こっちの話って……もしかしておまえらの話じゃないよな？」

純《じゅん》君の隣《となり》に座った教授が、純《じゅん》君越《ご》しに私を見てくる。

「んー、私と純《じゅん》君の話だけど？」

「いやいやいや、ちょっと待てよ。え？　あれ、俺が聞いてた話と違《ちが》うっていうか、ん？　この前、白崎《しろさき》が神宮寺《じんぐうじ》のことを──俺にもわかるように説明してくれないか？」

「えー、嫌《いや》だ。面倒臭《めんどうくさ》い。純《じゅん》君、お願い」

「お、お願いって……え、えっと……まだそういう具体的な話はしてないんだよ……」

口籠《くちごも》って私に助けを求める様な視線を向けてくる──けれど、それはあの場で最後まで言えなかった、泣き出した琉実《るみ》の勢いに負けて切り上げた純《じゅん》君の躓《つまず》きであり錯謬《さくびゅう》。そして、そういう具体的な話をして欲しいのが、私の望み。だから助ける事は出来ない、かな。

慈衣菜《しえな》の家に泊《と》まった日、想《おも》っている事の総《すべ》てを吐《は》き出《だ》した。私の披瀝《ひれき》を聞いた二人の出した結論が、合宿と云《い》う名の非日常に赴《おもむ》く事だった。私が合宿に行ってみたいって言ってたからではあるけれど、海沿いとか普段《ふだん》あんまり行かない様な場所へ泊《と》まりに行って、私が納得出来《なっとくでき》るよう、改めて純《じゅん》君から告白《こくはく》して貰《もら》ったらどうだろうか、私の好きな所を、私じゃ無きゃ駄目《だめ》な理由を、そして付き合って欲しい旨《むね》を私に伝える──そこ迄《まで》がセットだ、と。その為《ため》に二人は協力する、邪魔《じゃま》の入らない二人切りになれる場を作ると申し出てくれた。面倒《めんどう》で難儀《なんぎ》で厄《やっ》介《かい》な私の我《わ》が儘《まま》に付き合ってくれると言ってくれた。

そしてそれが、こうして部室に集まった本当の理由。

「そういうことかぁ。言《い》い換《か》えると、今の二人は非常に微妙《びみょう》な距離感《きょりかん》ってことらしいから、教授君、私たちはちゃんと見守ってあげなきゃだね」

部長がこうして纏《まと》めに入るのも、繊細《せんさい》で敏感《びんかん》な話題に触《ふ》れるのも、全部その為《ため》。

「んーと、俺にはよくわかんねぇんだけど、白崎《しろさき》はちゃんと言ったんだろ？　だったらそれで終わりじゃないのか？　それがどうして付き合ってないってことになるんだ？」

「教授君、当人達を目の前にして、なかなか言いますねぇ」

「だって、普通《ふつう》に考えておかしいだろ。そんなわかりきった話を先延ばしにする意味がわかんねぇ。また変なことでも考えてんじゃないだろうな？」

最初は部長に対して喋《しゃべ》ってたのに、最後は私に向けてだった。

「考えて無い。そんな事、考えて無いよ」私はただ、安心したいだけ。

純《じゅん》君の口から、ゆっくりじっくり、はっきりと理由を聞きたいだけ。


どうして私に好きって言ったのか、を。

どうして琉実《るみ》を選ばなかったのか、を。


それが聞けないと気持ちの準備が出来ない。

今までの総《すべ》ての事柄《ことがら》に決着を付けられない。

そうじゃ無きゃ私が望む完全勝利じゃない。

それに琉実《るみ》だって――今はただ辛《つら》いだけかも知れないけれど、自分が納得《なっとく》する為《ため》に、自分の気持ちに区切りを付ける為《ため》に、きっと理由が知りたい筈《はず》だから。ちゃんと自分の気持ちに整理を付けたい筈《はず》だから……あの日から、私達は最低限の言葉しか交《か》わしてない。

唯一《ゆいいつ》違《ちが》ったのは、ただ一言「良かったね、那織《なおり》」って言葉だけ。

嬉《うれ》しかった「僕は那織《なおり》のことが好き」は、私達が過ごして来た何年もの時間を清算するには余りにも短くて、儚《はかな》くて、足りなくて……でも、とても重かった。重かったからこそ、受け止めるのは簡単じゃない。私だけの問題じゃないから。

前と違《ちが》ってテイラー・スウィフトは聞こえて来なかったし、私の部屋に来て上から目線の薄《うす》っぺらい訓戒《くんかい》を垂れる様な事も無かった。部活で紛《まぎ》らわそうと、残って練習して夕飯の時間に遅《おく》れたり、夕飯を食べた後も走り込みしたりしてあれから毎日練習に励《はげ》んでるっぽいけど、きっと紛《まぎ》らわせられなくて苦しんでいる――そんなの、見てれば分かる。何時《いつ》もより少ない御飯や長いお風呂《ふろ》、無理して作った声や表情、落としがちな視線。分からない訳が無い。

そんな琉実《るみ》に掛《か》けてあげる言葉を、不確かな儘《まま》の私は持っていない

だから――早々に純《じゅん》君と、二人だけで直接話がしたい。

ちょっとした時間とかじゃなくて、きっちり時間を掛《か》けて、熟々思惟《つくづくしい》して、擦《す》れ違《ちが》いや勘違《かんちが》いが無い様に、心行くまで篤《とく》と話をしたい――そうじゃ無きゃ、私と琉実《るみ》は動けない。

「というわけで、教授君。部活のみんなで合宿をしようと思います。白崎《しろさき》君も、良《い》い？」

「脈絡《みゃくらく》は摑《つか》めないが、合宿には賛成だ。那織《なおり》もやりたいって言ってたし――」

「ちょっと待て。白崎《しろさき》の言う通りだ、話の流れが意味わかんねぇ。何がどうなってという
わけで
、になるんだ？　まずはそこから説明《せつめい》して貰《もら》いたいんだが」

純《じゅん》君の言葉を遮《さえぎ》って教授が真っ当に吠《ほ》える――けど、此処《ここ》は私の息が掛《か》かった亀嵩《かめだけ》王国。

「じゃあ、教授君は欠席ね。残念だけど、仕方ないね」

「教授は来られないのかぁ。男子は純《じゅん》君だけになっちゃったね」

「おいおい、行かないなんて一言も――」

部長が謹厳《きんげん》な目付きになる。「異論無しってことで良《い》い？」

「……はい」

「よし、これで満場一致《まんじょういっち》だね」

部長に小さいハイタッチを要求されて、仕方なく応じる。

「ちょっと待てよ、雨宮《あまみや》は？　あいつ、今日は仕事だって――」

「教授君。慈衣菜《しえな》ちゃんに話してないと思う？」

「あー、そうだよな。してるよな。OK、わかった。話してるってことは、日時や場所も決まってるんだろ？　知らないのは俺と白崎《しろさき》だけなんだろ？」

「日程と場所は決まってないよ。それを今から話し合うんじゃん」

　みんなの予定を擦《す》り合《あ》わせた結果、合宿は一週間後になった……までは良かった。問題は何《ど》処《こ》に行くか。意見が一向に纏《まと》まらず、えろ目線しか持ってない教授の意見は水着と海にばかり偏重《へんちょう》していて、海辺は暑いから嫌《いや》だとか騒《さわ》がしい所は苦手だと云《い》う私や純《じゅん》君、部長の意見を常に退け続けた——川だって水着チャンスはあるって言ったんだけど、凄《すご》い剣幕《けんまく》で「夏は海で水着って決まってるんだ。テレビ中継《ちゅうけい》に映るような有名な海岸を見てみろ。周りは水着のギャルしか居ねぇ。どう考えても天国だ。それを山だの川があれば水遊び出来るだの言いやがって。全然わかってねぇ。おまえらの水着ってより、俺は水着の女の子が沢山《たくさん》いるとこに行きてぇんだ。それとも何か？『私たちの水着姿を見て』とでも言《い》いてぇのか？　俺に言わせれば、それは『私たちを性的な目で見ても良《い》いです』ってのと同じ意味だぞ？　それでも良《い》いのか？それでも良《い》いって言うなら、山にしよう。そうじゃ無きゃ海だ」と口早に捲《まく》し立《た》てられて、あの部長が、口喧嘩《くちげんか》で私に一歩も譲《ゆず》らない部長が秒で屈服《くっぷく》した。

　欠席の慈衣菜《しえな》は海派。これで海派が三人になってしまった。

　海か。嫌《いや》だな。Not my cup of tea《趣味じゃない》.

　私としては純《じゅん》君と二人になれれば何処《どこ》でも良《い》いんだけど海はちょっと……川があれば純《じゅん》君に水着姿をお披露目《ひろめ》する事も出来るし、木陰《こかげ》はあるし、標高が高ければ地上より気温が低そうだしで山が良かったんだけれど、教授と云《い》う人間を巻き込んだ所為《せい》で海抜《かいばつ》〇メートルと云《い》うか海そのものになってしまった——そう言えば、純《じゅん》君に水着姿を見られたのって何時振《いつぶ》りだろう。小学生の時は覚えているけど、あれ以降、所謂《いわゆる》そう云《い》う水着を買った記憶がない。

私達の血縁《けつえん》で海を有《あ》り難《がた》がるのはお母さんと琉実《るみ》位《くらい》だし、キャンプに行ってもそこまでがっつり川に入ったのは……ん？　海を有《あ》り難《がた》がるのはお母さん？　あ、もしかしたら——。

部活が終わって、教授は明らかにみんなでご飯に行きたいって空気を醸《かも》して居《い》たんだけど、私は早く帰ってあることを確認《かくにん》する必要があった。海に行く事は全然乗り気じゃないんだけど、それでも合宿を成立させる為《ため》に役立つかも知れない繋がり《コネクション》の可能性を、私は見付けた。

「ねぇ、純君《じゅん》」

「ん？」

「部室では言わなかったんだけど、泊《と》まる所を探せるかも知れない」

みんなと別れた電車の中で、ずっと黙《だま》っていた或《あ》る可能性を口にする。

宿泊《しゅくはく》場所を探すのは純《じゅん》君と教授の担当。二人で幾《いく》つか候補を挙《あ》げて貰《もら》って、女子グループでその中から選ぼうって話になっていた。高校生でも行《い》き易《やす》くて遠過ぎない場所——と言っても、埼玉《さいたま》に海は無いし、近隣《きんりん》で海がある県は限られる。あそこなら知名度も間違《まちが》いない。

「知り合いでも居るのか？」

「まだ分かんないんだけど、うちのお母さんって藤沢《ふじさわ》出身じゃん？　学生の頃《ころ》はサーフィンとかしてたらしいし、湘南《しょうなん》方面に知り合いめっちゃ多いんだよね」

「なるほど。それは確かに伝手《つて》があるかも知れないな」

「でしょ？　お母さんの実家に行くとさ、この店は知り合いがやってるんだよねとか、学生時代はこの店の常連でとかしょっちゅう言うの。だから、もしかしたらもしかするかも」

「それで今日は帰ろうって言ったのか」

「うん。教授に言いたい事は色々あるけど、海かつ宿泊《しゅくはく》を叶《かな》えられるかもじゃない？」

「ああ。それは確度が高そうだ。ネットで探すにしても、どうやって探そうかと考えてたところだったよ。おばさんの紹介《しょうかい》なら安心できるだろうし。手伝えることがあったら、遠慮《えんりょ》なく言ってくれ。何なら、僕が説明しようか？　担当だしな」

「大丈夫《だいじょうぶ》。私が言う。それより、めっちゃヤンキーみたいな人紹介《しょうかい》されたらどうしよう」

元暴走族とか……お母さんなら有り得る。多分に有り得る。それかパリピの権化《ごんげ》みたいな絶望的にテンション合わない人とか——唯一にして最大の懸念《けねん》、母親の元ヤン疑惑《ぎわく》。

「おばさんに限ってそれはないだろ」

「純《じゅん》君はお母さんの本性《ほんしょう》を知らないから……詳《くわ》しくは言えないけど」

「何だよそれ、逆に気になるじゃんか。でも、おばさんの紹介《しょうかい》だったら、どんな人でも僕は安心だよ。母さんにも言《い》い易《やす》いし……って、まずはそこから考えないとだよな。学校のみんなと泊《と》まりで出掛《でか》けるって大丈夫《だいじょうぶ》か？　そんな話、したことないから分からん」

「お互《たが》い、そこが最初のハードルだよね……純《じゅん》君も居るし、お母さんなら許してくれると思うけど」そう言ってから、慌《あわ》てて「慈衣菜《しえな》の家に泊《と》まるのとは訳が違《ちが》うし」と付け足した。

冷静に考えてみれば、純君《じゅんくん》が居るって今となっては逆に言《い》い辛《づら》くない？　めっちゃ詮索《せんさく》されそうで嫌《いや》なんだけど——詮索《せんさく》して来《く》るよね。また、子供の考える事なんて私にはお見通しですからみたいな例の表情で憫察《びんさつ》されるのを想像するだけで……超訊《ちょうき》き辛《づら》いんですけど。

はぁ、あとは琉実《るみ》、か。

純君《じゅんくん》と泊《と》まりで出掛《でか》けるって知ったら何て言うか——何も言って来ないんだろうけど、それはそれで据《す》わりの悪さが拭《ぬぐ》えないし、かと言って黙《だま》ってるのは違《ちが》うし、誘《さそ》うなんて以《もっ》ての外《ほか》だし。振《ふ》られた男の子と双子《ふたご》の妹が仲良くしてる姿を見るなんて、どう考えても苦行でしょ。

それで逆に吹《ふ》っ切《き》れるなら——いや、無いな。それはきっと無い。

純君《じゅんくん》と琉実《るみ》が付き合っている時、私はずっと我慢《がまん》して、忍従《にんじゅう》しながら怺《こら》えて来《き》た。だからと言って、琉実《るみ》も同じ様に苦しめとは思わないし、そこまで性悪《しょうわる》じゃない。

「公式じゃないけど、合宿出来そうで良かったな」

「うん。一杯《いっぱい》遊ぼうね」

「非公式だからこそだよな。これが公式な合宿だったら、活動報告とか必要だろ？」

「そうだね。もし湘南《しょうなん》近辺だったら、鎌倉《かまくら》の文学館とか行かなきゃだったよね」

「文学館があるのか。それはそれで面白《おもしろ》そうだけど……行ってる暇《ひま》は無いだろうな」

「教授辺りは絶対に文句言うしね。あと、慈衣菜《しえな》も興味無さそう」

「あの二人はそうだろうな」

純《じゆん》君と別れて、駐車場《ちゆうしやじよう》にお母さんの車が停まっている事を確認《かくにん》してから家に入る。時間的にまだ帰って来たばかり。玄関《げんかん》に琉実《るみ》の靴《くつ》は無い――今の内に言った方が良さそう。

「ただいま」

リビングから聞こえてくる「おかえり」を聞き乍《なが》ら脱《ぬ》いだ靴下《くつした》を洗面所に放った所で、丁度お母さんが現れた。もしや今の見られた？　やばっ、また小言が――と身構えたものの、杞憂《きゆう》だった。「この時間に帰って来るなら、那織《なおり》に頼《たの》めば良かった……お醬油《しようゆ》切らしてたの忘れて今から買いに行くんだけど、一緒《いつしよ》に来る？」母の口から発せられたのは、誘いの言葉。

この場合はどうしよう。想定外過ぎる――一緒《いつしよ》に行けば二人切り、か。

「うん、行く。着替《きが》えてくるから待ってて」

「そのままでいいじゃない」

「学校の誰《だれ》かに見られたら嫌《いや》だから着替《きが》える」

部屋に行って四〇秒で支度《したく》して、一階《した》に下りる。これぞアイドル並みの早着替《はやきが》え。

「もう、急いでるんだから早くしてよね」

「えっ？　超早《ちようはや》かったじゃん。体感四〇秒だったんだけど」

「はいはい。それじゃ行くよ」

勇んで助手席に乗り込んだ車内では、仕事の愚痴《ぐち》を延々聞かされた。年下の上司が実業務を分かってなくて云々《うんぬん》みたいな有《あ》り触《ふ》れた内容で、気付きや学びを与《あた》えてくれる話題でもなければ興味も無いけど、これに耐《た》えるのも試練だと割り切ってじっと我慢《がまん》した。お母さんのストレス値《ち》を交渉《こうしょう》に耐《た》え得《う》る値《あたい》まで下げなければ——耐《た》えろ、私。

結局、スーパーに着くまで愚痴《ぐち》は続いた。然《しか》して、あれこれ買い物をすればお母さんの気も紛《まぎ》れる筈《はず》。ドーパミンの分泌《ぶんぴつ》を促《うなが》すのだ、那織《なおり》。お母さんの機嫌《きげん》を劇的に改善する能力《アビリティ》は持ち合わせていないけど、商品を籠《かご》の中に誘導《ゆうどう》する幼少期より培《つちか》われた能力《スキル》はある。

お母さんが好きそうな物を見付けては、「これ美味《おい》しそうじゃない？」と進言して様子を窺《うかが》い、乗って来た所で「あとで一緒《いっしょ》に食べようよ」的な事を口添《くちぞ》えてしれっと籠《かご》に入れる。勿論《もちろん》、良《い》い具合に私が食べたい物を紛《まぎ》れ込《こ》ませるのも忘れない。

甲斐甲斐《かいがい》しくていじらしい努力の末、「買いすぎちゃった」とは言っていたものの、母上の機嫌《きげん》には著《いちじる》しい改善が見られた——だけでなく、今夜の夕食にステーキを勝ち取った。この帰《き》趨《すう》は、誰《だれ》がどう見ても完全なる勝利と言わざるを得ない。後は、例の話をするだけ。

車に乗り込んで一息ついた頃《ころ》、雑談の合間を縫《ぬ》って本題を切り出す。「ねぇ」

「何？」

「学校の皆《みんな》と、泊《と》まりで出掛《でか》けたいって話をしてたんだけど、行っても良《い》い？」

「那織《なおり》がそんなこと言うなんて珍《めずら》しいわね」

「だめ？」

「いいんじゃない」

よしっ。

「ありがと。それでね、折角の夏休みだし、海に行きたいって皆《みんな》が言うんだけど、お母さんの地元で何処《どこ》か良《い》いところある？」

赤信号に捉《つか》まって車が停止する。遅《おく》れてお母さんが私を見た。

「えっ？　海行くの？　那織《なおり》が？」

「私がって言うか、皆《みんな》が行きたいって」

「そう、海に行くんだ……へぇ。那織《なおり》が海、ねぇ」

「何？　言いたい事があるなら言ってよ」

「別に。ただ、あんだけ海を腐《くさ》してた那織《なおり》が海かぁって思っただけ。いやぁ、人間変われば変わるもんだね。那織《なおり》が友達と海、ねぇ。子どもの成長って恐《おそ》ろしいわ」

「その言い方、凄《すご》くむかつくんだけど」

「ね、それって純《じゅん》君も行くんでしょ？」

ああっ、にやにやしたその顔っ！　言わんこっちゃ無いっ！

「信号、青だよ」

「はいはい。で、一緒《いっしょ》なの？」

「一緒《いっしょ》だよ。何か文句ある？」

「一緒《いっしょ》なのって訊《き》いただけじゃん。そっかぁ、純《じゅん》君と海ねぇ。もしかして、二人だけ？」

「違《ちが》う」

「二人だけじゃ無いんだ。そっか。私はてっきり、学校のみんなってのは嘘《うそ》で、本当は二人だけなのかと思った。まぁ、あんた達二人だと海なんて選択肢《せんたくし》は出てこないか。昔っからインドア派だもんね。ちなみに何人くらい行くの？」

前半は無視。「五人」

「五人、か。いやぁ、青春してるね。あー、娘《むすめ》の成長に泣きそう」

ほんっっっっとに、お母さんのこのテンション、大《だい》っ嫌《きら》いっ！！！

「ねえっ、そんなことより泊《と》まる当てはあるの？　無いならこの話は終わりだからね」

「何でよ。もっと聞かせてくれないと、泊《と》まり禁止にするよ？」

「最低。そうやって権力を振《ふ》り翳《かざ》して楽しい？」

「年頃《としごろ》の娘《むすめ》が泊《と》まりで出掛《でか》けるんだから、詳細《しょうさい》を尋《たず》ねるのは親の義務でしょ？」

「……楽しんでる癖《くせ》に」

「楽しんでなんかないわよ。ただ感動してるだけで……ああ、確かに今日はステーキだわ。娘《むすめ》と、それも那織《なおり》とこんな話をする日が来るなんて」

何なのこの人っ。もう知らないっ！　超《ちょう》むかつく。家に帰るまでずっと無視してやる。

お母さん放置タイムが解かれたのは夕飯の席だった——と言うか、無視を継続《けいぞく》する事が出来なかった。牛の腰肉《サーロイン》を堪能《たんのう》している最中、いきなり「那織《なおり》、さっきの話だけど、お母さんの友達がやってる民宿に話しといてあげる」と、家族勢揃《せいぞろ》いの場所で言い出した。

唯一《ゆいいつ》の救いはお父さんが残業で居ない事。女三人だけの夕食——だとしても。

何で今言うのっ——と言いたい所だけど、ぐっと堪《こら》える。「うん、ありがと」

「民宿？　どっか行くの？」事情を全く知らない琉実《るみ》が当然の疑問を口にする。

「うん、何時《いつ》ものメンバーでちょっと……」

「そう、なんだ」

途切《とぎ》れがちな琉実《るみ》の言葉で、肉汁溢《にくじゅうあふ》れる幸せな食卓《しょくたく》に鈍重《どんじゅう》な沈黙《ちんもく》が横たわった。

マジで有り得ない。この空気どうしてくれるの？　琉実《るみ》には私から言おうと思ってたのに、何で言っちゃうの？　しかも、話の前後も無い状態だから、余計に意味分かんないじゃん。

どうやって話を続けようか、琉実《るみ》に何て言おうか思索《しさく》を巡《めぐ》らせていると、またしてもお母さんが意味不明な事を口にした——「琉実《るみ》も行って来たら？」

は？

「わたし？　だって、わたしは関係ないし……」

「純君《じゅんくん》も行くみたいだよ」

ねぇ、この人は鬼《おに》なの？　改心しなかった鬼子母神《きしぼじん》なの？　いや、鬼子母神《きしぼじん》が食べていたのは他人の子で自分の子じゃない……って、そんな事は良くてっ！　どういう意図で琉実《るみ》に勧《すす》めてるの？　だって、この前の顚末《てんまつ》を知ってるよね？　自分の娘達《むすめたち》に何が起きたのか、分かってるよね？　私、説明したよね？　それをどうして――「琉実《るみ》も……行く？」

会話の流れ的に、そう言うのが精一杯《せいいっぱい》だった。ここでお母さんを詰《なじ》ったとして、琉実《るみ》が居るこの食卓《しょくたく》では分かり切った地雷原《じらいげん》に足を踏《ふ》み入《い》れる様な物。迂闊《うかつ》に鋭鋒《えいほう》や詰問《きつもん》なんて出来っこない――どうやっても例の話題は避《さ》けられない。

「わたしはいいよ。部活もあるし」

至極《しごく》当たり前の回答。「だよね」

「他には誰《だれ》が行くの？　いつものメンバー？」

「うん」

「そうなんだ……楽しんでおいで」

辛《かろ》うじて絞《しぼ》り出《だ》したのを悟《さと》られないよう取《と》り繕《つくろ》った声だった。

「……うん」

あとはただ、お皿の上に残ったお肉を口に運ぶだけの作業。沈黙《ちんもく》を以《もっ》て母親を非難する以外の術《すべ》は無かった。こんなに味気の無い食事は、琉実《るみ》が――お姉ちゃんが手首を怪我《けが》して帰って来た夜以来だ。目の前に置かれた、色を失った食べ物を一刻も早く片付けてこの場から去りたい。否、本当は全て残した儘《まま》にして席を立ちたかった――でも、琉実《るみ》がご飯を食べている限り私は立てない。私なんかより、琉実《るみ》の方がずっとずっと立ち去りたいに決まっている。

私より食べるのが早い琉実《るみ》なのに、今日はとても遅《おそ》くて。
食卓《しょくたく》では常に喋《しゃべ》ってる琉実《るみ》なのに、今日はとても静かで。

琉実《るみ》より早く食べ切った私は何処《どこ》にも所在が無くて、琉実《るみ》を待つ事が出来無くて――口の中で「ご馳走様《ちそうさま》」と呟《つぶや》いてから、お皿をシンクに置いて自分の部屋に逃《に》げるしか無かった。皆《みんな》に泊《と》まる場所がどうにかなるかも知れないと教えてあげなきゃいけないのに、何もする気になれなかった。お母さんを許せないのは言《い》う迄《まで》も無《な》くて、けどそれ以上にどんな意図であんな事を言ったのか全く読めない苛々《いらいら》と、あの場でどうする事も出来なかった自分に対する苛々《いらいら》が全身を駆《か》け巡《めぐ》る。高まった心拍数《しんぱくすう》と血圧で破裂《はれつ》しそうだった――せめてもの救いは、スマホを壁《かべ》に思い切り投げ付け無い程度には、自制心があった事くらい。

※　※　※

純《じゅん》君から《会って話がしたい》と言われて欣幸《きんこう》が満ちたのも僅《わず》か数秒。ここ数日、然許《しかばか》り暑き陽の下で外出を続けた私には、魑魅魍魎《ちみもうりょう》が蔓延《はびこ》る外界に踏《ふ》み出《だ》す体力等露程《つゆほど》も残っておらず、苦渋《くじゅう》の決断乍《なが》ら致《いた》し方《かた》なく自宅に殿方《とのがた》を招き入れる事にした。本当に難しくて苦しい判断だった。両親が不在かつお姉様も居ない我《わ》が家《や》に、清らかなる身上の乙女《おとめ》が一人——嗚呼《ああ》、間《ま》違《ちが》いでも起こってしまったらどうしよう。げに恐《おそ》ろしきこと限りなし。

但《ただ》し私の部屋には入れない。残念。秩序《ちつじょ》を失《しっ》した品々が方々で主張してるから無理。期待していたら大変心苦しいんだけど、寝具《しんぐ》には辿《たど》り着《つ》けません。体力は勿論《もちろん》、片付ける気力も此処《ここ》数年見掛けておりません。琉実《るみ》の部屋なら——それは流石《さすが》にね。ばれたら殺される。

さて、《会って話がしたい》のは良《い》いけれど、何の話をするのか……恐《おそ》らくだけど、昨日の部室でした話の続きだろう。帰り道、明らかに何か言いたそうだったもん。通《とお》り掛《が》けにめっちゃ公園見てたし……早く帰ってお母さんに話をしなきゃだったから気付いてたけど知らない振《ふ》りをした。お母さんと言えば——まぁ、いい。それは純《じゅん》君が来てから。

私も話したい事がある。

連絡《れんらく》する手間が省けた。

着替《きが》えやら準備を済ませ純《じゅん》君に連絡《れんらく》を入れると、玄関《げんかん》で待っていたんじゃないかって位の速さで玄関《げんかん》のチャイムが鳴った——開錠済《かいじょうず》み。框《かまち》から距離《きょり》を取って叫《さけ》ぶ。「開いてるよ」

「お邪魔《じゃま》します……なんでそんな遠くに——」

「早くドア閉めて。冷気が逃《に》げちゃう」

「了解《りょうかい》。上がっていいか?」ドアを閉めた純《じゅん》君が、やや強張《こわば》って言う。

「勿論《もちろん》。あ、リビングね」

「おう」

「私の部屋、期待しちゃった?」

「してない。どうせ散らかってるんだろ?」靴《くつ》を脱《ぬ》いだ純《じゅん》君がちらと上を見た。

「酷《ひど》い。私の部屋は散らかってるんじゃゃ無くて、人が意図的に作り出した無秩序《むちつじょ》の中に無自覚な規則性がどれほど宿るのか検証しているだけだから」

「人為的《じんいてき》に非周期を作り出せたら是非《ぜひ》とも教えてくれ」

「それは詰《つ》まり、私の部屋に入りたいって事?」

「久しく那織《なおり》の部屋には入って無いからこの家に存在してるのか観測したい……今の返しはちょっと台詞染《せりふじ》みてた。すまん、僕の負けだ。久《ひさ》し振《ぶ》りに入ってみたい」

「どうしたの? 自棄《やけ》に素直《すなお》じゃん?」

「僕なりに努力してるんだ」

「にゃるほど。取《と》り敢《あ》えずお茶でも飲む？」

テレビの前のソファじゃ無くて食卓《しょくたく》の椅子《いす》に座る、この慣れてる感じが改めて考えるとちょっと違和《いわ》がありつつ面白《おもしろ》くて笑いそうになる。だって、まだ付き合っても無い、ただ好意を伝えただけの女の子の家に上がった感じからは程遠《ほどとお》いのに、何処《どこ》か緊張《きんちょう》して端々《はしばし》に樫《かし》みたいな硬《かた》さを漂《ただよ》わせるアンバランスさが――きっと、私には新鮮《しんせん》に映った。

「アイスコーヒーもあるけど、どうする？　アイスティー？」

見知った風景に馴染《なじ》めない純《じゅん》君の緊張《きんちょう》は、冷えた紅茶には溶《と》けないと思った。

「アイスコーヒーを頼《たの》む」

「だと思った」

純《じゅん》君の前にグラスを置いて、私はアイスティーを注いで座る。「それで、話って何？」

「昨日、部室での話なんだが」

やっぱり。「うん」

「那織《なおり》、僕と――」

「ちょっと待って」


――僕なりに努力してるんだ。さっきの言葉がふっと過《よ》ぎった。

「何で止めるんだよ」

私も素直《すなお》に言おう。未整理の困惑は捨てる。そうじゃ無きゃ公平《フェア》じゃないよね。

「もし私が考えてる事を言おうとしてるんだったら、別の場所で——こんな日常の延長みたいな状況《じょうきょう》じゃ無くて、もっと時間を掛《か》けて、もっと言葉を尽《つ》くして欲《ほ》しい。私が『はい』としか言えなくなる様な、そう云《い》うのが良《い》い。意外と少女趣味《しゅみ》なんだなって莫迦《ばか》にしたくなるかも知れないけれど、これでも私なりに色々と考える事はあって、その中には不安めいた感情もあって、琉実《るみ》に対する複雑な想《おも》いもあって——純《じゅん》君が気持ちを割り切れなかったように、ずっと強がってたけど私の中にもそう云《い》う類いの感情があるってちゃんと認識《にんしき》したの。言おうとしてくれた純《じゅん》君の気持ちは嬉《うれ》しいし、本当の事を言うと、昨日の帰り道だって純《じゅん》君が何か言いたそうにしてたのには気付いてた。でも、その前にやらなきゃいけない事があるの。あ、めっちゃ語っちゃったけど、私が想像してる話じゃ無かったら、どうぞ続けて」

「いや……那織《なおり》の考えている通りだ」

「そっか、ありがとね。矢鱈《やたら》に語っておいて違《ちが》ったら、恥《は》ずかしくて純《じゅん》君を追い出してた所だったよ。良かった、違《ちが》って無《な》くて」

私の言葉を咀嚼《そしゃく》しているんだけど飲み込めない——そんな顔で純《じゅん》君が黙《だま》った。

「なぁ、そのやらなきゃいけない事って、僕に関係……あるよな」

「そう、だね。或《あ》る側面はそうだし、別の側面ではそうじゃない」

「抽象的《ちゆうしようてき》な物言いだな……琉実《るみ》のことか？」

察しがよろしい様で。

「うん、ご明察。琉実《るみ》がね、もし皆《みんな》が良《い》いなら合宿行きたいって」

※　※　※

「みんな、無理言ってごめんね」

待ち合わせ場所に着いて開口一番、琉実《るみ》が手を合わせて謝った。

昨日、「女子だけで合宿の買い物をするけど、行く？」と琉実《るみ》に声を掛《か》けると、「うん。行きたい。ちゃんと自分の口から亀《かめ》ちゃんとか慈衣菜《しえな》に話したいし」と返ってきた。

開幕早々琉実《るみ》から謝られた慈衣菜《しえな》と部長は、にこやかに「人は多い方が楽しいし、琉実《るみ》ちゃんなら大歓迎《だいかんげい》」とか「行くからにはめっちゃ楽しもうね！」なんて言っていたけど、胸底に秘めた言葉は「本当に良《い》いの？」だろう――二人に琉実《るみ》の参加の意志を告げた時も、参加の是非《ぜひ》は無論話題にならず、文字が費《つい》やされたのは心配や憂懼《ゆうく》だった。

誰《だれ》が考えたってそうだ。琉実《るみ》が参加する道理が無い。横浜《よこはま》の一件がある前ならいざ知らず、どうしてこの状況《じょうきょう》で——当人不在の儘《まま》あれこれ推度《すいたく》した所で仕様が無くて、最終的には琉実《るみ》が決めたなら何も言わないし、参加自体は嬉《うれ》しいと云《い》うのが二人の結論だった。

そして先日、純《じゅん》君も概《おおむ》ね似た様な事を口にした……否、そう言うしか無かった。仮に来ないで欲しいと思ったとして、純《じゅん》君は絶対に言わない。少しの気まずさを漏《も》らしただけだった。詰《つ》まり、三人は琉実《るみ》の自由意志を尊重した。本人が乗《の》り越《こ》えるべき苦しさより、意志を。

自分で決めたのに外野があれこれ口を出すのは違《ちが》う——その通りだし、私もそう思って生きてきた。ただ、明確に言われた訳で無くとも、事実を列挙した前提条件から導き出された断案として、選ばれない経験のある私として、幼い頃《ころ》から琉実《るみ》の弱さを知っている私として、「本当に良《い》いの？」を秘《ひ》めた儘《まま》には出来ない。未《いま》だに。弱って、苦しんでるのを知ってるから。

お母さんが余計な事を言い出した夜。顔も見たく無くて、お風呂《ふろ》だ何だと一階《した》から聞こえる声を黙殺《もくさつ》して籠城《ろうじょう》を決め込んでいた私の部屋が控《ひか》えめにノックされた。お母さんが謝罪に来たのか？　いや、謝っても許さない。断固として無視したる。徹底抗戦《てっていこうせん》の構えじゃ。何ならハンガーストライキを——あ、ご飯は食べたいかもとか考えてた所に、琉実《るみ》の声がした。

「那織《なおり》、いい？」

琉実《るみ》を断る理由は持ち合わせて居ない。「いいよ」

私が横臥《おうが》しているにも拘《かか》わらず琉実《るみ》がベッドに寝転《ねころ》んだ。この狭《せま》いベッドに二人して寝《ね》るのは窮屈《きゅうくつ》が過ぎる——仕方なく身体《からだ》を起こして壁《かべ》を背にして座ると、琉実《るみ》が寝返《ねがえ》りを打って、私の膝《ひざ》を撫《な》で乍《なが》ら「本当に良かったね」と言った。この前の良かったねとは響きが違って、声が余りにも優《やさ》しくて、種々の感情が混淆《こんこう》した、不安定な情動が不意に込《こ》み上《あ》げてきた。

でも、泣《な》いて良《い》いのは私じゃない。遅《おく》れて、努めて懇篤《こんとく》に「ありがとう」と返す。

それから暫《しばら》く、琉実《るみ》は私の脚《あし》を無言で撫《な》で続《つづ》けた。くすぐったくて手を払《はら》いたかったけど、無粋《ぶすい》な気がして我慢《がまん》した——くるくると円を描《えが》くように膝蓋骨《しつがいこつ》の上を滑《すべ》っていた指が止まる。

「ねえ、やっぱりわたしが行ったら迷惑《めいわく》だよね」

犀利《さいり》かつ炯眼《けいがん》を持った私でも、琉実《るみ》が何を言っているのか理解出来なかった。余りにも意味が分からな過ぎて、無意味な音の羅列《られつ》にすら聞こえた。蝸牛神経《かぎゅうしんけい》が信号の伝達をミスったのかと思った——言葉として認識《にんしき》するまでに、世界が三度は生まれ変わったかも知れない。

「……えっと……それは一緒《いっしょ》に行きたいって事?」

「うん。行ってみようかなって……けど、みんなの邪魔《じゃま》したら悪いし、も、もちろん那織《なおり》と純《じゅん》の邪魔《じゃま》をするつもりもなくて……だから無理にとは言わないし、どうしてもじゃなくて」

歯切れの悪い、舌怠《したたる》い物言いだった。

「どうして?　お母さんに何を言われたの?」

「……お母さんにって言うか……わたしは、ただ、今のままじゃよくないなって思ってて、あれから純《じゅん》と会ってないし、那織《なおり》ともあんまり話してなくて……でも、それって、わたしが望んでたかたちじゃないっていうか、純《じゅん》や那織《なおり》だって前みたいに三人で――ごめん、これはわたしの勝手な願望だから気にしないで」

「私は思ってるよ。きっと、純《じゅん》君もそう思ってる。勝手な願望なんかじゃない。琉実《るみ》なんか関係無いとかもう邪魔《じゃま》だなんて思ってる訳無いでしょ。何言ってるの、お姉ちゃん」

琉実《るみ》の口から言葉は露聊《つゆいささ》かも聞こえなくて、唯《ただ》不規則で断続的な空気を吸い込む音だけが部屋の中に存在した――私は泣きじゃくる姉の頭を撫《な》でる事しか出来なかった。私が掛《か》けようとする言葉は薄氷《うすらい》の上を歩く様な物で、少しでも体重を掛《か》ければ容易《たやす》く罅《ひび》が入る――だから琉実《るみ》が純《じゅん》君と付き合った時、私は琉実《るみ》の前で泣いたりしなかった。気にしてない風を演じ続けなければならなかった。ただ、今回は違《ちが》う。演じられる訳が無い。

だって私達は、純《じゅん》君がそれを告げた瞬間《しゅんかん》、同じ時間と場所を共有していたんだから。

ずっと無言で、琉実《るみ》が満足するまで、こうして頭を撫《な》で続《つづ》けるしか無い。私はそうする事しか出来ないし、私以外には出来ない――ごめんね。私の優《やさ》しさが琉実《るみ》の優《やさ》しさに付け込んで苦しめている様な気がしなくもない。もっと突《つ》き放《はな》した関係だったら、私に恨み言《ごと》をぶつけられる関係だったら、琉実《るみ》は弱みを曝《さら》け出《だ》してまで一緒《いっしょ》に行くとは言わなかっただろう。

琉実《るみ》に負ける積もりは無かったけど、苦しめたかった訳じゃ無い——いや、これは言い訳にしかならないか。こうなる事は昭然だったし、私だった可能性が無い訳でも無い。純《じゅん》君が琉実《るみ》を選んでいたら、きっと琉実《るみ》は私の頭を撫《な》でていただろう——絶対に嫌《いや》だし、断るけど。


水着売り場に向かうすがら、終始琉実《るみ》に気を回していた慈衣菜《しえな》が「るみちーもバスケ部の友達誘《さそ》えば？」等と意味不明な事を言い出した。そう云《い》う気の遣《つか》い方《かた》はやめて。

「私達の合宿に野蛮《やばん》なならず者集団が加わるのは嫌《いや》なんですけど」

「ちょっと、うちのメンバーを野蛮扱《やばんあつか》いしないでくれる？」

「だってそうでしょ？　あの蛮族《ばんぞく》が群れて海に行ったら、絶対に荒《あ》らすじゃん。どうせ漁協みたいな概念《がいねん》を知らないだろうから、その場の勢いで『獲《と》ったどー！』とか騒《さわ》いで勝手に海産物を乱獲《らんかく》した挙げ句その場で貪《むさぼ》り尽くして、お腹《なか》が一杯《いっぱい》になったらそこ等《ら》を歩いてる性欲で目が血走った男共に色目を遣って金品を巻き上げて——」

「バカっ！　そんなことするわけないでしょっ！　もういいっ、絶対呼ばないっ！」

ふ。単純な女よの。こんな簡単な煽《あお》りに乗りおって——ってのは建前で、私と琉実《るみ》がこれ位の言い合いをしている方が気を遣《つか》わないでしょ？　いや、本当に建前だから。

「言ったね。絶対に呼ばないでよ？　呼んだら口に出すのも憚《はばか》られる様な辱《はずかし》めを——ふぎゃ」

何っ！　痛いっ——部長⁉　殴《ぶ》ったね？　「この私に手を上げたね？」

「今のは先生が悪い。琉実《るみ》ちゃんをいじめないの」

部長が琉実《るみ》に抱《だ》き着《つ》いてあやすように摩《さす》る——調子に乗った琉実《るみ》も「亀《かめ》ちゃん……那織《なおり》がいじわるしてくる」とか言って、茶番を演じ始めた。何これ。めっちゃ腹立つ。

「さ、こんな性悪ぬめぬめなめくじさんなんか置いて、行こっ！」部長と琉実《るみ》が歩き出した。

仕方ない、ここは私が大人になってやろうじゃないか。誰《だれ》がどう考えても私は皆《みな》から好かれ愛される心優しき善《い》い者なんだけど、今日だけは悪者になってやんよ。

二人の後を追《お》い掛《か》けて——でも、やっぱ納得《なっとく》いかないっ！　閑却出来《かんきゃくでき》ないっ！

「慈衣菜《しえな》ぁぁ、性悪ぬめぬめなめくじさんは酷《ひど》くない？　酷《ひど》いよね？　有り得ないよね？」

「にゃおにゃお、お疲《つか》れさま。全部わざと、でしょ？」

慈衣菜《しえな》がふっと笑った——金髪《きんぱつ》オフショル聖母じゃん。

「私の味方は慈衣菜《しえな》だけみたい」

「でも、ちょっと言い過ぎかな」

「はいはい。私が悪うございやした」

「エナこそ、余計なこと言ってごめんね」

「良《い》いよ。そっちこそ琉実《るみ》の為《ため》、でしょ？」

「るみちーが入れない話題で盛り上がったとき、寂《さび》しいかなって」

「分かってる。でも、バスケ部連中はちょっと嫌《いや》かな。私が楽しめないから」

「わかった。ただ……るみちーも一人くらい誘《さそ》った方がよくない？」

「そうなんだけど……私を見下して来る様な人は来て欲しく無い」

「誰《だれ》もにゃおにゃおを見下してなんかないって」

「あのバスケ部連中は絶対莫迦《ばか》にしてる。前にファミレスで一緒《いっしょ》になった時、どれだけ辛酸《しんさん》を嘗《な》めさせられた事か——あんな感情と勢いだけで生きてる様な、文化的で理知的な振《ふ》る舞《ま》いとは対蹠《たいしょ》にある人達と行動を共にするのは嫌《いや》なの」

「なんかよくわかんないけど、にゃおにゃおがそうゆーなら……でも、るみちー可哀《かわい》そう」

何その顔。そんな顔でこっち見ないでよ。私が悪いみたいじゃん。善《い》い者《もの》なのに。

「まぁ……一人位なら良《い》いかもだけど」

「にゃおにゃおならそう言《ゆ》ってくれると思った……ねぇっ、あの子はどう？」

立ち止まって、慈衣菜《しえな》がぱんっと手を叩《たた》いた。

「……あの子？」

「ゆずゆず。るみちーの後輩《こうはい》」

ええぇぇぇぇぇぇぇー。鬱陶《うっとう》しくて嫌《いや》なんですけど。

「そんなあからさまにイヤな顔しないでよー。ゆずゆずならにゃおにゃおのことバカにしたりしないって。エナ、あれからたまに連絡《れんらく》とったりしてるから大丈夫《だいじょうぶ》」

「可愛《かわい》い子と話したいだけでしょ」

慈衣菜《しえな》は可愛《かわい》い女の子に対して貪欲《どんよく》……貪欲《どんよく》と云《い》うか、只管《ひたすら》撫《な》で回《まわ》して猫可愛《ねこかわい》がりをしたいみたいな感じが凄《すご》くある。次元を問わず可愛《かわい》い女の子が好きでアイドルの動画とか数多度《あまたたび》観てるし、どちらかと言えば部長もそう云《い》うタイプなんだけど、慈衣菜《しえな》はちょっと違《ちが》ってて、何て言うか部長とは熱量とか入れ込み方が違《ちが》う。部長は男キャラでも可愛《かわい》いとか言って愛《め》でるタイプで——詰《つ》まりは可愛《かわい》ければ何でもありみたいな文字通り満遍無《まんべんな》くって感じだけど、慈衣菜《しえな》は女の子にしか反応しない。例えば部長はBLも大好物だけど、慈衣菜《しえな》はBLには興味が無いし、BLよりは百合《ゆり》という感じで、女子がいちゃいちゃしてる物をより好む印象がある——常に可《か》愛《わい》い女の子が優先と云《い》うか、それしか眼中に無いって感じ。

アニメやアイドルの女の子を可愛《かわい》いと思う感覚は私にもあるけれど、そこに熱量や思い入れは無いし、慈衣菜《しえな》に比べるとあっさりした可愛《かわい》いでしかない。何となくだけど、私は自分のカテゴライズが可愛《かわい》いに寄っていて、慈衣菜《しえな》は綺麗《きれい》に寄っているから可愛《かわい》い女の子に目が無いのかな、と思うようになった。自分に無い属性だから気になる、みたいな。雑誌の写真とか見ると、慈衣菜《しえな》って大人っぽい恰好《かっこう》や表情ばかりだし——ただ、私達と一緒《いっしょ》になって笑いながら騒《さわ》いでる慈衣菜《しえな》は全然そんな事無い。同じ年齢《ねんれい》の、同じ空間に存在している女の子。それに、慈《し》衣菜《えな》の根底には、お父さんだったりお兄ちゃんの影響《えいきょう》があるから、女の子がわちゃわちゃする系じゃ無いアニメや昔の映画も観《み》てたりして、それはそれとして楽しんでるのは伝わって来るし、話していて「あ、それも知ってるんだ」ってなるのが嬉《うれ》しくて、楽しくて、ちゃんと同じ共通言語を持っていて、文化体系が近いから安心する。

「あ、バレた？」

「ばればれ。てか、ああ云《い》う小生意気なタイプも好きなんだね。慈衣菜《しえな》って、もっと女の子女の子している感じの方が好きだと思ってた。推《お》しのアイドルとか、基本そうじゃん？」

黒髪《くろかみ》で純真無垢《じゅんしんむく》そうな、小顔で小柄《こがら》な小動物系の子。私からすれば、腹の中ではどす黒い事考えて完全にやりにいってる様にしか見えないタイプ――うん、完全に黒。全部計算。絶対やりにいってる。身近に小顔で小柄《こがら》な女子のサンプルが居るけど、超真《ちょうま》っ黒《くろ》だもん。そのサンプルを基準に考えれば、完全にダークマター。ま、私は天然だけど。計算とかしないし。

「ふふ、にゃおにゃおもまだまだだねぇ」慈衣菜《しえな》が緩《ゆる》んだ口を押さえながら、眦《まなじり》を下げた。

「何、その言い方」

「ううん、別にぃ。ただ、まだまだエナのことわかってないなぁって」

「ふーん。じゃあ、慈衣菜《しえな》は私の事、分かってる？」

「そりゃもう身体《からだ》の隅々《すみずみ》まで」

「……言い方がえろい」

オフショルのえろ聖母め。

「だって一緒《いっしょ》にお風呂《ふろ》に入った仲じゃん」

「それは……慈衣菜《しえな》が勝手に入って来たんでしょ？」

「あの時はにゃおにゃおが弱ってたし、一緒《いっしょ》にいてあげなきゃって思って」

まだ夏休みに入る前、学校を早退して慈衣菜《しえな》の家に泊《と》まったあの日——お風呂《ふろ》で身体《からだ》を洗っている最中《さなか》、遠慮《えんりょ》がちに少しだけ開いたドアの隙間《すきま》から「一緒《いっしょ》に入ってもイイ？」と声を掛《か》けられた。あとは身体《からだ》を流すだけだったし、浴槽《よくそう》は二人でも十分過ぎる程《ほど》広かったし、一宿数飯の恩義もあるし——慈衣菜《しえな》だったら良《い》いか、と承諾《しょうだく》した。

私の「良《い》いよ」を聞くや否《いな》や矢庭に一糸纏《いっしまと》わぬ姿で入って来たのには思わず笑った。どんだけ一緒《いっしょ》に入る気なの？　訊《き》いてる段階で既《すで》に脱《ぬ》いでるじゃんって云《い》う——私が断ったらまた服を着たであろう事を考えると、変に抜《ぬ》けてる所が慈衣菜《しえな》らしい。

「それで言えば、私だって慈衣菜《しえな》の体は隅々《すみずみ》まで知ってるけどね」全身脱毛《だつもう》済みとか。

「確かに。てか、ずっと訊《き》きたかったんだけど、この前泊《と》まった時はなんで一緒《いっしょ》に入ってくれなかったの？　めっちゃ断ってきたじゃん？　りりぽんがいたから？」

「だって慈衣菜《しえな》、矢鱈《やたら》と人の身体《からだ》を触《さわ》って来《く》るじゃん。お風呂《ふろ》でがっつり胸揉《も》まれたの、忘れて無いからね。衝撃的《しょうげきてき》過ぎてイップスになるかと思った。初めてだよ、他人にあそこまで触《さわ》られたの。部長でも精々巫山戯《ふざけ》て突《つつ》いて来《く》る程度だったのに——部長が居る前であのノリ出されたら、絶対二人して調子乗って来るもん。おもちゃにされるのが目に見えてる」

お酒を飲むようになったら、慈衣菜《しえな》は酔《よ》ってキスしてくるタイプ。絶対そう。

「……にゃおにゃおだって触《さわ》ってきたじゃん」

「先に慈衣菜《しえな》が触《さわ》ってきたからでしょ。もう、そんな事どうでも良《い》いから水着買うよっ！」

　水着が並ぶ季節物特設コーナーは流石《さすが》夏休みと言うべきか、若年《じゃくねん》の女子《おなご》グループがそこかしこに居て、先に行った琉実《るみ》と部長を見付けるのに手間取った。人波の狭間《はざま》で水着を見ている二人に近付くと、部長がギンガムチェックのワンピースタイプを手に取って身体《からだ》に当てている所だった――フレアが多めの、露出《ろしゅつ》が少なく体型を覆《おお》うには丁度《ちょうど》良《い》いデザイン。

「やっといた～。平日なのに人多くない？　あ、そのワンピースかわいいっ」

　慈衣菜《しえな》が私を追《お》い越《こ》して、部長の腰《こし》に手を回して抱《だ》き着いた。

「うーん、かわいいんだけど、ちょっと子供っぽくないかな？」

「そんなことないよ。慈衣菜《しえな》もカワイイって言ってるし」と、琉実《るみ》が後押《あとお》しをしたので、私なりに言葉を重ねる。「ちょっと子供っぽい位が可愛《かわい》くて良《い》いんじゃない？　そう云《い》うデザイン、部長には合ってると思うよ」そう発した私の言葉に悪意なんて無くて、素直《すなお》に思った事を言っただけなのに――私の言葉を歪《ゆが》んで拾った部長が、睨《ね》め付《つ》ける目で下から煽《あお》って来《く》る。

「先生、どういう意味？」

「もう、何で悪い意味に取るの？　悪意ゼロで言ったんだけど」

「悪意ゼロ？　先生が？　ディスり式部なのに？　何だっけ、あらざらむこの世のほかの思ひ出にいまひとたびのディスることもがなだっけ？」

「うるさい。何なの、ディスり式部って」まさか和泉式部《いずみしきぶ》もそんな捩《もじ》り方《かた》されるとは思いもしないだろう――けど、ちゃんと韻《いん》を踏《ふ》んでるのが悔《くや》しい。あと、いまひとたびのディスることもがな、個人的には結構好き。「それよりその水着、真面目に可愛《かわい》いと思うよ。ワンピースタイプだったらあんまり肌《はだ》出ないし、教授が居る前でも着られるんじゃない？」

「今、先生から言われるまで教授君のこと、すっかり忘れてた」

部長が首を傾《かし》げてやっちゃったみたいな顔したのを皮切りに、琉実《るみ》までもが「そう言えば、森脇《もりわき》も居るんだっけ。今の今までわたしも頭になかった。普通《ふつう》に女子グループで海に行くテンションだった」と言って笑った――ようやっと、笑った。

皆《みな》でひとしきり笑い合った後、部長が「私、これにする」と言った。

「琉実《るみ》は良《い》いの有った？」

「んー、まだ迷ってるんだよね。ぱっと見た中だと、ひとつはこれで――」ちょっと先のラックに掛《か》かっている、赤いストラップとリボンが付いたトップにスカートを合わせた紺《こん》の水着を手に取り、「もうひとつはこれ」と、胸元《むなもと》にフリルが付いた水色のビキニタイプを掲《かか》げた。

「あー、どっちも悪くない」

「でしょ？　慈衣菜《しえな》はどう思う？」

「これは難しいなぁ。るみちーにはどっちも似合うと思うんだよね。うーん、こっちは胸のリボンかわいいし、こっちのフレアも捨てがたい」

二つの水着を見比べて思案する横から、既《すで》に買う水着が決まって余裕綽々《よゆうしゃくしゃく》の部長が私の肩《かた》を叩《たた》いてきた。「先生はどんなのが欲しいの？　やっぱりスリングショット？」

まだ言うかっ！

「そんな水着、此処《ここ》には置いてないでしょ。てか、要《い》らない。ポロリ必至じゃん」

耳元で背伸《せの》びした部長が囁《ささや》く。「（白崎《しろさき》君にポロリアピールできるよ？）」

「ばかたれ」

純《じゅん》君だけならまだしも、どうして衆人環視《かんし》の中でぽろりしなきゃいけないの。大体、あんな紐《ひも》みたいな水着、ぽろりしてなくても色んな物がはみ出そうで着られたもんじゃない。

「先生なら乗ってくれると思ったのに……じゃあ、マイクロビキニにする？　眼帯？」

どんだけぽろりさせたいの？　「着ません」

琉実《るみ》の相手は慈衣菜《しえな》に任せて、私も自分の水着探さなきゃ。さもないと部長にスリングショットを着させられてしまう――あんな紐《ひも》みたいなV字水着、冗談《じょうだん》じゃない。

さて、どんな水着が良《い》いだろう。純《じゅん》君の前で着るんだから、妥協《だきょう》はしたく無い。

此処《ここ》は王道の白？　白だと、このストライプ可愛《かわい》いなぁ。ボトムは紐結《タイサイド》びか。脚《あし》が長く見えそうで良《い》いな。あ、こっちのホルター・ネックも可愛《かわい》い。うーん、ホルター・ネックの方が胸が寄せられるし、谷間も綺麗《きれい》に出来るよね。視線も誘導《ゆうどう》しやすい――そう考えると、琉実《るみ》みたいに色味の強い水着の方が肌《はだ》とのコントラストが……ああっ、選択肢《せんたくし》無限過ぎない？

「迷ってらっしゃるようでございますなぁ」

「迷うに決まってるって」琉実《るみ》はまだ慈衣菜《しえな》と喋《しゃべ》ってる——「純《じゅん》君に見せるんだよ？」

「まぁ、そうだよね。取《と》り敢《あ》えず今の候補はどれ？」

「白だったらこれかなぁ」丁度見付けたホルター・ネックとタイサイドの組み合わせで、白地にピンクの花柄《はながら》。かなり好みだけど——「白以外も気になってる」

「確かに先生が白ってのはちょっと意外。でも、これは可愛《かわい》いね」

「ありだよねー。ちなみに、白以外だったら何色が良《い》いと思う？」

「琉実《るみ》ちゃんの水着候補が濃《こ》いめの色だし、薄《うす》めのピンクとかオレンジはどう？」

「にゃるほど」

「んーと、これとかどうかな？　形はさっきのに近いよ」

部長が薄《うす》めたカーネーションピンクみたいな色の水着を持って来て私の身体《からだ》に当てる。上下共控《ひか》えめなフリルが付いていて、ホルター・ネックにタイサイド。「可愛《かわい》い」

これにしようかなってレベル。

「でもさ、さっきの花柄《はながら》も捨てがたいよね」

「分かる。気持ちはこっちに傾《かたむ》きつつあるんだけど、改めて見ると白も悪くない……よしっ、琉実《るみ》と慈衣菜《しえな》にも訊《き》いて——もしかして純《じゅん》君に訊《き》いた方が良かったりする？」

「サプライズで見せるか、事前に選んでもらうか——またしても難問ですなぁ」

「部長が純《じゅん》君だったら、どっち？」

「えー、私に託《たく》さないでよ……男の子的にはどっちが良《い》いのかな。いきなり水着姿の方がインパクトはある？　ただ、漫画《まんが》とかアニメだと、一緒《いっしょ》に水着を買いに行って試着してドキドキするって定番だし……けど、先生と白崎《しろさき》君でしょ？　白崎《しろさき》君がそんな露骨《ろこつ》にどぎまぎするとは思えないし、普通《ふつう》に『そっちの方が似合うんじゃないか』とか言いそうなんだよね。それに一緒《いっしょ》に選ぶ以上、その水着に対するインパクトは薄《うす》れそうだし、もし試着したとして、どうせなら蛍光灯《けいこうとう》の下より、太陽の下かつ海で初披露《はつひろう》の方が周りの浮《う》かれたテンションも含《ふく》めてドキドキしそうな気がする……分かった、私的にはサプライズ」

「たしかし。説得力ある」超納得《ちょうなっとく》した。

私に託《たく》さないでよとか言う割に、めっちゃ考えてくれる部長、やっぱり好き。てか、何気に純《じゅん》君の解像度高くない？　そこも含《ふく》めて、流石《さすが》は我が部の部長。

「私の意見、合ってた？」

「完璧《かんぺき》。部長の言う通りだと思ったもん。うん、この場で買う——で、どっちが良《い》い？」

「えっと……琉実《るみ》ちゃ～んっ！　早くこっち来てっ！　先生がめんどくさいのっ！」

「めんどくさいって何っ⁉　どっちが良《い》いか訊《き》いてるだけじゃんっ！」

琉実《るみ》と慈衣菜《しえな》も合流してわちゃわちゃした結果、更《さら》に選択肢《せんたくし》が増えたけれど、部長が選んでくれた水着に決めた。試着してサイズも慈衣菜《しえな》に見て貰《もら》ったし、皆《みんな》が口を揃《そろ》えて可愛《かわい》いって言ってたし、何より私もこれが一番可愛《かわい》いと思った。

買いに行く前は「水着はあるんだよねー」って言っていた慈衣菜《しえな》も、水着を買ってはしゃぐ私達が羨《うらや》ましくなったみたいで「エナも新しく買おっ」と、幾《いく》つか見繕《みつくろ》った中からシルエットはシンプルで大人っぽいんだけど、トップは白地に黒ドット、ボトムに白と黒のボーダーが入ったちょっと可愛《かわい》めの水着を選んだ——この水着に至るまで、慈衣菜《しえな》はモデルだからどんな水着でも似合うんじゃないかって態《わざ》と変な水着を持って来たりして、最終的に子供用の水着を当ててみたりした。そこまで行くと、似合う似合わない以前に丈《たけ》が足り無さ過ぎたりして。

サンダルとかの小物も見て、リボンが付いた麦藁帽子《むぎわらぼうし》を見付けた慈衣菜《しえな》が部長に被《かぶ》せて「白いワンピース着たら完璧《かんぺき》」って盛り上がる横で、「海辺で麦藁帽子《むぎわらぼうし》に白のワンピースって、余《よ》程《ほど》自分に自信が無いと出来なくない？　分かっててそれ選んでるよね的な所無い？」と茶々を入れると、部長が「確かにアイコン化し過ぎてるから、敢《あ》えて外したいまであるかも」なんて同意しつつもしれっと麦藁帽子《むぎわらぼうし》を買ったりして——終始何しに来たのか分からない位盛り上がった。漸《ようや》く会計を済ませた後、「ちょっとお手洗い行ってくるね」と言って離《はな》れた琉実《るみ》に、「私も行ってくる」と続く——そっと琉実《るみ》の隣《となり》に並び、近過ぎない距離《きょり》で不愛想《ぶあいそ》かつ興味無い風の冷淡《れいたん》な声で「どう？　楽しくなって来た？」と言葉を投げた。

「うん。ありがとね」

「そいつは結構」

一切《いっさい》の感情を封殺《ふうさつ》して会話を終わらせる積もりで言ったのに、隣《となり》で琉実《るみ》が俯《うつむ》いてくすくすと笑い出した。小馬鹿にしてるみたいな、口に手を当てて小さく笑う仕草が妙《みょう》に腹立たしい。

「何笑ってんの？」

「……だって、凄《すご》い……優《やさ》しいから」

はぁ？　人の気持ちを何だと――こまっしゃくれた小娘《こむすめ》め。制裁じゃ。『スタンド・バイ・ミー』のリバー・フェニックスよろしくお尻《しり》を蹴《け》ってやる。ほれっ！

「痛っ。なんで蹴《け》るのよ」

「著《いちじる》しく気分を害した」

「ちょっと見直すとこれだ。ほんとに素直《すなお》じゃないんだから」

「お互《たが》い様《さま》でしょ」

「何がお互《たが》い様《さま》よ。ていうか、今さらだけど海行って大丈夫《だいじょうぶ》なの？」

「どう云《い》う意味？」

「ろくに泳げないじゃん。小さい頃《ころ》だって、波が怖《こわ》いってよく泣いてたし」

「ミロクンミンギアが泳いでいた様な五億年以上前の話を蒸《む》し返《かえ》さないでくれる？　そもそも足が付かない程《ほど》深い所には行かないし。もし行ったとしても、海なら浮《う》くでしょ？」

浮《う》き輪《わ》持ってくし。誰《だれ》がそんな無策で海に入るもんか。

「みくろ……何？　意味わかんない。ま、那織《なおり》の場合、海じゃなくても浮《う》きそうだけどね」

「喧嘩《けんか》売ってる？　それ以上言ったら沈《しず》めるよ？　深く静かに潜航《せんこう》して貰《もら》うからね」

鎖《くさり》でぐるぐる巻きじゃ。沈《しず》めっ！　肺に残った空気？　腐敗《ふはい》ガス？　知らん。

「冗談《じょうだん》だよ。ごめんって……本当にありがとうね。純《じゅん》の相手が那織《なおり》で――那織《なおり》だからこそ近くて辛《つら》いんだけど、近いからこそわたしは嬉《うれ》しい」

琉実《るみ》に掛《か》ける言葉を探すのは一旦《いったん》終わり。だから黙《だま》った儘《まま》、歩みも緩《ゆる》めない。


「るみちーさ、ゆずゆず誘《さそ》ってみたらどう？」

ご飯と云《い》うよりはデザートのケーキがメインのお昼を堪能《たんのう》して一息ついた頃《ころ》、慈衣菜《しえな》が例の話題――ミス・マープルの話を始めた……え？　あれ、冗談《じょうだん》じゃなかったの？

「ゆず？　どうしてゆずが出てくるの？」

「ほら、さっきバスケ部の友達呼んだらって言ったじゃん？　ゆずゆずならにゃおにゃおと面識あるし、にゃおにゃおのことを悪く言ったりしないからどうかなって」

それ、慈衣菜《しえな》の前だから私の事をあれこれ言わないだけで、絶対裏で言ってる。あの小生意気な娘《むすめ》っ子《こ》が黙《だま》ってる訳無いって。初手の態度見れば瞭然《りょうぜん》じゃん。あんなに気の強くて生意気な小娘《こむすめ》が慈衣菜《しえな》にちょっと言われた位で大人しくなる筈《はず》が無い。買い被《かぶ》り過《す》ぎ。てか、慈衣《しえ》菜《な》は女子に対して甘すぎるんだよ――なんて、大人な私は口には出さないけど。

「わたしのことは気にしないでいいよ。大丈夫《だいじょうぶ》」

「ほら、琉実《るみ》がそう言ってるんだから。ね？　それにミス・マープルだって、周りに先輩《せんぱい》しか居ない状況《じょうきょう》は緊張《きんちょう》するでしょ？」絶対しないだろうけどねっ！

「そうかなぁ」慈衣菜《しえな》が部長に話を振《ふ》る。「りりぽんは会ったことないんだっけ？」

「古間先輩《ふるませんぱい》の妹さんだよね？　私は話に聞いただけで会ったことないよ。えっと、例の如《ごと》く先生がだる絡《がら》みして困らせちゃったって聞いたけど、認識《にんしき》合ってる？」

「合ってないっ！　だる絡《がら》みして来たのはあっちっ！」

「と、スタジオディスりの代表が仰《おっしゃ》っておりますが……琉実《るみ》ちゃん、本当はどうなんです？」

こんのぉ、お胸がホビットの口悪女めっ！　何がスタジオディスりだっ！　謝れっ！

苦笑《くしょう》混じりの琉実《るみ》が「うーん、どっちもどっち、かな」と言った。

「どっちもどっちじゃ無い。明らかに向こうから仕掛《しか》けて来《き》たでしょ。一緒《いっしょ》に居たよね？　何を見て、何を聞いてたの？　特定の可視光とか波長域が遮断《しゃだん》される機能でも付いてるの？」

「まぁまぁ、先生。ここは私の顔に免《めん》じて落ち着いて下さいまし」

「部長が始めたんでしょ。ったく——で、慈衣菜《しえな》。呼ばないで良《い》いよね？」

「うぅ……だめ？」下唇《したくちびる》をむにっと突《つ》き出《だ》して、慈衣菜《しえな》が眉間《みけん》に皺《しわ》を寄せる。

「可愛《かわい》く言っても駄目《だめ》」

「ゆずが来たいって言ったら、で良《い》いんじゃない？　わたしはゆずのこと嫌《きら》いじゃない……っていうか、普通《ふつう》にかわいい後輩《こうはい》のひとりだし、あれでも根はいい子なんだよ」

「知らない。勝手にすれば。但《ただ》し、慈衣菜《しえな》と琉実《るみ》が責任《せきにん》以て面倒《めんどう》見るんだよ？」

私は徹頭徹尾《てっとうてつび》関知しないから。純《じゅん》君の相手で精一杯《せいいっぱい》――ミス・マープルが来るって知ったら、純《じゅん》君も嫌《いや》がるだろうなぁ。止められなくてごめんね。

ただ、来るなら来るで言っておかねばならぬ事がある。「部長、もしミス・マープルが来る事になったら、ちゃんと挨拶《あいさつ》しておくんだよ。愛《いと》しのマープルの妹なんだから」

「え？　亀《かめ》ちゃんって、ゆずのお兄さんのこと――」

「違《ちが》う違《ちが》う違《ちが》う。そうじゃなくて……先生が勝手に――もうっ、何言ってるのっ！」

あらあら、取り乱しちゃって。なんとも可愛《かわい》らしいじゃありませんか。雅量《がりょう》で心の広い私はこれ位の仕返しで許してあげるわ。総《すべ》てが小柄《こがら》なホビットさん、どうか心に留《とど》めておいて貰《もら》えるかしら。人間の素晴《すば》らしい所は、他人の咎《とが》を許せる所なの。

「膨《ふく》れっ面《つら》の部長は置いておいて、買い忘れた物ってもう無い？」

「うーん、水鉄砲《みずでっぽう》とか？」

水鉄砲《みずでっぽう》？　は？　慈衣菜《しえな》を見遣《みや》ると真面目な顔をしていた。どうも本気の発言らしい。

「水鉄砲《みずでっぽう》、要《い》る？　雑誌の小物に影響《えいきょう》され過《す》ぎてるんじゃない？」

「え、わたしは普通《ふつう》にアリだと思ったんだけど――楽しそうじゃない？」

琉実《るみ》まで乗っかるの？　水鉄砲《みずでっぽう》だよ？　高校生にもなって？

琉実《るみ》に振《ふ》られた部長は案の定あんまり乗り気じゃない風で、「皆《みんな》が買うって言うなら別に良《い》いけど……」と言った後、「それよりも花火じゃない？」と俊邁《しゅんまい》な事を口にした。

それだっ――「部長、天才」

「えへへぇ。でしょ？」

「うん、亀《かめ》ちゃん冴《さ》えてる。花火は買わないとだね」

「よし、そうと決まれば水鉄砲《みずでっぽう》と花火を買おーっ！！！」

慈衣菜《しえな》がそう言って立ち上がった。

あ、水鉄砲《みずでっぽう》買うんだ。別に良《い》いけど――どうせ買うならGAU《アヴエンジャー》―8みたいなガトリングガンが良《い》いな。砲台《ほうだい》に固定してぱやついた人間を一人残らず海に沈《しず》めたい……いや、幾《いく》ら水とは言え三〇ミリはただじゃ済まないか。仕様が無い、七・六二《ミニガン》ミリで我慢《がまん》しよう。

連射出来る花火もあるかな？


欲望の限り散財した帰り道、頼《たの》もしき多銃身《たじゅうしん》の覗《のぞ》くトートバッグを抱《かか》え直《なお》し乍《なが》ら「買い物、誘《さそ》ってくれてありがとね」と、バスケの試合を終えた後みたいな顔で琉実《るみ》が言った。

「それを言うなら、お金貸してくれてありがと」お陰《かげ》で水鉄砲戦《みずでっぽうせん》では独り勝ちが確定した。

「持ってくれてありがとうもでしょ――別に良《い》いけどね。超楽《ちょうたの》しかったから。なんかさ、あの日以来、心の底から笑えたことなかったんだけど、今日は久しぶりに笑った……あ、別に変な意味じゃなくて。ごめん。そういうつもりじゃなかった」

もう夕飯になるかもって時間だけど、日光はまだ世界の隅々《すみずみ》に零《こぼ》れ落《お》ちている。ほんのりと影《かげ》を落とした琉実《るみ》の表情は、上手《うま》く光を捉《とら》えられていない。

「そんな事で謝らないでよ。安心して、琉実《るみ》が純《じゅん》君と付き合ったって聞いた時、私もそうだったから。だから、うーん、そうだね『主が、人間に将来のことまでわかるようにさせてくださるであろうその日まで、人間の慧智はすべて次の言葉に尽きることをお忘れにならずに。待て、しかして希望せよ！』ってとこかな。私が言うと、嫌味《いやみ》っぽいけど嫌味《いやみ》じゃないよ」

「しかして希望せよ、か。それは誰《だれ》の言葉なの？」

杞憂《きゆう》だった——きっと今の琉実《るみ》は大丈夫《だいじょうぶ》。私の考え過ぎだ。

「デュマの『モンテ・クリスト伯《はく》』。嫌味《いやみ》っぽくても良《い》いなら、オースティンの『女の子は、結婚がなによりもお好きだが、たまにちょっと失恋するのも、わるくないと見えるね』ってのはどう？　これはちょっとセンシティヴ過ぎて悪意感じる？」

「那織《なおり》に言われると……うん、それはちょっとイラっとする」

「そんな意図は無いけど、ごめんね」

暫《しばら》くは優《やさ》しくしてあげるけど、ずっと優《やさ》しくしてはあげないからね。今日はまだ、世界が今より広くて大きかった、恋《こい》も悪意も知らない幼気《いたいけ》な頃《ころ》より慈悲《じひ》深《ぶか》く対応してあげる。

「いいよ。わかってるから——それより、慈衣菜《しえな》、あのあと速攻《そっこう》でゆずに連絡《れんらく》してたっぽいけど、もしゆずが来たとしても喧嘩《けんか》しないでよね？」

「琉実《るみ》と慈衣菜《しえな》がちゃんと手綱《たづな》を握《にぎ》ってくれればね。努力はする」

「この前のは……わたしも思うところあるけど、ああ見えてゆずは素直《すなお》で真《ま》っ直《す》ぐで、決して悪い子じゃないし、ちょっとやり過ぎなとこあるけど、許してあげて」

「そのやり過ぎな所と、素直《すなお》が故《ゆえ》に思った事をそのまま口に出す所を直した方が良《い》いって先輩《せんぱい》様《さま》の口から伝えておいて。部長がマープルとお近付きになった場合、あの妹と絡《から》む機会がありそうだし――不本意極《きわ》まりないけど」

「ね、それ。亀《かめ》ちゃんはああ言ってたけど、本当にそうなの？」

「うん。何て言うの、余り感情の起伏《きふく》が無くて、よく言えばクール、悪く言えば他人に興味が無くて自分の世界を壊《こわ》されたくない冷徹《れいてつ》な変わり者が好きみたい。将来苦労するだろうね」

「悪く言った部分、まるで那織《なおり》みたいね」

「やめてよ」

「だとしてもだよ、本当にそうなの？　那織《なおり》が勝手に言ってるだけだと可哀相《かわいそう》だよ？」

「私が勝手に言ってる訳じゃなくて――結構前の話だけど、部長がデートに行ったたって言ったじゃん？　ほら、美術部の先輩《せんぱい》と。その人も落ち着いてる系の雰囲気《ふんいき》だったんだけど、一緒《いっしょ》に出掛《でか》けてみたら子供っぽくて冷めたって話あったでしょ？　そう云《い》う人間味が見えるとアウトみたい。部長もとことん変わってるよね。そんな訳で、マープルは簡単には動じなさそうで良《い》いかもって本人が言ってたの。二人で話してた時、ね。だからさ、マープルの妹が来るのは本当に嫌《いや》だけど、本気で止めなかったのはそう云《い》う理由もあるの。琉実《るみ》も知ってた方が齟齬《そご》が起きないかなって思って、意図的にあの場で言った。これで良《い》い？」

「わかった。そういう話をしてた上で、なのね」

「部長、自分の事になるとすぐ照れるから」人の事はずけずけ言う癖《くせ》に。

「なんか、那織《なおり》もちゃんと友達のこと考えてるんだね。感動してしみじみしちゃう」

「私を何だと思ってるの？」

「だって……ううん、そうだね、今のはわたしが悪かった。変なこと言ってごめん。こう見えて優《やさ》しい子だって、わたしが一番わかってるはずなのに」

「さっきから何？　気持ち悪いんだけど。私に何かねだる気？　お金なんか無いよ？」

「もう、そんなこと言わないでよ。人がせっかく素直《すなお》に言ってるのに」

「はいはい――それよりっ！」

「ん？」

「明日、お風呂《ふろ》一緒《いつしよ》に入ろうね」

「なんで？　珍《めずら》しいじゃん」

「何、もう忘れたの？　水着買った後、琉実《るみ》が言い出したんだよ？」

「え？　なんか言ったっけ……あっ、思い出したっ！」

大声を出して、琉実《るみ》が歩みを止めた——そして今度は、小さな声で。

「うん、一緒《いっしょ》に入ろう……わたしのもお願い」

夕飯の後、食卓《しょくたく》の椅子《いす》に座ったまま、詰《つ》まらないテレビを網膜《もうまく》に映す作業を淡々《たんたん》とこなしてお父さんが居なくなるのを待つ——なのに、こう云《い》う時に限って、矢鱈《やたら》と私に話《はな》し掛《か》けて来《く》るのが本当にうざい。早く居なくなって欲しいのに、早くお母さんと琉実《るみ》の三人だけで話したいのに、「『惑星《わくせい》ソラリス』は観《み》たことあるか？」だの「この前買った本が面白《おもしろ》かったから、那織《なおり》も読むか？」だの、全っ然興味無い話を延々としてくる。私が適当に相槌《あいづち》打ってるのを察して、早々に引っこんで欲しい。どんだけ娘《むすめ》に構って欲しい訳？　超《ちょう》うざい。

琉実《るみ》は琉実《るみ》でお母さんと話してて助《たす》け舟《ぶね》を出してくれない。

余りにもしつこくて構って欲しいアピールが酷《ひど》いから、「どんな本なの？」と訊《き》いてしまったが運の尽《つ》き、それから暫《しばら》く本の話をされて逃《に》げ時《どき》を失った——でも、百合《ゆり》のＳＦアンソロジーは普通《ふつう》に面白《おもしろ》そうと思ってしまったのが悔《くや》しい。一頻《ひとしき》り喋《しゃべ》って満足したのか、年頃《としごろ》の娘《むすめ》相手に百合《ゆり》を語った父親は「さて、ドラマの続きを観《み》るか」とリビングを出て行った。大仰《おおぎょう》に階段を上《うえ》る足音に遅《おく》れて二階から扉《とびら》の開閉音がした——漸《ようや》く解放された。はぁ、長かった。

琉実《るみ》とお母さんに向き直り、会話の切れ目で「ねぇ、泊《と》まる所なんだけど、一人増えても大丈夫《だいじょうぶ》かな？」と質《ただ》す。二人の会話の内容的に、琉実《るみ》はまだ訊《き》いてないっぽい。

「一人くらい大丈夫《だいじようぶ》じゃない？　増えるの？」

「まだわかんないけど、一応確認《かくにん》」琉実《るみ》が私を見る、言葉を添えて。「だよね？」

母親の前で、私達だけの共通話題がある事をきちんと提示する。私達が子供の頃《ころ》から、例えば喧嘩《けんか》した時、もう仲直りしているのにお母さんから変に気を遣《つか》われたりするのは嫌《いや》だから、それとなくもう解決している事を伝えるやり方。こうやってコミュニケーションをとっておけば、お母さんは私達の仲を心配しないし、詮索《せんさく》もされない。

「うん」

「ところで、その泊《と》めてくれる人ってお母さんとはどういう関係なの？」

琉実《るみ》が会話の谷間を埋《う》めて行《い》く――私も促《うなが》す。「友達が民宿やってるとしか聞いてない」

詳細《しようさい》を訊《き》こうと思った矢先に例の琉実《るみ》への暴露《ばくろ》事件が有って、今となっては解決したから良《い》いんだけど、その後もなんやかんやでお母さんと落ち着いて話せて無くて、聞けたのは民宿の名前だけだった――てっきり和風の名前かと思いきやVaguelette《ヴアグレツト》なんて洒落《しやれ》た名前で、しかもまだオープンしてないらしく、ネットで検索《けんさく》しても引《ひ》っ掛《か》からない謎《なぞ》めいた民宿。

今日こそ落ち着いて話を聴《き》く。帰り道、琉実《るみ》と決めた事の一つだった。そして、そんな話をするからこそ、お父さんが邪魔《じやま》で仕方なかった――早く三人で話したかった。

出掛《でか》けるの、明後日《あさつて》だし。

「細かい話、まだだったね。まず、その友達っていうのは正確には後輩《こうはい》。菜華《さいか》って言うんだけど、昔からサーフィンやっててさ、それで亡《な》くなったお祖父《じい》さんの家を改装して、サーファー向けの民宿を始めるって話だったんだよ。前にそんな話を聞いてたから、もしかしたらと思って連絡《れんらく》してみたの。そしたらさ、オープンまであと一歩ってところで徹《とおる》が──徹《とおる》ってのは菜華《さいか》の旦那《だんな》ね、その徹《とおる》がバイク事故で入院しちゃったみたいなのよ。内装なんかは徹《とおる》が自分でやってたから作業が止まっちゃって。だから退院するまではプレオープンって形で、馴染《なじ》みの相手にしかお店開けてないみたい。七月のこんないい時期にもったいないよね」

「え？　それ、わたし達が行って大丈夫《だいじょうぶ》なの？」

琉実《るみ》の疑問はごもっとも。私も同じ事思った。

「それは大丈夫《だいじょうぶ》。お父さんには言《い》い辛《づら》い話なんだけど、徹《とおる》は昔付き合ってた人の友達で、何度か遊んだこともあったし、それなりに知ってるの。それで徹《とおる》とも直接話したんだけど、事故で入院って言っても、骨折ったくらいだから大騒《おおさわ》ぎするほどじゃないって」

骨折った位って、まああの怪我《けが》じゃない？　元ヤン基準だとそんな扱《あつか》いなの？　怖《こわ》っ。

「じゃあ、明後日《あさって》はその菜華《さいか》さんって人が居るってこと？」

私としては〝昔付き合ってた人〟を深掘《ふかぼ》りしたい所だったんだけど、琉実《るみ》が真面目に話を進めるから黙《だま》らざるを得ない──昔付き合ってた人、絶対にヤンキーでしょ。その徹《とおる》とやらもバイク事故って言ってたし、登場人物全員ヤンキーで間違《まちが》いないって。アウトレイジじゃん。

「そ。百井《ももい》菜華《さいか》。芸能人みたいな名前だよね。旧姓《きゅうせい》は山田《やまだ》だったから、よく仲間からダサいかとか言われてたのに、いきなり百井《ももい》だからね。私なんて藍野《あいの》から神宮寺《じんぐうじ》だよ？」

「何、お母さんって今の苗字《みようじ》好きじゃないの？」

「だって、なんかいかつくない？」

「……厳《いか》ついって言葉、久々に聞いた。厳《いか》ついかなぁ？　琉実《るみ》はどう？　嫌《きら》い？」

「わたしは自分の苗字《みようじ》、好きだよ」

「私も嫌《きら》いじゃないかな。藍野《あいの》も良《い》いけど――そっか、離婚《りこん》したら藍野那織《あいのなおり》になるのか」

藍野那織《あいのなおり》。ふむ、悪くない。

「何、お父さんじゃなくて私に付いて来てくれるの。嬉《うれ》しいじゃない」

うぐっ――て云《い》うか「お父さんに付いて行くって考え、ナチュラルに無かった」

「那織《なおり》、それはひどくない？」

「じゃあ、琉実《るみ》はお父さんに付いて行くんだ」

「……いや……お母さんかな」

「一緒《いつしよ》じゃん」

「仕方ないなぁ、そこまで言われたら愛娘達《まなむすめたち》に追加でお小遣《こづか》いあげなきゃいけないじゃん」

なぬっ！　「お母様、奈落の底まで付いて行きます」

「那織《なおり》が言うと、全部が嘘《うそ》くさいんだよなぁ。ま、いいや。そんな訳で、あんた達が泊《と》まる日は他のお客も居ないみたいだし、一応菜華《さいか》には言っとくけど、一人増えようが大丈夫《だいじようぶ》」

途中《とちゅう》で何度も脱線《だつせん》したけど、これで任務は概《おおむ》ね終了《しゅうりょう》。残るは明日のお風呂《ふろ》のみっ！

こっちは宿泊《しゅくはく》場所の詳細《しょうさい》以上に重要。最重要と言っても過言じゃない。

乙女《おとめ》の沽券《こけん》に関わりますので。

※　※　※

早く起きようとは思っていた。暗夜が残る仄明《ほのあか》るいリビングで誰《だれ》に知られる事無くベルガモットの香り漂《ただよ》うウェッジウッドのカップを優婉《ゆうえん》に持ち上げ、もし琉実《るみ》やお母さんが起きて来たら窈窕《ようちょう》に「御機嫌《ごきげん》よう」と微笑《ほほえ》む――それ位の意気込みはあった。

だが、現実は何時《いつ》も想像を下回って来る。私を睡眠《すいみん》から引き摺《ず》り出《だ》したのは琉実《るみ》の「いつまで寝《ね》てるのっ⁉　早くしてっ！」って怒声《どせい》だったし、ポーチドエッグにフォークを入れて割る寛雅《かんが》な朝食は、お母さんに無理やり食べさせられた卵《たまご》掛けご飯にすり替《か》わった。

化粧《メイク》をすれば、鏡越《かがみご》しに映る琉実《るみ》が忙《せわ》しなく私の様子を窺《うかが》っては背後で「ほら、早くしないと遅《おく》れるよ」と苛《いら》立《だ》ちを滲《にじ》ませ乍《なが》ら地団太を踏《ふ》み、私だって悪いと思ってるから音速で着替《きが》えを終えて洗面所でアイロンを当ててると、美意識がマリアナ海溝《かいこう》並みに低い手抜《てぬ》きショートに「いつまでやってんのっ！　先行くよっ？」と声を荒《あら》げられた。んな、ご無体な。

玄関《げんかん》を抜《ぬ》けると、朝だと云《い》うのに外の世界は全力で夏だった――暑っ。額に汗《あせ》を滲《にじ》ませた純《じゅん》君と琉実《るみ》が、ぎこちなさはあれども事情を深く知らない人が見たら不自然には感じない程度の距離感《きょりかん》と声色《こわいろ》で会話していた。注意深く見れば、琉実《るみ》の我慢《がまん》と忍苦《にんく》が落ち着きの無い指先に見《み》え隠《かく》れするし、純《じゅん》君は所在無さ気に自分の首を触《さわ》ったりしてるけど——大丈夫《だいじょうぶ》そう。

「あ、やっと来たっ！　もう、遅《おそ》いよっ」

愛《いと》しの妹をうち捨てて先に家を出た非情な姉が吠《ほ》えた——無視。

「純《じゅん》君、おはよう」

「おはよう。忘れ物は無いか？」

「財布《さいふ》とスマホは持った。着替《きが》えとかは昨日準備したっ！」

バッグを叩《たた》いて、キャリーケースを指差《しさ》する。よし、完璧《かんぺき》。

「一泊《ぱく》なのに荷物多いな」

「でしょ？　昨日、わたしも言ったんだよ」

「二人が少なすぎるんじゃない？」

純《じゅん》君はちょっと大きめのリュック、琉実《るみ》は小振りのボストンバッグ——もしかして二人とも下着しか入って無いとか？　着の身着の儘《まま》スタイルはやばくない？　汗腺死んでるの？

「あんたが多すぎるのよ。わたしなんて那織《なおり》の水鉄砲《みずでっぽう》の所為《せい》でボストンなんだから」

「そんなに大きな水鉄砲《みずでっぽう》が入ってるのか……」

「文句は扇動《アジテーター》した慈衣菜に言って。そんな事より——時間大丈夫《だいじょうぶ》？」

どうしても一緒《いっしょ》に行きたいと慈衣菜《しえな》が騒《さわ》ぐから、大宮駅《おおみやえき》で待ち合わせになった。大宮《おおみや》に着くと、既《すで》に慈衣菜《しえな》とミス・マープルと部長が居た――慈衣菜《しえな》は明らかに周りから浮《う》いていて、遠くからでも一発で判《わか》った。頭にサングラスを載せ、お臍《へそ》が見えるか見えないか絶妙《ぜつみょう》な丈《たけ》のキャミに薄手《うすで》のパーカ、デニムのショートパンツから伸《の》びる脚《あし》の先はウェッジサンダル。ただでさえ身長が高くて目立つのに、そんな出《い》で立《た》ちで居るものだから目を引く所じゃ無い。

慈衣菜《しえな》の横で何やらテンション高めに話《はな》し掛《か》けているミス・マープルはチェックのオフショルに黒いフレアスカートで、慈衣菜《しえな》には劣《おと》るもののモノトーンかつシンプルで悪くない。部長は安定のワンピースだけど、オフホワイトのティアードで、初めて見る洋服だからきっとこの為《ため》に買ったと見える――部長も楽しんでいるみたいで何より。

「待って。みんな、めっちゃ気合入ってない？」

慈衣菜《しえな》の元に駆《か》け寄《よ》ろうとした矢先、琉実《るみ》が一瞬《いっしゅん》立ち止まって自分の服を見直した。

「気合入ってるね。ま、ミス・マープルの普段《ふだん》は知らないけど」

「わたしももうちょっとおしゃれした方が良かったかな？」

純《じゅん》君が横から「別におかしくないよ」とフォローした――けど、ちょっと違うかな。この場合はおかしいとかおかしくないじゃ無くて気合の問題なんだけど、こう云《い》うフォローをさっと入れられる様になった部分は評価してしんぜよう。実際、プリントの白Tシャツに膝下《ひざした》のスカートは変じゃないし、動《うご》き易《やす》そうだし、何より琉実《るみ》っぽい。

それはそれとして——私に先んじて琉実《るみ》の服装に言及《げんきゅう》するのは納得《なっとく》いかない。本来だったら会って直《す》ぐに言って欲しい。とは言え、今朝はまだ微妙《びみょう》な空気が漂《ただよ》ってたのもあるし、遅刻《ちこく》ギリギリだったから我慢《がまん》してたけど、今は話が別だし、電車の中とかチャンスはあったと思いますが、その辺は如何《いかが》お考えでしょうか？　誰《だれ》の為《ため》にお洒落《しゃれ》したと——ま、仕方無いか。

「ね、私は？　私はどう？」オーバーサイズのパーカの裾《すそ》をちょっとはためかせたりして。

「似合ってるよ」

「似合ってるじゃ無くてっ！」

「……かわいいよ」

「ふふん。良く言えました」

「ねぇ、細かいこと言いたくないんだけど、露骨《ろこつ》にいちゃつくのやめてくれる」

「純《じゅん》君が可愛《かわい》いなんて言うから……琉実《るみ》に怒《おこ》られちゃったね」

純《じゅん》君が小声で「(……言わせた癖《くせ》に)」って言った気がしたけど、多分気《き》の所為《せい》。

「そんな事より、早く行こう」

私達に気付いた慈衣菜《しえな》が手を振《ふ》っている——初めての合宿が始まる。

※　※　※

「こんな短いスパンでまた神奈川《かながわ》に来てしまった」

　バスから降り、日傘《ひがさ》を広げて思わず出た言葉だった。言った後で、不味《まず》ったと思ったけど、琉実《るみ》には聞こえて無いみたいだった。ただ、純君《じゅん》には聞かれてて、「おばさんの地元だし、縁《えん》があるのかもな」と言って、さり気なく私の鞄《かばん》を持ってくれた。

「ありがと。純《じゅん》君も入る？」

「僕は良《い》いよ」

　部長が「白崎《しろさき》君が入らないなら、私を入れて」と、横から日傘《ひがさ》に入って来た。

　バス停からVaguelette《ヴァグレット》まではそこそこ距離《きょり》があって、スマホの地図を出した琉実《るみ》と慈衣菜《しえな》とミス・マープルが切り開いた道に続いて行く――遠慮《えんりょ》を知らない、躾《しつけ》のなってない太陽がいきり散らかしている所為《せい》で息苦しくて倒《たお》れそうになる。日傘《ひがさ》が無かったら死んでたかも。

「なぁ、神宮寺《じんぐうじ》、そろそろ許してくれないか？」

　極彩色《ごくさいしき》のアロハシャツにカンカン帽《ボーター》の、遅刻《ちこく》した浮《う》かれぽんちが背後から話《はな》し掛《か》けて来《く》る。

「もう、恥《は》ずかしいから近寄んないでって言ってるでしょ」

「ここまでキャリーケースを引《ひ》き摺《ず》って来《き》てやったんだからもう良《い》いだろ？　なぁ、白崎《しろさき》からも言ってやってくれよ。宿に着く前に脱水症状《だっすいしょうじょう》起こしそうなんだが」

「ほら、僕が持つから――」

純《じゅん》君に持《も》って貰《もら》いたい訳じゃない。「純《じゅん》君は持たなくて良《い》い。私が持つ」

昨日、私に向かって《寝坊《ねぼう》すんなよ》だの《遅刻《ちこく》したら罰《ばつ》ゲームで変顔な》だのと調子に乗ったメッセージを送っておいて、集合時間に遅《おく》れた教授にはもう暫《しばら》く己《おのれ》の浅薄《せんぱく》さを猛省《もうせい》し乍《なが》ら
どうして私が既読《きどく》無視したかを熟考して欲しい所だけど、絶命されたら困るし、純《じゅん》君が鞄《かばん》を持ってくれたから持ってるのは日傘《ひがさ》だけだし、キャリーくらい引きますよ。

「教授君も白崎《しろさき》君も、ありがとうね。先生が迷惑《めいわく》しか掛《か》けないばっかりに――」

「日傘《ひがさ》から出《で》て貰《もら》うよ？　あれは教授が悪いんじゃん。私の事を散々莫迦《ばか》にした癖《くせ》に、自分はあんな浮《う》かれた恰好《かっこう》でへらへらしながら遅刻《ちこく》するから。当然の報《むく》いでしょ」

「先生、あんまり怒《おこ》ると顔が皺《しわ》だらけになっちゃうよ？」

「はいはい。宿に着くまで一言も喋《しゃべ》らないです」

それから何度も部長に頬《ほお》を突《つつ》かれたけど、無言を貫《つらぬ》く為《ため》に耐《た》えた――のに、いきなり部長が超絶阿保《ちょうぜつあほ》っぽい声で「ばぁ」と顔をこっちに向けて来た。

っく、んっ……それは……だめ……だって。無理っ……耐《た》えらんないっ！

「はい、笑ったー。先生の負け」

「もう、パワー系で笑わせるの、反則だって」

だめっ、気を抜《ぬ》くとまだ笑いそうになる。

「先生が子供みたいなこと言《い》うからだよ」

「おまえら、楽しそうで良いな」と後ろから冷やかしてきた教授に、部長が「超楽しい《ちょうたの》」と満面の笑《え》みで返す——前を行く陽キャ三人と、それに続く私達四人の構図のまま歩いていると、ミス・マープルが振《ふ》り返《かえ》って「もう着きますよっ！」と半音高い声で言った。

今日の目的地であるVaguelette《ヴアグレット》は軽井沢《かるいざわ》辺りにありそうなペンション然とした外観の二階建てで、一階部分はお店も兼《か》ねているらしく、サーフボードが何本も立《た》て掛《か》けられていて、何の気無しに端《はし》から目で追うと、中には三メートルはありそうな長さの物も幾《いく》つかあって、サーフボードってこんなに色んな長さがあるんだと初めて知った。興味無さ過ぎて、私にとっては異文化過ぎて、異世界に転生したかと思った。お店の奥には飲食スペースがあって、宿泊設備は二階。元々あったお祖父《じい》さん家とやらが結構大きかったのだろう、土地を買ってこの建屋を造るとなると、かなりのお金が掛《か》かる事は素人《しろうと》の私でも分かる。シャッター付きガレージの脇《わき》にある庭にはテーブルやら椅子《いす》が置いてあって、隅《すみ》にはバイクが置いてあった。

純《じゅん》君と二人で異世界をあれこれ観察していると、管理者を探しに行った陽キャ達が、これまた陽キャの権化《ごんげ》みたいな、真っ黒に日焼けしたヒッピーっぽい女の人と一緒《いっしょ》に出て来た。

あれがお母さんの友達か……時代が時代なら、焚火《たきび》を囲んでガンジャを吹《ふ》かしながらギターでも弾《ひ》いてそうな出《い》で立《た》ち——もっとごりごりのヤンキーを想像してたのに、方向性が違《ちが》い過《す》ぎて困惑《こんわく》する。色んな意味でやばい——何《いず》れにしても、絶対に仲良くなれない。

「ねえ、純君《じゅんくん》。あの人ってヒッピーの生き残りみたいじゃない？」

「世話になるんだからそう云《い》うこと言うなって。しかも、おばさんの知り合いなんだろ？」

ひそひそとそんな話をしていたら、ヒッピーがこっちに走り寄って「あなたが陽向《ひなた》さんの娘《むすめ》さん？　えっと、那織《なおり》ちゃん、で合ってる？」と圧が強めの、私の苦手な人特有の活力が溢《あふ》れ過ぎてて留まらないから貴方《あなた》にもお裾《すそ》分けしてあげる、どう？　元気になった？　元気になれば皆《みな》ハッピーでしょ？　みたいな勢いで訊《き》いて来《き》た——バスケ部の連中以上に無理。

「……は、はい」

「あたしは百井菜華《ももいさいか》。陽向《ひなた》さんには学生の頃《ころ》から超《ちょう》お世話になってて、ガチで頭あがんないって感じなんだよね。で、那織《なおり》ちゃんは琉実《るみ》ちゃんと双子《ふたご》なんでしょ？　ちょっと顔見せて。雰《ふん》囲気違《いきちが》うけど——よく見れば似てるわ。うん、似てる。それより肌《はだ》真っ白だね。超《ちょう》キレイ。もしかして、あんまり外には出ない系？　肌焼《はだや》かないようにしてる？　ほんと、それ超大切《ちょうたいせつ》だからね。その年から気をつかっておいた方がいいよ。後悔《こうかい》してからじゃ遅《おそ》いから」

もう嫌《いや》だ。誰《だれ》か助けて。

「那織《なおり》は読書が好きなんですよ」琉実《るみ》が代わりに答えるも、「読書かぁ。あたし、文字見てるとすぐ眠《ねむ》くなるんだよねー。本を読める人、マジで尊敬する。漫画《まんが》もあんまり読まないし、できれば映画とかで見たい派なんだよね。眠《ねむ》くならないコツとかあるの？　そもそも眠《ねむ》くなんない？　これ、マジで昔から悩《なや》んでて、文字がいっぱい書いてあるものを、ずっと見てられないんだよね。だから国語とか超《ちょう》キライでさ。しかも、授業だと先生が読んだりとか、他の人が当てられて読んだりするでしょ？　今もそうだよね？　あれ、あたしからすると完全に子守歌《こもりうた》で、余計に眠《ねむ》くなるんだよね。あの頃《ころ》からずっとムリ。やっぱり、本を好きにならないとダメなのかな？　ちなみに那織《なおり》ちゃんはどんな本読むの？　恋愛《れんあい》小説とか？　それとも、やっぱり難しい感じ？　哲学《てつがく》みたいな？」と、逃がさないとばかりに話し掛けて来《く》る。

いーやーだーたーすーけーてー……純《じゅん》君っ！！！　男の子でしょっ！！！

潤《うる》ませた幼気《いたいけ》な子猫《こねこ》の様な眼《まなこ》で救援要請《きゅうえんようせい》を送ると、それに気付いてくれたのか「那織《なおり》は本当に何でも読むんですよ、まさに濫読《らんどく》って感じで。ええと、僕は白崎純《しろさきじゅん》と申します。今日はよろしくお願いします」と大人みたいな言葉を連ねて、軽く会釈《えしゃく》した。

何それ。めっちゃやるじゃん。超大人《ちょうおとな》じゃん。もしかしてわたわたしてるの私だけ？　いや、私は断じてわたわたしてない。今のは相手の出方を見てただけだし。私だって本気出せば純《じゅん》君位の事は言える。うん……言える？　言えるか？　言える。余裕《よゆう》。

「うん、よろしくー。あれでしょ、陽向《ひなた》さん家の隣《となり》に住んでる男の子《ち》でしょ？　そっか、君がねぇ。ふーん。陽向《ひなた》さんから聞いてたけど、確かにめっちゃ勉強出来そう。頭いいオーラ出てる。もしかして、生徒会長とかやるタイプ？」

「僕はそういうのはちょっと……」

純君《じゅん》が押され始めて、さっきまで味わって居た疎外感《そがいかん》が霧散《むさん》する。良かった、向こう側に行ってしまったのかと思って焦《あせ》ったじゃん。脅《おど》かさないでよ。それからヒッピー改め菜華《さいか》さんは一人一人に怒濤《どとう》の口撃《こうげき》を与《あた》え続《つづ》け、純君《じゅん》同様それなりに対処したかに見えた部長も敢《あ》え無《な》くやられて——教授やミス・マープルは意気投合してた。慈衣菜《しえな》は言《い》う迄《まで》も無《な》く。

やっと解放されて部屋に着いた時には、もう海に行く体力何て一握《いちあく》の砂程も残っていなかった。部屋割りで部長と二人部屋になったのだけが救い。「はぁ、もうこのまま寝《ね》たい」

部屋で大の字になったまま、部長にと言うよりはほぼ独り言だった。

「うん……気持ちはわかるよ。テンションが違《ちが》い過《す》ぎたね」

「キャリーケースを開く気力すら無い」

「先生、あの後もめっちゃ絡《から》まれてたもんね……でもさ、お母さんの友達なんでしょ？　先生のお母さんって大人しい感じだけど、あのノリの人と気が合うのかな」

「あー、此処《ここ》だけの話、うちのお母さん、元ヤンだから」

「え？　そうなの？　そんな雰囲気《ふんいき》、全然無いじゃん」

「私はそうなんじゃ無いかって思ってたよ。よく、お祖母《ばあ》ちゃんが『陽向《ひなた》は遊びまわってて大変だった』とか『悪い遊びばかりしてた』って零《こぼ》してたから。この前、地元でバイク乗り回してたって話をお母さんから聞いたし、確実に元ヤンでしょ」

「そうなんだ……イメージ全然違《ちが》うからびっくりしちゃった。やっぱり、怒《おこ》ると怖《こわ》い？」

「舌を巻いて『んだ、てめぇ。殺すぞ』とかは言ったりしないけど、我《わ》が家《や》で一番怖《こわ》い」

怒《おこ》らせると——あっ！！！　やばっ！！！

「急に起き上がってどうしたの？」

「お母さんからお土産《みやげ》持たされてたの、忘れてたっ！！！」

さっきキャリーケースがどうのって言った時、妙《みょう》な違和感《いわかん》あるなって——慌《あわ》ててキャリーケースを開き、十万石《じゅうまんごく》まんじゅうと近くの洋菓子店で買ったパウンドケーキを取り出す。

「これ渡《わた》さなきゃなんだけど、一緒《いっしょ》に行ってくれない？　ほら、部長だし」

「それ言うのずるい。でも、行くよ。お世話になるんだし」

「ありがと。部長大好き。ただ——」真剣《しんけん》かつ真面目な表情を作ってから続ける。「お母さんが『十万石《じゅうまんごく》まんじゅうを渡《わた》す時は、〈うまい、うますぎる〉でお馴染《なじ》みのってちゃんと言うんだよ』って言ってたんだけど……お願いしても良《い》い？」

「それ、絶対嘘《うそ》でしょ？　今作ったでしょ？　神奈川《かながわ》の人に通じる訳ないじゃん」

「作ってない。うちのお母さん、そう云《い》う人なの。だって、よく考えてみてよ。パウンドケーキもあるんだよ？　それなのに十万石《じゅうまんごく》まんじゅうも持たせるんだよ？」

嘘《うそ》だけど。

「ね？　お願い……お母さん、菜華《さいか》さんと仲良《なかい》いから、きっと電話で確認《かくにん》するだろうし」

眉根《まゆね》を怪訝《けげん》に寄せて、猜疑《さいぎ》の眼差《まなざ》しを向けて来る部長を急《せ》かしながら部屋を出ると、廊下《ろうか》で琉実《るみ》とばったり会った。琉実《るみ》が「あの、お土産渡《みやげわた》して――」と言《い》い掛《か》けたのを制し、「丁度良かった。今から渡《わた》しに行くの。一緒《いっしょ》に行こう」と手を引いた。仲間は多い方が良《い》い。

一階に下りてショップブースを覗《のぞ》くが誰《だれ》も居《お》らず、外に出ると菜華《さいか》さんが停めてあった大きなバイクを押して移動している所だった。琉実《るみ》が口火を切る。「あの、すみません」

「ん？　どーしたの？」

「こちら、詰《つ》まらない物ですが」そう言って部長がお土産《みやげ》を差し出した。

押していたバイクを停めて、「気をつかわなくて良《い》いのに。でも、ありがとう。頂くね」と菜華《さいか》さんが受け取る――部長、裏切ったな。言ってないじゃん。咄嗟《とっさ》に部長を見たけど、視線を合わせない。まぁ、流石《さすが》に無理があったよね。うん、知ってる。

「あの、そのバイクって……もしかして旦那《だんな》さんの――」

触れ辛《づら》い話題に琉実《るみ》が切り込んだ。

え？　それ言う？　てか、事故に遭《あ》ったならこんなに綺麗《きれい》じゃないでしょ、明らかに手入れされてるじゃんと思った物の、余計な事を言うと地雷《じらい》を踏《ふ》みそうなので流れに任せる。

「これ？　違《ちが》う違《ちが》う。あいつのバイクは廃車《はいしゃ》。これはあたしの……ってゆーか聞いてない？」

「えっと……」琉実《るみ》が私を見た――首を振《ふ》って応える。「わからないです」

「このバイク、陽向《ひなた》さんのだよ」

琉実《るみ》と声が重なった。「「えっ」」

「陽向《ひなた》さんが昔乗ってたバイクなんだけど、知らない人に売るのはイヤだってあたしに譲《ゆず》ってくれたの。ちなみにこのバイク、今だと中古で数百万するからね。陽向《ひなた》さんに悪いからとても売れないけど」と言って、菜華《さいか》さんが笑った。「外に出しっぱしておくのも物騒《ぶっそう》だし、盗難《とうなん》にでもあったら陽向《ひなた》さんに顔向けできないじゃん？　だから基本は中に入れてカバー掛《か》けてるんだけど、さっき乗っちゃったからエンジンとかマフラー冷ましてたんだよね——そうだっ。せっかくだから、お母さんのバイクにまたがってみない？」

琉実《るみ》がちらっとスカートに目を落として逡巡《しゅんじゅん》——したが、頷《うなず》く。「乗ってみたいです」スカートを腿《もも》まで捲《めく》って、菜華《さいか》さんに支えられながら琉実《るみ》が恐《おそ》る恐《おそ》るバイクに跨《また》がった。

「那織《なおり》、写真撮《と》って」

「はいはい」

お母さんのバイク、こうして見る迄《まで》は暴走族みたいなのを想像してたけど、思ってたよりは普通《ふつう》だった。如何《いか》にもバイクって感じの、武骨で圧倒《あっとう》される見た目——造形の良《よ》し悪《あ》しは全く分《わ》からない乍《なが》らも、バイクに跨《また》がった琉実《るみ》は恰好《かっこう》良かった。ちょっと頼《たよ》りないけど。

「今撮《と》った写真、わたしにも共有して。那織《なおり》も乗ってみる？」

「え……私は別に——」

「折角だから、先生も座ってみなよ。私が撮《と》ってあげるから」

「このスカート、跨《また》がるとパンツ見えそうじゃない？」

「セクシーで良《い》いじゃん」

「ばか」けど、どうせなら——琉実《るみ》と部長に促《うなが》されるままバイクに跨《また》ってみる。思っていたよりも脚《あし》を開かなきゃいけないし、ハンドルとシートの間に大きい燃料タンクがあって、何て言うかバイクって映画とかでも軽々しく動くからもっと軽量感のある乗り物だと思ってたけど、想像以上に重厚《じゅうこう》で、佇《たたず》まいは鉄塊《てっかい》そのものだった——これを乗り回す想像が付かない。況《ま》してやお母さんが乗ってた姿を頭に描《えが》けない。

「あの、このバイクは何て名前ですか？」

「カワサキのZⅡ《ゼッツー》。カッコイイっしょ？」

「はい、恰好良《かっこうい》いと思います」

部屋に戻《もど》る途中《とちゅう》、私は妙《みょう》な高揚感《こうようかん》に包まれていた。それは琉実《るみ》も同じみたいで、「なんか、めっちゃカッコよかったよね？」だの「お母さんに写真見せよっ」と興奮した調子で言い、挙げ句「バイク、ちょっと興味出てきたかも」等と言い出した——思量が短絡的過《たんらくてきす》ぎ。それか、眠《ねむ》れるヤンキーの血潮が騒《さわ》いでしまったのかも知れない。

お祖母《ばあ》ちゃん、孫が堕《お》ちました。血は争えないみたいです。成人式は晴れ着じゃ無くて特攻服《マトイ》になってしまうかも知れません。姉を止められなかったらごめんなさい。

「ね、これから海行くでしょ？　琉実《るみ》ちゃんは水着どうする？　着てく？」

「うーん、着てこうかな……亀《かめ》ちゃんは？」

「大丈夫《だいじょうぶ》？　琉実《るみ》はそのパターンで着替《きが》えを忘れるまでがセットでしょ？　ノーパンでビーチから帰って来る羽目にならない？　盗撮《とうさつ》されてSNSにアップされちゃうかも」

「そんな昔の話しないでっ！　あぁ、もうっ！　いいです、向こうで着替《きが》えますっ」

ここからビーチまで距離《きょり》無いし、普通《ふつう》に考えて水着のまま帰るけどね。

「そっか。私は足下《あしもと》がじゃりじゃりしてて湿気《しっけ》の立ち込める脱衣所《だついじょ》は嫌《いや》だから、着替《きが》えてから行くけどね。部長もそうしよ？」一階に洗濯乾燥機《せんたくかんそうき》が置いてあるのも確認済《かくにんず》みだし。

「……って、先生が言ってるけど……琉実《るみ》ちゃんも着て行かない？」

「亀《かめ》ちゃんが言うならそうしようかな」

亀《かめ》ちゃんが言うならって何？　私の意見無視？　おかしくない？　ま、良《い》いけど。

部屋に戻《もど》って純君《じゅん》達に連絡《れんらく》を入れてから、服を脱《ぬ》ぐ——諸事万端《ばんたん》の準備は整えてある。

水着を買いに行った日、琉実《るみ》がぽつり「水着になるなら産毛《うぶげ》とかも……」と呟《つぶや》いた後、慈衣《しえ》菜《な》に「毛の処理ってどこまでしてる？」と話を振《ふ》った。慈衣菜《しえな》に訊けば間違《まちが》いないと思ったんだろうけど、私は知っている。金髪オフショル聖母に尋《たず》ねても参考にならない事を。

「エナは全身脱毛《だつもう》してるよー」

「……これが現役《げんえき》モデル……訊《き》いたわたしが愚《おろ》かだった」

「あ、でも全身やってない子もいるよ？」

「ううん、もう大丈夫《だいじょうぶ》。きっとレベルが違《ちが》うから……ねぇ、那織《なおり》。あんたは——」

だが安心したまえ、我が姉よ。私には琉実《るみ》が必要なんだ。

「それなんだけど、私も琉実《るみ》にお願いがあるんだよね……あのさ、首の裏とか背中って見えないじゃん？　私は毛深く無いから大丈夫《だいじょうぶ》だとは思ってるんだけど、琉実《るみ》の言う通り産毛《うぶげ》とか生えてたら死ねるでしょ？　だから代わりに剃《そ》るか除毛クリーム塗《ぬ》るのを手伝って欲しいんだよね。どう？　琉実《るみ》のもやってあげるから」

背中となると、自分じゃ満遍《まんべん》無く塗《ぬ》れるか怪《あや》しい。

「うん、やる。だから、わたしのもお願い」

「あ、下は自分でやってね」

「バカっ。誰《だれ》が頼《たの》むかっ！」

そして昨日、私達は契《ちぎ》りを果たした。私は姉の首筋にそっと刃物《はもの》を滑《すべ》らせ、姉は妹の首筋に刃物《はもの》を突《つ》き立《た》てる——刃《やいば》を交え、私達姉妹《しまい》は無駄《むだ》を排《はい》した完璧《かんぺき》な存在となったのだ。

トップスの紐《ひも》を部長に結《むす》んで貰《もら》い乍《なが》ら、浴室で淋漓《りんり》と汗水《あせみず》垂らした二人の成果を部長にも伝えたくて「ねぇ、背中つるつるでしょ？　どう？」と衒《てら》った刹那《せつな》、悪鬼《あっき》と化した部長が「自分ばっかりずるいっ！」と首に回した紐《ひも》を思い切り引っ張られた——よもや顔面が己《おのれ》の胸に埋没《まいぼっ》して窒息死寸前《ちっそくし》だった……うん、それは言い過ぎた。そんなに爆乳《ばくにゅう》じゃない。

「いきなり何すんのっ！　今、凄《すご》い角度で首が曲がったんだけどっ！」

「この前その話してる時、ずるいって言ったじゃんっ！」

「部長は大丈夫《だいじょうぶ》だって……琉実《るみ》も言ってたでしょ？」

「でもさ、でもだよ？　この二日の間に生えてたらどうするの？」

「だから部長は――」続く言葉を飲んだ。顔から下に産毛《うぶげ》すら生えない大半の女子から渇仰《かつごう》されるべき体質の部長にその心配は無いと力説しても、今の部長には無駄《むだ》だ。それに、私の露命《ろめい》は彼女の手中にある。「じゃ、じゃあ後で見てあげるから……ねっ⁉」

荒《あら》ぶる部長を何とか宥《なだ》め、日焼け止めを塗《ぬ》る傍《かたわ》ら首筋や背中の無事を伝える頃《ころ》には、スマホに大量の通知が溜《た》まっていた――だけでは足らなくて、琉実《るみ》が呼びに来た。

パーカを羽織り、ショーパンを穿《は》いて庭に出ると、皆《みな》それぞれジップアップのラッシュガードだったりパーカだったりを纏《まと》っているのに、純《じゅん》君だってTシャツを着ているのに、語るも億劫《おっくう》な約一名が――さっきまでアロハを着ていた筈《はず》の痴《し》れ者《もの》が海パン一枚で立っていた。

露《つゆ》ほども似合っていないティアドロップ型のサングラスを勿体《もったい》ぶって上げ、「神宮寺《じんぐうじ》、遅《おせ》ぇぞ」と歯を出して笑った――きっつ。うわ、マジで無視しよ。将来、ビール片手に河原でバーベキューしそうなタイプとは距離《きょり》を取るに限る。本気で近付かないで欲しい。

「さ、みんなそろったし、早く行こーっ！」

「ですよねっ！　早く行きましょっ！」慈衣菜《しえな》の声に続いたミス・マープルがちらっとこっちに視線を投げ、大熱吹《ふ》き荒《あ》れる地獄《じごく》に行かんとした所で、菜華《さいか》さんが後ろから「若者たちよ、ちょっと待ったっ！　借りると貴重なお小遣《こづか》いが減るから持ってきな」とポーチを降りて、パラソルやらクーラーボックスを「ほら、野郎《やろう》の仕事だ」と男子勢に手渡《てわた》した。

海が近い事は全員が認識《にんしき》していた筈《はず》だけど、地下道を抜《ぬ》けて海が見えた瞬間《しゅんかん》、口々に「海だ！」と発して、純《じゅん》君ですら「おおっ」なんて言っちゃたりして、海の無い県で若き生命を擦《す》り減《へ》らして居《い》ると、海が見えただけでこんなに感動出来るらしい——毎年太平洋を拝んでいる琉実《るみ》ですら、「那織《なおり》、海だよっ！」何て誰《だれ》が見ても海としか認識《にんしき》しない至極《しごく》当たり前の事を、大発見《エウレカ》かの如《ごと》く振《ふ》り返《かえ》って叫《さけ》んで来《き》た。

「うん……海だね。紛《まご》う事《こと》無き海だね」

日傘《ひがさ》に縁取《ふちど》られた世界から出ない様に縮こまっているからか、調整機構が崩壊《ほうかい》した日射に熱せられたアスファルトの上を歩いて来たからか、擦《す》れ違《ちが》う人間の多くが薄着《うすぎ》の限界を競《きそ》っている所為《せい》か、弱々しい言葉しか出て来ないのに——疾駆《しっく》なんて言葉から程遠《ほどとお》い部長までもが皆《みな》に感化されて走り出し、私は取り残された。否、唯一人《ただひとり》純《じゅん》君だけが私の隣《となり》に立っている。

「海を知っているのに、海に来たこともあるのに、こうして改めて対面すると、波の音が存外大きいことと、見渡《みわた》す限《かぎ》り水しかない光景に圧倒《あっとう》されるな」

「詩的だね。それとも、シニフィエとかシニフィアンの話？」

「素直《すなお》な感想だよ。那織《なおり》は気分上がらないか？」

「私は潮風が好きじゃ無いし、足の指に溜《た》まる砂が好きじゃ無いし、海水の肌触《はだざわ》りが嫌《きら》いだし、はしゃいでる大人を見るのが嫌《きら》いだし、子供の頃《ころ》に溺《おぼ》れて苦しかった記憶《きおく》が強いし——前にも言ったけど、お母さんの実家、ここからそんなに遠くないんだよね。だから、気持ちが正の方向に揺動《ようどう》したりはしないかな……でも、今は悪くないって思ってる」

取り残されたりしなかったから。「そんな事より、追《お》い掛《か》けなくて良《い》いの？」

「嫌《きら》いな砂浜《すなはま》を歩くんだろ？　一緒《いっしょ》に行くよ」

「優《やさ》しいね」

「普通《ふつう》だよ」

「そう？　最近、いつも優《やさ》しくしてくれる——そうだっ！　ちょっと来て」

高温の砂浜《すなはま》に踏《ふ》み出《だ》し、脚《あし》を取られそうになりながら、砂浜《すなはま》にせり出す地下通路の壁《かべ》に純《じゅん》君を誘導《ゆうどう》して正対する。私は壁《かべ》を背にして、純《じゅん》君は海を背に。

「どうした？」

「私の水着、最初に見て欲しい」

戸惑《とまど》い、躊躇《ちゅうちょ》、逡巡《しゅんじゅん》——固まった純《じゅん》君の手を、そっとパーカのファスナーに誘導《ゆうどう》する。

「純《じゅん》君の手で下げて」

手に緊張《きんちょう》、「下げてって……」そして声が震《ふる》える。

「見たくない？　興味無い？　教授が先に見ても良《い》い？」

「それは……嫌《いや》だ」

「だったら、純君《じゅん》が自分の手でファスナーを下ろして」

純《じゅん》君の喉仏《のどぼとけ》が上下する。聞こえる筈《はず》が無いのに、唾《つば》を飲み込む音がした。

もどかしくなるくらいゆっくりと、手を添《そ》えたくなるくらい不規則に、ファスナーが下ろされていく。パーカが開いていく——もう何も聞こえない。ジッジッと云《い》う音の波は肌《はだ》を通した振動《しんどう》として伝わり、胸元《むなもと》まではだけたパーカの隙間《すきま》に暑気を孕《はら》んだ風が入り込む。

純君の胸に手を当てる——早鐘《はやがね》を打つ鼓動《こどう》が、手の平を強く押し返す。

「どきどきしてる」

「こんなの、誰《だれ》だってするよ」揺《ゆ》らいだ語尾《ごび》の残響《ざんきょう》を鳶《とび》の甲高《かんだか》い声が引《ひ》き継《つ》いだ。

「谷間を見たら、もう終わり?」

咳払《せきばら》いをして、純《じゅん》君がファスナーを最後まで下ろした。

「どう?」

「……綺麗《きれい》だよ」

そう言うって決めていたみたいにすっと出た言葉は、俯《うつむ》いた口から放たれた。

照れても良《い》いから、恥《は》ずかしくても良《い》いから——「ちゃんと目を見て言って」

「余りに那織《なおり》が魅力的《みりょくてき》で、見るのが恥《は》ずかしいというか、照れるというか——」

「うん」

「言葉を失うくらい、よく似合ってる」

へへ。「ありがと。下も脱《ぬ》がす？」

「それは流石《さすが》に……これ以上は限界」

意気地《いくじ》無し。もう、仕様が無いなぁ。ショートパンツのホックを外して、務歯《ファスナー》の噛み合いを一つずつ解放していく。少しだけショートパンツを下げて、水着を見せる——何だか下着を見せてるみたい。やばい、めっちゃ興奮する。「どう？　見えた？」

「お——いっ！　何やってんだよっ！」

後ろで教授の声がした——「残念、もう終わりっ！」急いでショートパンツを直し、パーカの前を止める。「さ、行こっ。五月蠅《うるさ》いのが騒《さわ》いでる」

「お、おう。そうだな」そう言って走る純《じゅん》君の背中を見送る。

はぁぁぁ、めっちゃどきどきしてやばかった。搏動《はくどう》でおっぱいが揺《ゆ》れそうだもん——最後のは我ながら天才的過ぎる。流石《さすが》の純《じゅん》君も今のはやばかったでしょ？　確実に秘められた雄《おす》の本能が振起《しんき》したでしょ？　興奮どころじゃないでしょ？　あんなに走っちゃって大丈夫《だいじょうぶ》？

何だよ、海、楽しいじゃん。

「いやぁ、みんな若いねぇ」

「亀嵩《かめだけ》さん、先ほど『きゃあっ』とか言って、楽しそうに走っておりませんでした？」

「あら、見られていたとはお恥《は》ずかしい。ただ、ご安心下さい。私、そういう遊びはもう卒業致《いた》しましたから」剝《む》き出《だ》しの脹脛《ふくらはぎ》を、部長がタオルで雑に拭《ぬぐ》う。「ちょいと神宮寺《じんぐうじ》さん、とびきり冷えているカフェラテを取って下さる？」

クーラーボックスからカフェラテを取って部長に渡《わた》し、身体《からだ》を捻《ひね》った反動でパラソルの陰《かげ》から出た爪先《つまさき》を引っ込める——私が着いた時、慈衣菜《しえな》はビーチボールをポンプで膨《ふく》らませていて、その横で教授は浮《う》き輪《わ》に息を吹《ふ》き込《こ》んでいて、部長とミス・マープルは汀《みぎわ》で波から逃《に》げる遊びをしていて、純《じゅん》君は琉実《るみ》に拉致《らち》されて波間に消えていった。

楽しそうにビーチボールを膨《ふく》らませる慈衣菜《しえな》を見ていると、何だかんだ言っても陽の人間なんだなと染《し》み染《じ》み認識する。ゲームやらアニメやらで引《ひ》き籠《こ》もりがちな側面ばかり見ているから勝手に仲間意識を持っているけれど、学校では女王蜂《クイーン・ビー》気取りの誤想甚《はなは》だしい集団とつるんでるし、以前の私は明らかに違《ちが》う空気を吸って生きている人間だと見做《みな》していた。だから近寄らなかったし、関わらない様にしていたし、視界に入れる事すら拒《こば》んでいた。教授だって、元々はサッカー部だし、本来であれば交わらない人間——そんな二人が私のすぐ傍《そば》でやいのやいの巫山戯合《ふざけあ》っている。しかも、水着姿で。あ、琉実《るみ》やミス・マープルもそうか。

波の音が大きいからなのか、暑熱で思考が淀《よど》んでいるからなのか、酷《ひど》くぼんやりする。

ビーチボールをパンパンに膨《ふく》らませた慈衣菜《しえな》が、「にゃおにゃおも一緒《いっしょ》に行こうよ」と誘《さそ》ってくれて、教授が「浮《う》き輪《わ》使うか？」と声を掛《か》けてくれたけど、「私は荷物番をしてるから行っておいで」と二人を送り出した——入《い》れ替《か》わる様《よう》に部長がやって来て、腰《こし》を下ろした。

「すっかりミス・マープルと意気投合したみたいで何よりだよ」

ぼんやりとミス・マープルを目で追っていると、転瞬《てんしゅん》視線が交わった。

「中学生の相手なんて、お手のものですわよ」

「言うじゃん。私には遊ばれてる様に見えたけど、気の所為《せい》だった？」

「気の所為《せい》だね。はぁ、慣れないことして疲《つか》れちゃった」

方々で遊んでいた皆《みな》が慈衣菜《しえな》の元に集まって、ビーチボールを落とさずに何回トス出来るかに挑戦《ちょうせん》し始《はじ》めた。「新しい遊びが始まったけど、行かなくて良《い》いの？」

「私は休憩《きゅうけい》……ってか、先生こそ行って来なよ。上着なんか脱《ぬ》いで、白崎《しろさき》君に水着姿を見せて来たら？　折角、合法的に露出《ろしゅつ》出来《でき》るんだしさ。肌《はだ》見せるの好きでしょ？」

「残念。さっき見せて来た」

「手がお早いようで何より」

白眼視混じりに言って、部長が砂浜《すなはま》に視線を戻《もど》した。「あ、また白崎《しろさき》君がボール落とした」

「元運動部の、動けるパリピオタク二人と現役《げんえき》運動部の二人が相手じゃ、延々に純《じゅん》君が負け続けるだろうね。ただでさえ球技は得意じゃないのに。可哀相《かわいそう》」

「そう思うなら、運動レベル最底辺の先生が参戦して道化《どうけ》になってあげたら？」

「部長だって大差無いでしょ。何で私だけ――」

「私は先生と違《ちが》って波とお戯《たわむ》れ済《ず》みですから」

そんな事を言い合っていると、純《じゅん》君が肩《かた》で息をし乍《なが》らこっちに来た。

「いらっしゃいませ」

「すまん、冷たい飲み物をくれないか？」

「はい、どうぞ」

「ありがとう」

太陽の下でペットボトルを呷《あお》る純《じゅん》君が、逆光になってよく見えない。でも、凄《すご》い勢いで飲んでいるのは分かる。汗《あせ》なのか海水なのか零《こぼ》れた飲み物なのか、砂の上に水が滴《したた》って丸い染《し》みが出来る――あっと云《い》う間に元の色に戻《もど》った。直射日光恐《おそ》るべし。

部長の方に寄って、スペースを空ける。「純《じゅん》君も入りなよ」

「そうさせてもらうよ」

純《じゅん》君が日陰《ひかげ》に入ると、歪《いびつ》に波打ったシートの端《はし》に熱い砂が載って、後ろ手に突いていた指の隙間《すきま》に滑《すべ》り込《こ》んで来《き》た。手に付いた砂を軽く払《はら》い、私もお茶を飲む。

「あんなに全力で動く純《じゅん》君、久《ひさ》し振《ぶ》りに見たよ。よく頑張《がんば》ったね」

「こういう時くらいはな」

静寂《せいじゃく》の合間に、波音が入り込んで来る。

「那織《なおり》も行かないか？」

「私はいい」

「先生、折角だから行って来なよ。足の先だけでも海に入ること。部長命令」

「えー。入らなきゃ駄目《だめ》？」

「だめっ！　ほら白崎《しろさき》君、我が部のマナティーを早く海に返してあげて」

「マナティー言うな」

「マナティーって淡水《たんすい》じゃなかったっけ？」

スポーツドリンクを飲み切った純《じゅん》君が、ペットボトルを片付《かたづ》け乍《なが》ら言った。

「アメリカマナティーは海と河を行き来するんじゃなかったかな――って、マナティーの話は広げなくて良《い》いのっ。もう、人を海牛に例えないでっ！」

「いやいやいや、先生が自分で言ってたんじゃん。マナティーって」

「知らない。昔の事は記憶《きおく》に御座《ござ》いません」

「白を切るのは自由だけど、海には入るんだよ。わかった？　ナオティー、返事は？」

「分かった分かった――純《じゅん》君、早く行こ。この人、全力でうざい」

これ以上此処《ここ》に居たら、私の呼称《こしょう》がナオティーで定着《ていちゃく》し兼《か》ねない。

「おう」

先に立った純《じゅん》君が、手を伸《の》ばした——純《じゅん》君の手を握《にぎ》って立ち上がった。

「じゃあ亀嵩《かめだけ》、荷物頼《たの》むな」純《じゅん》君が振《ふ》り返《かえ》る。

「合点承知の助《すけ》！」部長が小さく敬礼した。

凡《およ》そ女子高生とは思えない返事に、敢《あ》えて突《つ》っ込《こ》んだりはしない——そう決めて歩き出した所で、呼び止められた。「先生っ！　服、脱《ぬ》ぐの忘れてるっ！」

「だって日光が……」

「部屋で日焼け止め塗《ぬ》ったでしょっ！　言い訳しないのっ！」

ああっ、いちいち面倒臭《めんどうくさ》いなっ！！　脱《ぬ》げば良《い》いんでしょ？　脱《ぬ》げばっ！

ショートパンツを脱《ぬ》ぎ、部長めがけて投げる——取られたっ！　今度こそっ！　脱《ぬ》いだパーカを丸めて部長に投げ付ける——が、矢張り取られてしまった。

満面の、憎《にく》たらしい程《ほど》の笑顔《えがお》で部長が言った。「私の勝ちっ！」

後で覚えてなさいっ！　私にはガトリング《ミニガン》水鉄砲があるんだからねっ！

熱砂に足の裏を撫《な》でられ乍《なが》ら、純《じゅん》君に付いて行く。

「ねぇ、純《じゅん》君。さっきの部長の敬礼、あれは海上自衛隊を意識してたと思う？」

「肘《ひじ》を張ってなかったからか？　そこまで意識してないだろ」

「だよね」唐突《とうとつ》に、先日の事を思い出した。「深く静かに潜航《せんこう》せよ」

琉実《るみ》にスルーされた潜水艦《せんすいかん》映画のタイトルを呟《つぶや》いてみる。反応しなかったら付き合わない。

訝《いぶか》しんだのはほんの一時、純《じゅん》君が続ける。「U・ボート」

「レッド・オクトーバーを追え！」

「ハンターキラー」

「K‐19」

「U‐571」

「海底軍艦《ぐんかん》」

「そう来るか……じゃあ、復活の日」

「いいね。うん、悪くない《Life is Beautiful》」

「もし、どうしても海に入るのが嫌《いや》だったら、言ってくれ」

「一緒《いっしょ》に入ってくれるなら大丈夫《だいじょうぶ》。頼《たの》んだよ、ローレライ」

「僕は男だぞ」

「このご時世に男も女も関係無いでしょ——あ、入るのは足だけね」

渚《なぎさ》で立ち止まって蹲《つくば》うと、砂地を覆《おお》わんと躍起《やっき》になった温《ぬる》い海水が緩《ゆる》やかに滑《すべ》って、私を追《お》い越していく。粒子《りゅうし》を伴《ともな》った海水に刺激《しげき》された爪先《つまさき》がこそばゆい。

純《じゅん》君が隣《となり》にしゃがんだ。「気持ち良くないか？」

今度は我先にと海水が逃《に》げていく。

「くすぐったい」

「確かに」

「まぁ、これ位だったら濡《ぬ》れるのも我慢出来《がまんでき》る」

次の波は、私の爪先《つまさき》で息絶えた。

「もし二人で海に来てたら、純《じゅん》君は入ろうって言った？」

「言わなかっただろうな」

「なら、今回は何で？」

「何でだろう、ふとそう思ったんだ。那織《なおり》も誘《さそ》わなきゃって。皆《みな》と同じ空間を共有して欲しかったのかも知れない——いや、そうじゃないな。やってみたら悪くないかもって」

「試《ため》して欲《ほ》しかったって事？」

「きっと、そうだと思う」

今度の波は——「やばっ、大きいっ！」

咄嗟《とっさ》に立ち上がろうとしたが間に合わず、お尻《しり》がしっかりと濡《ぬ》れてしまった。

「あぁっ、濡《ぬ》れちゃった」

「水着だから良《い》いだろ」

「純《じゅん》君は一度濡《ぬ》れてるから気にならないんだよ。足だけの積もりだったのに」

お尻《しり》だけ濡《ぬ》れてるの、超気持《ちょうきも》ち悪《わる》い——立ち上がると、脚《あし》を海水が伝った。超不快《ちょうふかい》。

「どうせ濡《ぬ》れちゃったんだしさ、もうちょっと先まで行こうよ」

「え？　ここで良《い》いよ。て云《い》うか、お尻拭《しりふ》きたい。漏《も》らしたみたいで気持ち悪い」

「漏《も》らしたとか言うなよ」

「だってこんな——お尻《しり》だけ濡《ぬ》れてるの、超恰好悪《ちょうかっこうわる》いんだけど」

「じゃあ、もうちょっと先まで行こう」

純《じゅん》君が立ち上がり、私の手を引いて歩き出した。何度も波に洗われて、足首、脹脛《ふくらはぎ》、膝《ひざ》まで海水に浸《つ》かる。脚《あし》にぶつかった波が撥《は》ねる。今度は大きい波が来て、身体《からだ》を捩《よじ》って純《じゅん》君を壁《かべ》にして隠《かく》れた——けど何の意味も無くて、腰《こし》の辺りまでしっかり濡《ぬ》れた。

「これで恥《は》ずかしくないだろ？」

気付けば、純《じゅん》君の腕《うで》を抱《だ》き締《し》めていた——半裸の男女が密着出来《でき》るのは、海の良い所。

「濡《ぬ》れて不快。でも、純《じゅん》君の素肌《すはだ》に触《ふ》れたから良しとする——肌、綺麗《きれい》だよね」

「明るいところで上を脱《ぬ》ぐと、白くて恰好悪《かっこうわる》いよな……さっき琉実《るみ》にも笑われたよ」

「別に良《い》いんじゃない？　明るい所で脱《ぬ》がなければ。私は気にしないよ。下手に日焼けして黒々してる方が、遊んでるみたいで好きじゃない。それより——私の素肌《すはだ》はどう？」

「このタイミングで言うなよ」

さっきよりは低い波——だけど、もっと強く、力を籠《こ》めて好きな男の子の腕《うで》に抱《だ》き着《つ》いた。

「このタイミングだからでしょ？」

「綺麗《きれい》だよ。綺麗《きれい》すぎて眩《まぶ》しい。だから、そんなにくっ付くなって」

「超棒読《ちょうぼうよ》みじゃん。何？　おっぱいを感じちゃう？」

「だからそういうことを――」

「こんな時くらい良《い》いじゃん。もっと感じてよ。大嫌《だいきら》いな海に、頑張《がんば》って入ったんだよ？」

「だったら……わざわざ口にしないでくれるとありがたい――うわっ！」

えっ？

総《すべ》てが――遅《おそ》かった。今までで一番高い波だと認識《にんしき》したのは、お腹《なか》の近くまで浸《つ》かって撥《は》ねた海水が口に入り込んで来た時だった。「んぐっ！　うぇっ！」しょっぱっ！「ああっ、口に入った！　これ以上ここに居たら溺《おぼ》れ死《し》ぬっ。沈没《ちんぼつ》したくない！」

「わかった。とりあえず戻《もど》ろう」

純《じゅん》君がゆっくりと浜辺《はまべ》に引き返していく――返す波に腰《こし》が持って行かれそうになる。

「転ばないように気を付けて」

「もうっ、ばかっ！　先まで行こうとか言うからっ！　超濡《ちょうぬ》れたんですけどっ！」

胸から下がびしょびしょになって、濡《ぬ》れた足に砂が貼《は》り付《つ》いて、全てが忌《い》まわしかった。私達の陣営《じんえい》に辿《たど》り着《つ》く頃《ころ》には身体中《からだじゅう》を後悔《こうかい》が支配していた。バスタオルを持って駆《か》け寄《よ》って来《き》た琉実《るみ》に、「那織《なおり》が海で濡《ぬ》れるなんて何年振《なんねんぶ》り？」と笑顔《えがお》で言われたのがまた腹立たしい。

だから海は嫌《きら》い。

それから帰るまで、私は一切《いっさい》海に入らなかった。でも、お昼に食べた焼きそばとかフランクフルトはジャンキーで美味《おい》しかったし、砂山に棒を立てて、周りを順番に崩《くず》して棒を倒《たお》した人が負けって云《い》う普段《ふだん》じゃ誘《さそ》われても絶対にやらない、小学生みたいな遊びにもちゃんと付き合ったし、負けた教授を埋《う》めようって皆《みんな》が盛り上がるのを、「どうやって掘《ほ》る積もり？」と思《おも》い乍《なが》らも空気を読んで恐《おそ》らく口にしなかったし、案の定稚拙《ちせつ》な砂風呂《すなぶろ》が出来上がっても腐《くさ》す様な言葉は多分吐《は》かなかった——私の記憶《きおく》が正しければ。

それはそれとして、砂風呂《すなぶろ》の教授を爆乳《ばくにゅう》にしたり、ガトリング水鉄砲《ミニガン》で教授を撃《う》つと見《み》せ掛《か》けて、部長に復讐《ふくしゅう》を果たしたり、海には入らなかったけどそれなりに遊んだ——お陰《かげ》で、誰《だれ》からも海に入ろうって誘《さそ》われずに済んだ。勿論《もちろん》、総《すべ》て計算通り。狙《ねら》ってましたっ！

気怠《けだる》さが辺りを支配し始め、「そろそろ帰ろう」と誰《だれ》かが言い出すのを待つ件《くだん》の時間が訪《おとず》れる少し前、トイレに立った時だった。部長か慈衣菜《しえな》辺りに声を掛《か》けようと構えた所で、ミス・マープルが「ゆずも一緒《いっしょ》に行ってイイですか？」と言って付いて来た。掛《か》ける言葉が見付からずに無言で歩いて居ると、トイレが見えて来た辺りで「あの……ゆず、ずっと先輩《せんぱい》に謝りたいって思ってて……慈衣菜《しえな》先輩《せんぱい》にも相談してて、そしたら誘《さそ》って下《くだ》さって……だから、いい機会だと思って来たんです」とたどたどしく言ってから、「ごめんなさい」と頭を下げた。

道理で何度か目が合うなと思って居た——慈衣菜《しえな》の差し金か。

「別に良《い》いよ。てか、頭上げて。謝らせてるみたいに見られると嫌《いや》だから」

私達の脇《わき》を、肌《はだ》を小麦色に焼いた男の二人組がこっちを横目で窺《うかが》って、通り過ぎた。

「あっ、すみません。そんなつもりじゃ——」

「謝らなくて良《い》いって」

「でも——」

「楽しかった？」

「はい。めっちゃ楽しかったです」

「年上ばかりで嫌《いや》じゃ無《な》いの？」

「年上の人と遊ぶこと多いので、全然大丈夫《だいじょうぶ》です」

反射的に「パパ活でもしてるの？」と言いそうになったけど、どうにか堪《こら》えた。私、超偉《ちょうえら》くない？　この一連の流れ、心象風景も含《ふく》めて部長に見せてやりたい。

「そっか。花火もあるから、夜になったらやろうね」決まった——これが年上の余裕《よゆう》。

今日の私は一味違う。何しろ、好きな男の子の肌に触れまくってますので。

「やったぁっ！　花火めっちゃ好きなんですよっ！」

夕飯はデジャヴと云《い》うか、お定まりのバーベキューだった。何となく、これは宿泊客用《しゅくはくきゃくよう》の食事《メニュー》では無くて、わざわざ私達の為《ため》に用意してくれた感じがする。ヒッピーもとい菜華《さいか》さんは最初だけ居て、気を遣《つか》ったのかある程度火が起きたら何処《どこ》かに消えた——これだけ人数が居ると席を立つ必要には迫《せま》られないし、何なら私の隣《となり》は料理大好きギャル崩《くず》れオタクだったから、座っている居るだけでお皿にお肉が供給されたし、野菜を食べさせようとするショートのお節介女と歪《ゆが》んだ愛情表現しか出来ない毒舌《どくぜつ》美術部員は居たけれど、手伝えだのなんだの言う元ヤンに比べれば回避《かいひ》は余裕《よゆう》で、何時《いつ》も以上《いじょう》にゆっくりとした肉焼きの儀《ぎ》だった。

誰《だれ》も席順に気を遣《つか》わない所為《せい》で、純《じゅん》君は私に目もくれず教授の隣《となり》で異世界の言語問題を語っていて、純《じゅん》君の隣《となり》には何故《なぜ》だか琉実《るみ》が座って居た——まぁ、今日くらい良《い》いんだけど。普通に楽しんでいる様に見えて、気丈に振《ふ》る舞《ま》ってる琉実《るみ》を端々《はしばし》で感じてたから。

ミス・マープル……もとい柚姫《ゆずひめ》は、グリルの前に陣取《じんど》り慈衣菜《しえな》と一緒《いっしょ》になって焼きに徹《てつ》していた。時折「もう焼けてね？」と手を伸《の》ばす教授を、「それはひっくり返しましたっ！　ゆずが焼くんで、大人しくしててくださいっ」と何度も窘《たしな》めていた。

宴《うたげ》の終わりが見えて来た頃《ころ》、菜華《さいか》さんが西瓜《すいか》を持って現れた。すかさず慈衣菜《しえな》と柚姫《ゆずひめ》が「スイカ割りやりたい」と声を上げ、教授が賛同する。菜華《さいか》さんが「だよね。その言葉をまってたよ」と笑いながら、隠《かく》してたバットを教授に手渡《てわた》した——慈衣菜《しえな》が呆気《あっけ》なく叩《たた》き割《わ》った不揃《ふぞろ》いな形の西瓜《すいか》を食べていると、琉実《るみ》がいきなり「ちょっと来て」と私の手を引き、ポーチに座る菜華《さいか》さんに「ここ、いいですか？」と言って横に座った。訳も分からない儘《まま》、流れで琉実《るみ》の隣《となり》に腰《こし》を下ろすと、琉実《るみ》が「あの、昔のお母さんってどんな感じだったんですか？」と神の存在を根底から揺《ゆ》るがす様な我《わ》が家《や》最大の謎《なぞ》を投《な》げ掛《か》けた。学生時代の話や過去の彼氏《かれし》遍歴《へんれき》みたいなお母さんからじゃ絶対に聞き出せない様な話を、「あたしが喋《しゃべ》ったって、陽向《ひなた》さんには絶対に言わないで。マジでしばかれるから」と云《い》う口添《くちぞ》え付《つ》きで教《おし》えて貰《もら》った。

菜華《さいか》さんの口から語られるお母さんは、元ヤンとは違《ちが》ったけどそれに類する属性だってのは十二分に分かったし、こっち側の人間じゃない事の裏は取れた。学校さぼって一日中カラオケ行ってたとか、校内放送でしょっちゅう呼び出されてたとか、夜中プールに侵入《しんにゅう》して遊んだのがばれて翌日全校集会になったりとかはまだ可愛《かわい》い方で、校門で他校のヤンキーに出待ちされてたとか、中学校の卒業式に彼氏《かれし》がバイクで迎《むか》えに来たとか、お母さんが原因で不良グループが喧嘩《けんか》して警察沙汰《ざた》になったとか、車高がペタペタの車が高校の前に停まってると思ったらお母さんの友達だったとか――はい、完全にあっちの方《かた》だったみたいです。

うちの母は不良サークルの姫《ひめ》でした。娘《むすめ》としてとても恥《は》ずかしいです……が、ちょっと道を踏《ふ》み外《はず》す位なら許してくれそうだとも思いました。とても強い交渉《こうしょう》材料を獲得出来《かくとくでき》ました。

家庭内の恥《はじ》をこれでもかと見せつけられ、肉を鱈腹《たらふく》詰め込《こ》んで、もう花火はどうでもよくなった私としては横になりたかったんだけれど、それを口にしたら烈火《れっか》の如《ごと》く詰《なじ》られた――花火をするかは議場に諮《はか》られず、再び海に行ってやるか否《いな》かだけが争点だった。さっきシャワーを浴びた身としては、また砂に塗《まみ》れるのは御免被《ごめんこうむ》りたい所だったけど、燻《いぶ》された肉の香気《こうき》が毛先から漂《ただよ》って来《く》るし、再度の湯浴みは避《さ》けられそうに無いし、部長が「先生がデブ活に勤《いそ》しみたい気持ちは分かるんだけど、ここはどうかひとつ夏の思い出ってことで」等と手を合わせて小馬鹿にして来るしで、片付けを終えた後はまたぞろ海に行く事になった。

花火だったら海に入らないいし、寝転《ねころ》びたいけど我慢《がまん》する——どうせ、後で海に行くし。

※　※　※

花火の帰り、「お風呂《ふろ》入ったら集まろっ」と琉実《るみ》が言って、教授が「朝までゲームでもしようぜ」と同調したけど、慈衣菜《しえな》と部長は曖昧《あいまい》な態度をして、「考えとく」とだけ返した。

二人の態度は私の為《ため》だと分かってたし、事実、純《じゅん》君から「後で話したい」と誘《さそ》われた。純《じゅん》君から部長や慈衣菜《しえな》に相談したのか、部長と慈衣菜《しえな》が入《い》れ知恵《ちえ》をしたのか委曲《いきょく》は定《さだ》かじゃないけれど、花火の後にそうなる事は知っていた——部屋に戻《もど》って或《あ》る黒いTシャツを着た。

私なりの決意表明だった。純《じゅん》君に寄《よ》り添《そ》おうと思って家から持って来た、まだ一度も着た事が無いTシャツ——昔、お父さんがくれたTシャツを着て、ボディミストを吹《ふ》き掛《か》けた。

「先生、私は慈衣菜《しえな》ちゃん達の部屋に行ってるね」

「うん」

「がんば」

「私が頑張《がんば》る事じゃ無くない？」

「だね。琉実《るみ》ちゃんにはなんて言う？」

「任せる。ありのままを伝えたって良《い》いよ」

「ありのまま、か。それは先生が言うべきかな」

「たしかし――じゃあ、行ってくるね」

「恥《は》じらいと慎《つつし》みを忘れずに」

「努力する」

一階《した》に下りて外に出ると、湿《しめ》った風の中で純《じゅん》君が待っていた。テラスの椅子《いす》で具合が悪そうに項垂《うなだ》れていて、私の気配を感じて起こした顔は、それでも穏《おだ》やかだった。

「待った？」

「ううん――え、そのTシャツ、『Do Androids Dream of Electric sheep?《アンドロイドは電気羊の夢を見るか？》』だよな？」

「うん、良《い》いでしょ？」

胸にプリントされた、SF小説の装丁《そうてい》デザイン。思春期の、中学生の娘《むすめ》にこのTシャツをプレゼントするお父さんもお父さんだけど、このTシャツには唯一《ゆいいつ》良い所があった。それは私の好きな男の子は絶対に反応してくれるって事――プライベートではSF好きだと思われるから絶対に着たく無かった。着るのは純《じゅん》君に見せびらかす時だけ、そう思っていた。でも、この

Tシャツを貰《もら》ったすぐ後、その男の子はお姉ちゃんの彼氏《かれし》になった。それ以来、ずっとクローゼットの奥に仕舞《しま》い込《こ》んだ儘《まま》だった。

「めっちゃ恰好《かっこう》良いな。普通《ふつう》に欲しいわ」

今からの私は、ちゃんと素直《すなお》になる。初恋《はつこい》の相手と夜の海に行くんだから、それは最低限のルールだ。これでも隣家《りんか》の男の子をミステリとSFに引きずり込んだ極悪人《ごくあくにん》の娘《むすめ》。初恋《はつこい》の相手の趣味《しゅみ》に合わせるなんて、いとも容易《たやす》い——ねぇ、純《じゅん》君。知ってた？　純《じゅん》君が私の読んだ本を追《お》い掛《か》けてた様に、私も純《じゅん》君が面白《おもしろ》いとか今読んでるって言った本、片《かた》っ端《ぱし》から読んでたんだよ？　映画だってそう。ドラマだって、アニメだって、全部そう。純《じゅん》君が私の理解者であって欲しい様に、私は純《じゅん》君の理解者で居たかったから。

「良《い》いでしょ？　私のお古で良ければ上げようか？」

「それは流石《さすが》に……しかし、那織《なおり》がそんなTシャツ持ってたなんて意外だったな」

「こう云《い》うのは、最後の最後まで出し所を窺《うかが》っておくのが鉄則でしょ？」

「確かに。まさかこんな所でフィリップ・K・ディックに出会えるとは」

「あと、この際だから言っておくね。私、スター・トレックはヴォイジャー派だから」

「それは薄々《うすうす》気付いてたよ。好きなキャラはセブン・オブ・ナインだろ？」

「凄《すご》い、よく分かったね。言った事無かったのに」

「分かるよ。どれだけ付き合い長いと思ってるんだ？」

「なんか生意気でむかつく」

「そいつは悪かったな。さぁ、行こうか」

「何処《どこ》に？　また海行くの？」

「嫌《いや》か？」

「良《い》いよ」

決して、爽《さわ》やかな夜なんかじゃ無かった。アスファルトが溜《た》め込《こ》んだ熱を吐《は》き出《だ》して、滞《たい》留《りゅう》した輻射熱《ふくしゃねつ》を動かす程《ほど》の風も吹《ふ》かない。それでも私の心は弾《はず》んでいた。今日はきっと、良《い》い夜になると思えた。ブラッドベリの短編だかにあった、人生には一夜だけ、思い出に永遠に残るような夜があるにちがいない。誰にでもそういう一夜があるはずだ。そして、もしそういう夜が近づいていると感じ、今夜がその特別な夜になりそうだと気づいたなら、すかさず飛びつき、疑いをはさまず、以後決して他言してはならない、と云《い》う一節が蘇《よみがえ》る。今夜がそんな夜になるかは分からないけれど、逃《のが》したくは無いと思った。だから、じっとりとした暑さと湿度《しつど》の残る道程を歩かなきゃいけなくても文句は言わなかったし、それに何より歩き出した所で純《じゅん》君が手を差し出してくれたから——それだけで私にとっては思い出に残る夜になった。

うだるような熱帯夜なのに純《じゅん》君の手が温かくて心地《ここち》好《よ》い。

遊歩道を歩き、砂浜《すなはま》を抜《ぬ》けて、石段のある場所に着いた。

遠くにぱらぱらと人影《ひとかげ》を認める。「まだ人が居るね」

「花火してた時も、そこそこ居たもんな」純《じゅん》君がタオルを敷《し》いた。「座れよ」

「ありがとう」隣《となり》に腰《こし》を下ろした純《じゅん》君に尋《たず》ねる。「ね、花火は楽しかった？」

「ああ。楽しかったよ。自分がこんな所謂《いわゆる》夏休みを過ごすとは思わなかった。那《な》織《おり》は？」

「全く同意見。海でやる花火、子供以来だけど悪くなかった」

「ぐるぐる回してノリノリだったのは気の所為《せい》か？」

「そこはほら、周りに合わせ無いと、でしょ？」

「そういうことにしておくよ」

黒々としたうねりの中に、白い曲線が現れては消える——今日の月は何だか頼《たよ》りない。

「でも、楽しかったけど、来て正解だったけど、流石《さすが》に疲《つか》れたかな」

「そうだな。楽しかったけど、確かに疲《つか》れたよ」純《じゅん》君の笑い声が鼻に抜《ぬ》けた。

「まんま繰《く》り返《かえ》しじゃん。それじゃヘミングウェイだよ？」

純《じゅん》君の横顔を見ると、三十九万カンデラ《江の島シーキャンドル》の光が遠くで光り、ふっと小さくなった。黒く塗《ぬ》り潰《つぶ》された海に、江《え》の島《しま》へと続く街灯が真《ま》っ直《す》ぐ延《の》びている。その先で光る、一定周期の単閃白光《アレクサンドリアの光》——私の言葉を純《じゅん》君なら拾ってくれる。私の読んだ本を気になって追《お》い掛《か》けていた純《じゅん》君だったら返してくれる。この言葉の応酬《おうしゅう》が何よりも楽しくて、私をちゃんと分かってくれているんだって実感出来る。こんな夜だからこそ、絶対に拾って欲しい。

「そのヘミングウェイというのは、どういう人間なんだ？」

だから私は、純《じゅん》君が好きなんだ。こんな事を遣《や》り合《あ》える男の子を、私は他に知らない。

「同じことを何度もくりかえしていうんで、しまいには誰でもそれをいいことと信じちまう男だよ——ちゃんと分かってくれたんだ。拾ってくれてありがとう」

「レイモンド・チャンドラー『さらば愛しき女よ』だろ。わかるさ」

「私が読むから？」

「ああ……僕の好きな女の子が読む本なんだ、当然だ」

純《じゅん》君が向き直る。「那織《なおり》」

「ん？」

「小学生の頃《ころ》、好きになった女の子が居たんだ。あの時は、まだ好きとか恋《こい》とかよく分かって居なかったけれど、ずっと気になっていた。でも、その女の子は本好きを自負する僕よりも遥《はる》かに沢山《たくさん》の本を読んでいて、テストの点だって何度か負けた——あの頃《ころ》の僕は、その子が好きだと認められなかった。今にして思えば悔《くや》しかったんだろうな。いや、ずっと悔《くや》しかった。僕の好きと得意を軽々と塗《ぬ》り替《か》えていくその女の子の存在が、妬《ねた》ましくすらあった。

結果として、その女の子は僕の中でどんどん大きくなっていった。もう、その女の子の居ない生活は考えられないくらいに——琉実《るみ》には感謝してる。付き合っている時は、恋愛《れんあい》感情もあった。けど、僕の心を占《し》めるのは琉実《るみ》じゃ無かった。その女の子と他愛も無い話をしている時、映画について語り合ってる時、小説について語り合ってる時——すべてがこれ以上無いくらい楽しくて、終わって欲しくないとすら思うくらい楽しいんだ。僕は、これからも、ずっとその女の子と一緒《いっしょ》に居たい」

純《じゅん》君が立ち上がって、そっと手を伸《の》ばした。

「那織《なおり》、僕と付き合って欲しい」

ねぇ、普通《ふつう》このタイミングで琉実《るみ》の名前、出す？　でも、私と純《じゅん》君の間に、琉実《るみ》は必ず居たし、今も居る——それはこの先もきっと変わらない。だから、今回だって琉実《るみ》は来た。お母さんに何を言われたのか仔細《しさい》は分からないけれど、想像は付く。琉実《るみ》が何を考えたのか末節までは分からないけれど、予想は出来る——こんな風に、私達の何処《どこ》かにずっと琉実《るみ》の存在は付いて回る。だからこそ、こうして私じゃなきゃ駄目《だめ》だと、どうして私なのかを聴《き》きたかった。

頼《たよ》りない月の所為《せい》で純《じゅん》君の顔は良く見えないけれど、頼《たよ》りない月のお陰《かげ》で私の顔を見られなくて済んだ。私の顔は間違《まちが》いなく緩《ゆる》んでいて、鏡が無くとも私が考える一番可愛《かわい》い顔をしていない事だけは分かる……付き合ってって言われちゃった。へへ。ちゃんと聴《き》いたからね？

「めんどくさいよ？　重いよ？　一筋縄じゃいかないよ？」

純《じゅん》君の口元がふっと和《やわ》らいだ様に見えた。

「ううん、まだまだ足りない。見せてないとこ、一杯《いっぱい》あるもん」

「よく知ってるよ」

「だったら、もっと僕に見せてくれ」

「見せたら絶対嫌《いや》になるよ？」

「ならないよ」

「言ったね？　最低でも竹林に花が咲《さ》くまでは耐《た》えてくれないと怒《おこ》るよ？」

「今わの際《きわ》まで耐《た》えるよ」

ばか。そんなの、絶対無理。勢いで何言ってるの、まったく。

でも――「言ったね？　ならないって言ったね？」

「ああ。ならないって言ってるだろ」

「私、振《ふ》るのは良《い》いけど、振《ふ》られるのは嫌《いや》だよ？」

「振《ふ》るのは良《い》いのかよ……つーか、付き合う前から振《ふ》るとか言わないでくれ」

「そう言えば、琉実《るみ》にも振《ふ》られたんだっけ？」

「蒸《む》し返《かえ》すなよ。結構辛《つら》かったんだぞ」

「じゃあ、私にそんな想《おも》いをさせる訳には、尚更《なおさら》いかないよね」

「当然だ――改めて言わせて欲しい。那織《なおり》、僕と付き合って欲しい」


「良《い》いよ。私の方こそ、よろしくね」


「……はぁ、良かった。安心したら腰《こし》が抜《ぬ》けそうだ」

純《じゅん》君の身体《からだ》から一気に力が抜《ぬ》けたのが、私にも分かった。崩《くず》れ落《お》ちる様にして、純《じゅん》君が私の隣《となり》に座る――さっきよりも近くに。「今のはださポイント1ね」

「早速《さっそく》かよ……しょうがないだろ。どう言おうか、なんて言おうかずっと悩《なや》んでたんだ。今日だって、いつ言おうか、どう誘《さそ》おうか、気が気じゃなかったんだぞ」

「でも、これで可愛《かわい》くて嬋娟《せんけん》で婉美《えんび》な見目麗《みめうるわ》しい彼女が出来たね」

「自分で言うな。美辞麗句《びじれいく》並べすぎだろ」

「思って無いの？」

「……思ってるよ。僕は那織《なおり》以上に可愛《かわい》い子を知らない」

「言うじゃん。どうしちゃったの？　雑誌のモテテク記事でも読んだ？」

「からかうなよ」

「ねぇ」

「うん？」

「これで、ちゅーは解禁？」

「ああ――」抱《だ》き着《つ》いて、今までよりずっと強く抱《だ》き締《し》めて、口を塞《ふさ》いだ。

純《じゅん》君の手が私の身体《からだ》に回されて、同じ様にぎゅっと力が込《こ》められた――顔の角度を変えて、舌の位置を変えて、我慢《がまん》していた分の時間を取《と》り戻《もど》す様に、長くて、じれったくて、もどかしい口付けをした。潮風に晒《さら》されたしょっぱい唇《くちびる》を味わって、離《はな》れて、息を吸い込んで、また押し付けて、口腔《こうこう》の粘膜《ねんまく》を総《すべ》て掬《すく》い取《と》る様にして何度も接吻《キス》をした。気付けば衝動《しょうどう》に任せたキスに変わり、そこにあるのは情意では無く欲情で、夜の海辺で抱《だ》き合《あ》った儘《まま》、私達は誰《だれ》にも邪《じゃ》魔《ま》されない自由なキスを、脳裏《のうり》に誰《だれ》も横切らない解放されたキスを、初めてした。髪《かみ》の間に割り込んで来た純《じゅん》君の指が髪《かみ》をぐしゃぐしゃにしても、折角塗《ぬ》ったリップが取れても、ほてった身体《からだ》の体温が伝わっても、純《じゅん》君の劣情《れつじょう》が当たってても――関係ない。

今はただ、総《すべ》てがどうでも良かった。純《じゅん》君の総《すべ》てを感じたかった。

しれっと腰《こし》を引いて逃《に》げようとする純《じゅん》君の背中に手を回して密着する。「好き」

「僕も好きだ」

「うん。ずっと好きだった」

「僕の方が早くから好きだったよ」

自分では無い人間を、他人を、愛おしいと思った——愛と言うのは、執着という醜いものにつけた仮りの、美しい嘘の呼び名かと、私はよく思います、と伊藤整《いとうせい》は言った。この気持ちが愛かどうかは分からないけど、好きと云《い》う感情が執着《しゅうちゃく》でも構わないし、仮の呼び名でも何でも良《い》い。この感情をどう定義しようが構わないし、それこそ伊藤整《いとうせい》の言う、清らかな空気の中に浮ぶ心かも知れない——私はただ、この男の子とずっとこうして居たいと願い、私を求めてくれるこの男の子の姿が可愛《かわい》いと思っただけ。それを愛おしいと呼称《こしょう》したに過ぎない。


「夏休み、デートしようね」

「涼《すず》しい所で、だろ?」

「よく分かってんじゃん」

「図書館で課題でもするか?」

「えー、そんなのつまんない」

「じゃあ、映画でも行くか?」

「映画も良《い》いよね。行こ。HEATみたいなのが観《み》たい。渋《しぶ》いおじさん達が銃撃戦《じゅうげきせん》する映画」

「昔から好きだよな、そう云《い》うの。小学校の自己紹介《しょうかい》で、好きな映画はワイルドバンチですって言い放ったもんな。そんな女子、後にも先にも那織《なおり》しか知らない」

「なんか文句でもあるの?」

「ないよ。僕はそういう女の子が好きなんだって」

「だよね、知ってる。私の好きな男の子は、将来の夢に探偵《たんてい》か宇宙探索《たんさく》って書いてた」

「昔の話は恥《は》ずかしいからやめてくれ」

「先にしたのはそっちでしょ？」

「ごめん、そうだった。話戻《もど》すけど、今年の夏は色んなところに行ったりしような」

「うん、行こう。きっと、今年の夏は短いよ」


（了《りょう》）

あとがき

恋愛《れんあい》のことをよくロマンスやロマンチックなどと言ったりします。これらは英語ですが、もとを辿《たど》るとロマンス語で書かれた物語みたいな意味になります。かつてローマ帝国《ていこく》では公用語としてラテン語が使われていました。帝国《ていこく》が滅《ほろ》んだあと、各地域にはラテン語をベースとした様々な話し言葉が生まれました。これらの言葉を総称《そうしょう》してロマンス語といいます。ロマンス語で語られる物語は冒険《ぼうけん》だったり恋愛《れんあい》だったりしました。ゆえにロマンとかロマンスみたいな言葉が出来たみたいです。そう言えば、フランス語で roman は小説そのものを指しますね。

それっぽく書いてみましたが、聞きかじっただけなので間違っていたらすみません。

何が言いたいかというと、ずっと昔から恋愛《れんあい》は物語の主軸《しゅじく》ですよねって話です。三巻を書いている頃《ころ》でしょうか、五巻でひと区切りつけよう、担当編集氏とそう決めました。

決めたまでは良かったのですが、四巻の発売は去年の七月。長らくお待たせしてすみませんでした。ようやく五巻をお届けすることができました。この物語は隣家《りんか》の双子《ふたご》に言い寄られる男の子の話でもあり、隣家《りんか》の男の子を双子《ふたご》が取り合う話でもあります。従って三人がそれぞれ主人公なのですが、今巻は双子《ふたご》メインの構成としました……これが思いのほか大変で、想定以上に時間が掛《か》かってしまいました。それでもこうして琉実《るみ》／那織《なおり》と純《じゅん》の物語にひとつの決着をつけることができて安堵《あんど》しております。しかし、恋愛《れんあい》は付き合って終わりではありません。長続きせずに別れるかも知れませんし、長続きしたとしても進学や就職など環境《かんきょう》は絶えず変化していきます。また、振《ふ》られた側にも物語がある——まだ高校一年の夏休み、三人の人生はこれからも続きますが、それらすべてを書くことはできませんし、私もどうなるか知りません。

そんなわけで、今まで『恋《こい》は双子《ふたご》で割り切れない』を応援《おうえん》してくださり誠《まこと》にありがとうございました……ではありません！　ありがたいことに続きます！　どうやら恋愛《れんあい》は付き合って終わりではありませんを本当にやるみたいです（他人事《ひとごと》）。というわけで、引き続き『恋《こい》は双子《ふたご》で割り切れない』をよろしくお願いいたします。それでは次巻でお会いしましょう！　と締《し》まったところですが、まだページに余裕《よゆう》がありますね……あの、ちなみになんですけど、プチトマトって本当に無くなったみたいですよ。テレビでやってました。嫌《きら》いな物に関する情報ってなかなかアップデートされないですよね。トマトが嫌《きら》いな神宮寺《じんぐうじ》家の父と捻《ひね》くれたあの娘《むすめ》は、きっと知らなかったことでしょう。え？　私ですか？　もちろんトマトは嫌《きら》いです。

【すぺしゃる・さんくす】

担当編集者様、今巻も数多《あまた》のお力添《ちからぞ》えありがとうございました。あと、トマトを克服《こくふく》できたら教えて下さい。あるみっく様、今回も素敵《すてき》なイラストをありがとうございます。迫《せま》り来る那織《なおり》の太腿《ふともも》、はだけた琉実《るみ》の肩《かた》、最高です。そして編集部含《ふく》めこの本の出版に携《たずさ》わった方、劇中で触《ふ》れた数々の作品、お手に取って下さった読者の皆々様《みなみなさま》に厚く御礼申《おんれいもう》し上《あ》げます。

エピローグ

EPILOGUE

「ねぇ、先生」

部活の夏合宿（仮）から二日後、我《わ》が家《や》のリビングに部長が座っていた。あの合宿での疲《つか》れからか、昨日はずっと動けず一日の大半をベッドの上で過ごす羽目になった。いや、ベッドの上にずっと居るのは通常営業ではあるんだけど、身体中《からだじゅう》が怠《だる》さと休息を訴《うった》え歩行も儘《まま》ならない状態だった——救いだったのは、隣戸《りんこ》に彼氏《かれし》が住んでいる事と親が日中仕事に出ている事の二点と言いたい所だけど、弱り切って肌艶《はだつや》を失したこんな顔で純《じゅん》君に会いたく無いし、いちゃつくなら万全の態勢で臨《のぞ》みたいし、幾《いく》ら幼馴《おさなな》染《じみ》でだらしない所を散々見せて来た相手だとしても、合宿の荷物で荒《あ》れ果《は》てている自室に呼びたくなんて無かった。だからあれこれ理由を付けて会わずに乗り切ったし、彼氏が出来たと云《い》う事実に全身で浸《ひた》りつつこれから起きるであろう事を妄想《もうそう》して心と身体《からだ》を満たした——からの部長。恢復《かいふく》して最初に会ったのが、態度と口の悪さに定評のある腹黒な友人と云《い》うのが哀《かな》しい。一刻《いっこく》も早く夢想《むそう》を具現化したいんですけど。

「ん？　何？　って云《い》うか、何の用なの？」

「んーと、ちょっと心の準備が必要でして、今しばらくお待ち頂けます？」

「そう言ってもう三〇分は経《た》ってない？　さっきからずっと雑談ばっかで——」

「あー、もう、わかりました。わかりましたよ。私が悪いです。体調が良くないと呻《うめ》いてた友人が元気になったって言うから、そりゃ確かに押しかけましたけど、友人と談笑《だんしょう》したかった、思い出話に花を咲《さ》かせたかったっていう純粋《じゅんすい》な気持ちを抱《いだ》いた私が悪いんですよね。はい、気持ちは十分伝わりました。言えば良《い》いんでしょ？　言えば満足するんだよね？」

「別にそこまでは言って無いじゃん」

「良《い》いの。確かに無駄《むだ》に引っ張ったのは私だから。本当のこと言うと、言おうかどうしようかずっと迷ってて、でも、先生の友人として黙《だま》ってるのは出来ないって思ったから、こうして今日は馳《は》せ参《さん》じたわけでございます」部長がお茶をひと口飲んだ。それから小さくふうと息を吐《は》き出《だ》して、私の目を見据《みす》えた。「えっと、先生が白崎《しろさき》君に告白された夜あったじゃん？」

「うん」

「私ね、やっぱり先生の友達として、先生の狼藉《ろうぜき》を間近で観察し続けた者として、どうしても見届けたかったの。だからね……ダメだってわかってたんだけど、何度もダメだって自分に言い聞かせてたんだけど、白崎《しろさき》君が先生に告白した日、海まで着いてっちゃった♡」

は？

「え？　何言ってんの？　着いてっちゃった？　そんな語尾《ごび》にハートが付きそうな言い方して

も駄目《だめ》だから。可愛《かわい》く言えばどうにかなる問題じゃないよっ！」

部長が手を合わせて目を瞑《つぶ》る。「ごめんっ！」

「ごめんってさぁ、何、じゃあ最初から全部見てた訳？」

「うん。抱《だ》き合《あ》ってまさぐり合いながらキスするのもちゃんと見た」

「うわ、最悪。最悪過ぎて言葉も出ない」

「でも、安心して。暗かったし、顔はよく見えなかったから」

「顔が見えなかったとか、そう云《い》う問題じゃ無くない？」そう云《い》う問題じゃないけど、実際の所、顔を見られ無くて本当に良かった。人前に出せない様なやばい顔してたって、絶対。いや、待って。顔が見えなかったから大丈夫《だいじょうぶ》とかじゃ無くない？　めっちゃ甘えた声で好きとか言《い》い捲《まく》ってた気がするんですけど——無理、死ぬ。選《よ》りにも選《よ》って部長に聞かれてたってのが、もう最上級に死ねる……ん？　部長に？「どうせ、慈衣菜《しえな》も一緒《いっしょ》だったんでしょ？　まさか、琉実《るみ》や教授まで一緒《いっしょ》じゃ無いよね？　今の琉実《るみ》にそれは酷《こく》すぎるからね」

「うん、慈衣菜《しえな》ちゃんだけ。他の人は来てない」

「だったら良《い》いけど……いや、全っ然良くないからね。盗《ぬす》み聞《ぎ》きとか最低だからね。部長が告白する時とか、私も盗《ぬす》み聞《ぎ》きするからね。覚悟《かくご》してて。てか、念《ねん》の為《ため》に訊《き》くんだけど、動画回してたりして無いよね？　まさかそんな事はしてないよね？」

部長が下を向いた。

「顔上げて」

おずおずと無言で顔を上げる部長。

「やったの？」

「えっと……誘惑《ゆうわく》に負けて、つい――」

「スマホ貸しなさいっ！　絶対に削除《さくじょ》してやるっ！」テーブル越《ご》しに部長の手を摑《つか》もうとするが、それより一歩早く部長が立ち上がって距離《きょり》を取った。「これはマジだからね。ほら、寄越《よこ》しなさい。部長のスマホにあの気持ち悪い音声が入ってるなんて耐《た》えられない」

「気持ち悪くなんて無かったよ」

部長がスマホを掲《かか》げ、動画を再生しようと――させるかっ！　そう思って飛《と》び掛《か》かろうとするが、じりじりと詰《つ》めた間合いがまたも離《はな》されてしまう。

「ねぇ、お願いだから……本当に消して」

「でも、もし先生達が結婚《けっこん》することになったら、映像の良《い》いネタになるよ？」

「だとしてもっ！　そうだとしてもっ！　その動画だけは絶対に消してっ！」

「先生がそこまで言うなら……仕方ない」観念した部長がこっちに歩み寄って来て、スマホを差し出した。奪《うば》う様《よう》にスマホを引《ひ》っ手繰《たく》り、動画を削除《さくじょ》する。これで端末からは消えた。

「さて、バックアップもあるんでしょ？　クラウド？　PC《パソコン》？　私は甘くないよ？」

あんな、ふにゃふにゃした舌足らずな猫撫《ねこな》で声《ごえ》の〝好き〟はこの世から抹消《まっしょう》せねば。

【引用出典】

■本書77頁／16行目《そらいっぱいの光でできたパイプオルガンを弾くがいゝ》
↓宮沢賢治『宮沢賢治全集1』ちくま文庫（筑摩書房、一九八六年）三一刷五四二頁

■本書131頁／11行目～13行目《事に円満な決着をつけなくちゃあならんとね？　いやいや、そうはほんとうにいかないんです。かといって私は、あなたに絶望しろと言うつもりでもぜんぜんありません。絶望なんてとんでもない。あなたは》
↓カフカ　辻瑆訳『審判』岩波文庫（岩波書店、一九六六年）二三刷二四頁

■本書133頁／5行目～7行目①《ある人に恋される資格のある女は唯一でないかも知れない。だが恋してしまったら、その人にとってその女は唯一になるだろう》
■本書133頁／11行目②《野島さんだって、今にきっと私と結婚しないでよかったとお思いになってよ》
↓武者小路実篤『友情』岩波文庫（岩波書店、二〇〇三年）一〇刷①三二頁／②一五二頁

■本書196頁／5行目～7行目《主が、人間に将来のことまでわかるようにさせてくださるであろうその日まで、人間の慧智はすべて次の言葉に尽きることをお忘れにならずに。待て、しかして希望せよ！》
↓アレクサンドル・デュマ　山内義雄訳『モンテ・クリスト伯（七）』岩波文庫（岩波書店、二〇〇七年）八七刷四三九～四四〇頁

■本書196頁／10行目～11行目《女の子は、結婚がなによりもお好きだが、たまにちょっと失恋するのも、わ

るくないと見えるね》
↓ジェーン・オースティン　富田彬訳『高慢と偏見（上）』岩波文庫（岩波書店、一九九四年）三二刷二一〇頁
■本書241頁／8行目〜11行目《人生には一夜だけ、思い出に永遠に残るような夜があるにちがいない。誰にでもそういう一夜があるはずだ。そして、もしそういう夜が近づいていると感じ、今夜がその特別な夜になりそうだと気づいたなら、すかさず飛びつき、疑いをはさまず、以後決して他言してはならない》
↓レイ・ブラッドベリ　伊藤典夫訳『二人がここにいる不思議』新潮文庫（新潮社、二〇〇〇年）六刷一八、一九頁
■本書242頁／17行目《そのヘミングウェイというのは、どういう人間なんだ？》
■本書243頁／4行目〜5行目《同じことを何度もくりかえしていうんで、しまいには誰でもそれをいいことと信じちまう男だよ》
↓R・チャンドラー　清水俊二訳『さらば愛しき女よ』ハヤカワ・ミステリ文庫（早川書房、一九七六年）二三刷一七四頁
■本書250頁／1行目〜2行目《愛と言うのは、執着という醜いものにつけた仮りの、美しい嘘の呼び名かと、私はよく思います》
本書250頁／4行目〜5行目《清らかな空気の中に浮ぶ心》
↓伊藤整『変容』岩波文庫（岩波書店、一九八三年）二刷一三五頁

本書に対するご意見、ご感想をお寄せください。

ファンレターあて先
〒102-8177　東京都千代田区富士見2-13-3
電撃文庫編集部
「高村資本先生」係
「あるみっく先生」係

本書は書き下ろしです。

電撃文庫

恋《こい》は双子《ふたご》で割《わ》り切《き》れない5

高村資本《たかむらしほん》

2023年３月10日　初版発行
2024年６月15日　４版発行

発行者　山下直久
発行　株式会社KADOKAWA
〒102-8177　東京都千代田区富士見 2-13-3
0570-002-301（ナビダイヤル）
装丁者　荻窪裕司（META＋MANIERA）
印刷　株式会社 KADOKAWA
製本　株式会社 KADOKAWA

ISBN978-4-04-914821-3　C0193　Printed in Japan

電撃文庫　https://dengekibunko.jp/

電撃文庫創刊に際して

文庫は、我が国にとどまらず、世界の書籍の流れのなかで〝小さな巨人〟としての地位を築いてきた。古今東西の名著を、廉価で手に入りやすい形で提供してきたからこそ、人は文庫を自分の師として、また青春の想い出として、語りついできたのである。

その源を、文化的にはドイツのレクラム文庫に求めるにせよ、規模の上でイギリスのペンギンブックスに求めるにせよ、いま文庫は知識人の層の多様化に従って、ますますその意義を大きくしていると言ってよい。

文庫出版の意味するものは、激動の現代のみならず将来にわたって、大きくなることはあっても、小さくなることはないだろう。

「電撃文庫」は、そのように多様化した対象に応え、歴史に耐えうる作品を収録するのはもちろん、新しい世紀を迎えるにあたって、既成の枠をこえる新鮮で強烈なアイ・オープナーたりたい。

その特異さ故に、この存在は、かつて文庫がはじめて出版世界に登場したときと、同じ戸惑いを読書人に与えるかもしれない。

しかし、〈Changing Times,Changing Publishing〉時代は変わって、出版も変わる。時を重ねるなかで、精神の糧として、心の一隅を占めるものとして、次なる文化の担い手の若者たちに確かな評価を得られると信じて、ここに「電撃文庫」を出版する。

1993年6月10日
角川歴彦